# <u>dtv</u>

Eine Kleinstadt in Böhmen zwischen den Weltkriegen. Zacharia ist ein stiller und etwas merkwürdiger junger Mann mit einem auffälligen künstlerischen Talent. Doch in seine naturgetreuen Bilder brechen immer wieder verstörende, ganz surreale Elemente ein, wie aus einer Zwischenwelt … Nach einem Sonnwendfest verführt ihn Gretchen, die schöne Tochter des örtlichen Tuchhändlers, aber den beiden jungen Leuten will es nicht gelingen, ein normales Liebespaar zu werden, denn in Gretchens Familie spielen sich beängstigende, unerklärliche Dinge ab … Ein fesselnder Roman mit einer nahezu unheimlichen Atmosphäre, der man sich nicht entziehen kann. Wolfgang Schmidts gleichermaßen an Schnitzler wie an Kafka erinnernde Prosa erweckt das Böhmen der zwanziger und dreißiger Jahre zu neuem Leben. In einem großartigen erzählerischen Sog entsteht eine ebenso dichte wie faszinierendschmerzliche Liebesgeschichte, die man nicht so schnell vergißt.

*Wolfgang Schmidt*, geboren 1923 in Krumau/Moldau, ging nach Jurastudium, Wehrdienst, Kriegsgefangenschaft und Zwangsaussiedlung nach Kanada. Dort machte er eine zweite Karriere als Sozialwissenschaftler. Er lebt in Toronto und veröffentlichte im Alter von siebzig Jahren seinen ersten Roman, ›Die Geschwister‹ (1993). Außerdem erschienen: ›Albertines Knie‹ (1994).

# Wolfgang Schmidt

# Sie weinen doch nicht, mein Lieber?

Roman

Deutscher Taschenbuch Verlag

Von Wolfgang Schmidt
ist im Deutschen Taschenbuch Verlag erschienen
Die Geschwister (11945; auch als dtv großdruck 25120)

*Für Marianne*

Originalausgabe
Juni 1997
© 1997 Deutscher Taschenbuch Verlag GmbH & Co. KG, München
Umschlagkonzept: Balk & Brumshagen
Umschlagbild: Jan Preisler, 1902, Werk aus einem größeren Zyklus
Gesetzt aus der 10,5/12˙ Bembo
Gesamtherstellung: C. H. Beck'sche Buchdruckerei, Nördlingen
Gedruckt auf säurefreiem, chlorfrei gebleichtem Papier
Printed in Germany · ISBN 3-423-20012-X

Auf dem Bahnsteig war es schon dunkel, nur im Warteraum brannte noch ein schwaches Licht über dem Schalter. »Sie müssen das Bahnhofsgebäude verlassen«, sprach ihn ein Mann in blauer Uniform und roter Kappe an.

»Natürlich – verzeihen Sie«, entgegnete er, ging auf den Ausgang zu, hielt kurz an, fragte, ob es nicht erlaubt sei, noch eine Weile im Warteraum zu sitzen. »Nicht nach Ankunft des letzten Zuges«, bekam er zur Antwort.

Zacharia Dax war vor ein paar Minuten angekommen, er kannte die kleine Stadt nicht, wußte nur, daß sie irgendwo im Süden Böhmens, unweit der Landesgrenze lag. Einer Eingebung folgend, hatte er seine Reise nach Albanien unterbrochen, überlegte nun, ob er richtig gehandelt hatte. Unentschlossen entschuldigte er sich nochmals bei dem Beamten, der ihn schon mißtrauisch gemustert hatte, trat auf die Straße, überquerte sie zielbewußt, blieb aber, nachdem man die Tür zur Station hörbar hinter ihm geschlossen hatte, wieder stehen.

Es war kurz nach zehn, die Luft war lau, ein neuer Mond hing über den Geleisen. Unschlüssig, wo er die Nacht verbringen sollte, machte er einige Schritte, nur um die Richtung gleich wieder zu ändern, beschleunigte hierauf seinen Gang, kam aber, wie ein im Auslauf befindliches Fahrzeug, erneut zum Stillstand, trat auf dem menschenleeren Bürgersteig zur Seite, als ginge er unsichtbaren Passanten aus dem Weg, setzte seinen kleinen Koffer ab und sah sich nach allen Seiten um. Die

Strecke zur Stadt war kaum bebaut. Auf leeren Parzellen wucherte Unkraut, unter einem Bestand von Akazien waren Ziegel aufgeschichtet. Zacharia betrachtete den Stapel, gab sich schließlich einen Ruck, bahnte sich einen Weg durch die wilde Vorstadtflora, trat sie hinter dem Stapel nieder, breitete seinen Mantel auf dem Boden aus, ließ sich nieder, erwog ernsthaft seine Lage, bis er in einen unruhigen Schlaf fiel. Kurz nach drei weckte ihn die Kühle des beginnenden Morgens. Die Kante eines Ziegels drückte ihn im Rücken. Er zündete sich eine Zigarette an. Zwischen den dunklen Wipfeln der Akazien sah er ein Stück Himmel, ein großer Stern schien ihm zum Greifen nahe. Es raschelte im Laub des Vorjahres. Piepsende Laute drangen zu ihm, wurden schrill, verrieten die Panik eines kleinen Tieres; die Geräusche wurden ungestüm, ein letztes Toben, dann war es plötzlich wieder still.

Unentschieden, ob er seine Reise am Morgen fortsetzen oder heimkehren solle, war er sich zutiefst bewußt, daß er an einem Scheideweg in seinem Leben stand. Vor sieben Wochen hatte Zacharia seine Mutter getötet.

Sie hatte an galoppierender Schwindsucht gelitten. »Aufsetzen im Bett . . . nur nicht flach liegen«, riet der Arzt täglich von neuem. – Er war am Ende seiner Weisheit. »Ich will nicht mehr«, sagte sie eines Abends, bat dann den Sohn, ihr die aufgesparten Schmerzmittel zu geben, schluckte sechzehn der Morphintabletten mühsam in fünf Raten und schlief bald ein.

Vielleicht hatte sie im Verlauf ihrer Krankheit eine hohe Widerstandskraft entwickelt, vielleicht war die Anzahl der Tabletten einfach unzureichend gewesen – wie dem auch sei –, Zacharia entdeckte nach einigen Stunden eines totenähnlichen Zustandes neuerliche

Lebenszeichen. Es war ihm vorgekommen, als schöpfe sie – wenn auch kaum merklich, Atem. Da breitete er ein Kissen über ihr Gesicht, drückte es sanft nieder, spürte ein fernes, gerade noch wahrnehmbares Zucken unter den weichen Daunen. Als er das Kissen hob, hatte sie schon ausgelitten.

Zacharia war noch nicht dreiundzwanzig, als seine Mutter starb. Seine frühe Kindheit muß sehr schön gewesen sein. Fotografien, die gerahmt auf Tischen und Kommoden standen oder in Alben und Schatullen aufbewahrt waren, bestätigten diese Annahme. Von seinem Vater hatte er nur eine vage Vorstellung, wußte auch nicht, inwieweit seine Erinnerungen von Erzählungen beeinflußt waren. Er war sechs, als ein Telegramm aus Tirana die Nachricht vom Tod des Straßenbauingenieurs Dax übermittelte. Dax sei, so hieß es, nahe der montenegrinischen Grenze einem von Sprengungen ausgelösten Steinschlag zum Opfer gefallen. Sein Tod sei augenblicklich eingetreten, er habe nicht gelitten. Die sterblichen Überreste beließ man in Albanien, wo sie angeblich auf einer Paßhöhe – unweit des höchsten Punktes der von Ingenieur Dax geplanten Straße – beigesetzt wurden. Ein Grabstein mit gehöriger Inschrift, die Zacharias Vater als großen Pionier des südöstlichen Straßenbauwesens bezeichnete sowie die Meereshöhe und Distanzen nach Tirana und Argyrokastro und Saloniki nannte, markierte seine letzte Ruhestätte. Da sich das Grab auf islamischem Boden befand, bewirkte man auf Konsularwegen die Errichtung eines neun Quadratmeter messenden exterritorialen Bereiches, welcher von einem Popen, gemäß vorgeschriebenem Ritual, zu christlicher Erde erklärt wurde. Die außerordentlichen Bemühungen türkischer und österreichischer Behörden, Herrn Dax würdevoll beizusetzen, sollen jedoch – laut Onkel Theo, dem Schwager des Verunglückten – nicht nur Ausdruck von Pietät gewesen sein. Theo behauptete, daß nicht genug Pankraz – so hieß der Straßenbauer – gefunden wurde, um eine Überführung zu rechtfertigen. Angeblich habe man – wieder laut Theo – den Ingenieur gesprengt. Den Steinschlag als Todesursache habe man nur vorgeschützt. Nationale Spannungen sowie religiöser Fanatismus hätten mitgespielt. »Ein Attentat«, schloß Onkel Theo, »schlicht und einfach ein Attentat.«

Auch daß man damals – man zählte das Jahr 1914, als Pankraz Dax umgekommen war – in großbürgerlichem Wohlstand gelebt hatte, ging aus der umfangreichen Sammlung bräunlich verblichener Lichtbilder hervor. Schon um die Jahrhundertwende war der Straßenbauingenieur ein passionierter Fotograf gewesen. In den nach Ort, Zeit und Gegenstand geordneten Alben fanden sich Bilder von im Bau befindlichen Straßen des In- und Auslandes, von verwegen wirkenden, bisweilen berittenen Männern mit großen Schlapphüten und kniehohen Ledergamaschen. Das Familienidyll war in zahllosen Szenen in einem großen Garten festgehalten. Darunter befand sich die Abbildung eines kleinen, von einem Ziegenbock gezogenen Wägelchens, in dem Zacharia im Matrosenanzug mit Mütze und Schleifen saß. Ein unbekannter Mann in grober Arbeitskleidung hielt das Tier am Zaum. Es war ein Geburtstagsbild – Zacharia war vier –, der Bock samt Wagen war ein Geschenk. Er konnte sich an diesen ereignisreichen Tag erinnern. Das Tier, das übrigens einen beißend scharfen Geruch verbreitete, stieß ihn schon in der ersten Stunde zu Boden und wurde bald durch einen Ziehhund aus dem Berner Oberland ersetzt, der dann höchstens zwei, drei Stunden seines Daseins in der Familie Dax im Geschirr verbrachte.

Zacharias Vater war nur in den Wintermonaten zu

Hause. Morgens um sieben zog er sich dann in sein großes Zeichenbüro zurück, an dessen Wänden topographische Darstellungen, gerahmte Diplome, Urkunden und Fotografien von Baustellen hingen. Mittags aß er im Studio – so nannte er sein Büro –, tagsüber trank er zwei Flaschen Wein, zum Abendessen eine dritte, worauf er ins Kaffeehaus ging, um Tarock zu spielen. Einmal im Laufe der Woche konnte man ihn in der Kirche sehen. Er warf sich dann allen sichtbar ohne rituellen Anlaß auf die Knie, verblieb minutenlang in dieser Büßerhaltung, erhob sich offenbar erfrischt und verließ die Kirche guter Dinge. Frau Dax fand seinen Lebensstil nicht ungewöhnlich.

Nach seinem Tode mußte die Familie in drastisch eingeschränkten Verhältnissen leben. Dem Dienstmädchen wurde gekündigt, als die alte Köchin starb, wurde sie nicht ersetzt. Der Friede von 1918 hatte unter anderen Peinlichkeiten die völlige Entwertung der Kriegsanleihen und vieler sogenannter mündelsicherer Anlagen mit sich gebracht. Frau Dax war plötzlich mittellos. Die kleine Pension, die sie erhielt, reichte gerade, wie sie sich auszudrücken pflegte, für ihren geliebten ceylonesischen Tee, zweifelsohne eine Übertreibung, doch ihre finanzielle Lage war tatsächlich prekär. Im Jahre 1923 belastete sie ihre Villa mit einer beachtlichen Hypothek, mußte das Haus schließlich verkaufen, zog in eine Zwei-Zimmer-Wohnung und begann, Privatstunden in Englisch und Französisch zu geben.

Zacharia war inzwischen zum Sekundaner herangewachsen. Aus dem schönen Kind mit großen hellen Augen, feingeschnittenen Zügen, wohlgeformten Gliedmaßen und einer entgegenkommenden Natur war ein seltsam stiller, in seinem Wesen wie in seinem Äußeren anziehender Junge geworden. Die Pubertät war ohne ersichtliche Störung verlaufen, keine Unreinheiten verunstalteten die blasse Haut seines länglichen Gesichts. Neu war seine Art, Menschen zu betrachten. Er besah sie sich auf eine merkwürdig teilnahmslose Weise; schaute seinem Gegenüber gleichgültig in die Augen, sah nie weg, wenn man seinen Blick erwiderte. War er einmal in solch eine eindringlich desinteressierte Betrachtung versunken, schien er seelisch distanziert. »Er vergißt ganz einfach, wieder wegzuschauen«, entschuldigte ihn seine Mutter, wenn man sich daran stieß.

Im Juni 1926 ging Frau Dax eine Liaison mit Oberst a. D. Hallada ein. Sie heirateten nicht, da eine Ehe den Verlust einer der Staatspensionen, die sie bezogen, zur Folge gehabt hätte. Hallada, der Zacharias Art, Menschen zu betrachten, impertinent fand, behauptete, daß man Pferden und Hunden so in die Augen blicke, wie es Zacharia bei Menschen tue. Weiter gefragt, erklärte er, daß man bei der Auswahl von Pferden – insbesondere Springpferden – sowie Jagdhunden den Ausdruck der Augen des Tieres mit in Betracht ziehe. Er verrate den Charakter. Auf die Frage, was man denn in den Augen solch eines Tieres zu entdecken hoffe, entgegnete der Oberst: »Mut!« Einem Tier – so Hallada – könne man endlos in die Augen schauen, ohne die geringste Verlegenheit zu empfinden. Er habe den Eindruck, daß Zacharia manchmal seine – Halladas – Augen suche und ihn beharrlich anblicke, als wäre er ein Pferd – ein Springpferd.

Zacharia wußte, daß seine Eigenart Anstoß erregte. Auch einer seiner Lehrer hatte sich beklagt. Er denke sich nichts dabei, entgegnete er, wenn man ihn zur Rede stellte, vergesse einfach wegzuschauen, wiederholte er die Worte seiner Mutter. Im Grunde wußte er jedoch, daß Hallada nicht völlig unrecht hatte. Zacharia wurde manchmal von einer geradezu grenzenlosen Gleichgültigkeit befallen. In diesem empfindungsarmen Zustand schien er losgelöst von seiner Umwelt. Ohne sich dessen bewußt zu sein, geschah es dann bisweilen, daß er sich in den Augen anderer verlor.

Als Rigo, der Zughund aus dem Berner Oberland, verendete, entdeckte man erstmals eine Absonderlichkeit Zacharias, die man schwer erklärlich fand. Das langsame, so weit man wissen konnte, keineswegs qualvolle Sterben des Tieres schien ihn zu faszinieren. Er verbrachte lange Stunden schweigend an Rigos Lager, zeigte aber keine Gefühle. Sein Verhalten erinnerte an die Anwesenheit alter Frauen in Sterbezimmern ländlicher Gegenden. Diese alten Frauen sitzen sichtlich teilnahmslos, den Rosenkranz in den Händen, in einer Ecke des Raumes und lassen das Schauspiel des »Zuendegehens« an sich vorüberziehen. Zacharia war noch nicht vierzehn, als Rigo starb. Als seine Mutter vorschlug, das offenbar schwerkranke Tier zu »erlösen«, sagte Zacharia, man solle sich nicht in alles einmischen, Rigo mache es schon richtig. Seltsame Worte von einem Vierzehnjährigen! Seine Mutter zog es vor, nicht weiter darüber nachzudenken.

Im zweiten Jahre seiner Liaison mit Lydia Dax starb Oberst Hallada an einem Gehirnschlag. Er lag noch vier Tage mehr tot als lebendig in seinem Bett, bis es schließlich mit ihm zu Ende ging. Für Zacharia hatte sich seit Rigos Tod keine Gelegenheit geboten, Sterbenden Gesellschaft zu leisten. Als Hallada seine letzten Tage in einem quasi-aufgebahrten Zustand im Nebenzimmer verbrachte, kam die Absonderlichkeit Zacharias wieder ans Licht. Er saß offensichtlich teilnahmslos am Bett des Obersten und betrachtete ihn auf jene distanzierte Weise, die den Artilleristen schon zu rüstigeren

Zeiten beunruhigt hatte. Er hätte ihn nie sehr geschätzt, aber das sei kein Grund, ihn jetzt allein zu lassen, erklärte Zacharia seine verfrühte Totenwache.

Überraschend war, daß er ansonsten ziemlich normal war. Er war nicht unbeliebt – allerdings auch nicht besonders beliebt –, hatte ein sehr beachtliches Maltalent und die irritierende Gewohnheit, absurde Schlüsse zu ziehen, die jedoch auf Grund einer formalen Logik folgerichtig schienen. Seinen Lehrern war er nicht ganz geheuer, die teilten Halladas Ansicht, obwohl Zacharia sich sehr unauffällig verhielt. »Zu unauffällig ist er mir«, ließ sein Klassenvorstand einmal fallen, als man von ihm sprach.

Professor Schuster, sein Zeichenlehrer, haßte ihn, und auch Zacharia hatte sich, ganz entgegen seiner Natur, zu einer beachtlichen Abneigung gegen den Lehrer aufgerafft. Die Feindschaft begann auf die harmloseste Weise. Zacharia hatte ein Aquarell der gotischen Stadtpfarrkirche gemalt. Es war ihm gut gelungen. Den Anweisungen seines Lehrers folgend und seine eigene Neigung unterdrückend, war er in der Darstellung bis ins kleinste Detail gegangen. Als Zacharia sein Werk betrachtete, überkam ihn ein überraschendes Gefühl. Er schämte sich plötzlich vor sich selbst. Ihm war zumute, als hätte man etwas in ihm gebrochen. Das Aquarell bezeugte auf eine geradezu aufdringliche Weise, daß er sich dem Willen eines anderen unterworfen hatte. Ebenso plötzlich, wie diese Empfindung begonnen hatte, verflog sie. Still vor sich hinlächelnd spießte Zacharia ein peinlichst ausgeführtes Backhuhn mit zwei Gabeln in die feisten Beinchen auf die Kreuzspitze des gotischen Turmes in seinem Aquarell. Professor Schuster, ein kleiner Choleriker, reagierte, indem er wortlos das Bild zerriß.

Zacharias Maltalent war unbestritten, selbst Schuster mußte ihm schließlich zugestehen, daß er eine beachtliche Begabung besaß. »Wenn er nur ein wenig disziplinierter wäre!« beklagte er sich, »die Verrücktheiten in den Bildern sind äußerst störend, geradezu beleidigend.« Schusters Rüge bezog sich auf die Exzentrik in Zacharias Malerei, die erstmalig in dem Backhuhn auf der Kirchturmspitze Ausdruck gefunden hatte. Diese Ausgefallenheit nahm die merkwürdigsten Formen an: In einer pastoralen Landschaft ließ er einen Fisch auf kurzen Beinen herumspazieren, Vögel ließ er schwimmen, Autos fliegen, in einer Schar von Menschen stand einer ganz sinnlos auf dem Kopf, Straßen führten in Flüsse, Brücken überquerten trockenes Land, Wolken tanzten einen Reigen. Der vorherrschende Eindruck, den seine Bilder vermittelten, war jedoch keineswegs absurd. Nur bei näherer Betrachtung entdeckte man irgendwo, in die Komposition unauffällig eingegliedert, einen kleinen Hund mit einem Katzenkopf, einen Baum auf Rädern. Wenn man ihn fragte, warum er so komische Dinge male, schwieg er lange, zog die Schultern hoch, betrachtete den Fragestellenden auf eine sonderbare Art. »Man soll nicht glauben, daß alles so ist, wie wir es gerade sehen«, erklärte er einmal seiner Mutter. »Sobald man genauer hinsieht, besonders mit geschlossenen Augen, entdeckt man vielerlei.« Wenn er, meist ganz zum Schluß, seine Absurdität irgendwo im Bild untergebracht hatte, lachte er still in sich hinein.

Obwohl die Ausgefallenheiten Hallada nicht störten, riet der dennoch Zacharia ab, der Malerei ernsthaft nachzugehen. Man könne auf solch einem Talent keine Existenz aufbauen, warnte er. »Selbst wenn du weit und breit der beste Maler bist, würdest du am Hungertuch nagen!« Mit gewichtiger Miene fügte er hinzu, daß es in anderen Berufen – besonders in den akademischen – keiner besonderen Begabung bedürfe, um in Wohlstand leben zu können. »Mittlere Talente in den Künsten sind dagegen ein Fluch«, schloß er seine Betrachtung mit unnötiger Vehemenz. Woher er diese Weisheit schöpfte, sagte er nicht, er gab aber häufig Überraschendes von sich.

Nach dem Tod des Obersts lebten Mutter und Sohn einige Monate allein. Hallada hatte Lydia Dax ein kleines Erbe hinterlassen, das ihr ermöglichte, die drei Zimmer, die sie seit einiger Zeit bewohnten, zu behalten. Frau Dax war inzwischen zu einer meist gut gelaunten, vollschlanken Frau von fünfundvierzig gereift. Ein halbes Jahr lang trug sie Trauer, kleidete sich dann noch ein paar Wochen dunkel, und machte sich dann auf die Suche nach einem neuen Lebensgefährten. Ihre Wahl fiel auf einen Witwer namens Schwung, der aus irgendeinem Grund – niemand wußte genau warum – hinkte. Seine Beine schienen gleichlang und unbeschädigt. Onkel Otto – so nannte ihn Zacharia – war siebenundfünfzig, unscheinbar und ein wenig kleiner als Frau Dax. Er hatte um ihre Hand angehalten, doch sie lehnte seinen Antrag ab, da er als freiberuflicher Steuerberater keine Pension zu erwarten hatte. Achtlos schlitterte sie schließlich in ein Konkubinat mit ihm. Schwung war zurückhaltend, meist höflich, jedoch imstande, mit zwei, drei Worten zu vernichten. Einmal hörte Zacharia, wie er den verstorbenen Hallada schonungslos herabsetzte. Innerhalb weniger Minuten hatte er ihn einen Schwadroneur, Parasiten, Schmarotzer und, offensichtlich in der Absicht, etwas Schreckliches zu sagen, einen Pedicatisten genannt. Frau Dax muß ihn wohl verständnislos angesehen haben, denn er übersetzte ihr das Wort auf eine denkbar unangenehme Weise.

Bestimmt waren diese Anschuldigungen – besonders die letzte – größtenteils erfunden. Man muß Schwung zugute halten, daß seinen zügellosen Ausbrüchen Eifersucht zugrunde lag. Und zwar eine besonders schwierige Form der Eifersucht – eine gesellschaftlich fundierte. Er stammte aus einfachsten Verhältnissen.

Der Ursprung seines Hinkens lag im rechten Bein. Es mußte ein schmerzhafter Zustand sein. Obwohl Schwung nie klagte, suchte er unentwegt eine Lageänderung für das Bein, als wolle er auf diese Weise sein Unbehagen verringern. Schon im dritten Monat des Konkubinats ließen seine Umgangsformen merklich nach – er ließ sich gehen. Diese neue Zwanglosigkeit äußerte sich hauptsächlich in den Lagen, die er für sein rechtes Bein ausfindig machte. Bei Tisch legte er es auf einen eigens dafür vorgesehenen Stuhl; wenn er auf dem Sofa lag, ließ er es seitlich auf dem Boden ruhen, im Bett streckte er es minutenlang kerzengerade in die Luft. Im zwölften Monat seines Logis bei der Familie Dax begann sich sein Hinken rapide zu verschlechtern. Als er bettlägerig wurde, veranlaßten Mutter und Sohn seine Überführung in das Städtische Krankenhaus. Bald darauf starb er an einem mysteriösen Leiden.

Zacharia war achtzehn, als Schwung bei ihnen einzog. Anfangs hatte er sich ein wenig für seine Mutter geschämt und sie sich vor ihm. Aber sie gewöhnten sich an die erniedrigenden Umstände ihrer Existenz. Der Steuerberater muß Zacharia gehaßt haben, verbarg aber seine Gefühle. Nur ein seltsam starrer Gesichtsausdruck, der sich in Zacharias Gegenwart über Schwungs Gesicht breitete, ließ auf die Heftigkeit der unterdrückten Emotionen schließen.

Zacharia haßte den Steuerberater nicht, verachtete ihn auch nicht, fand ihn nur völlig überflüssig. Als er ihn einmal, das Bein senkrecht gestreckt, im Bett seiner Mutter überraschte, dachte er flüchtig, daß es gar nicht so schwierig sein könne, einem Leben ein Ende zu bereiten. Seine Überlegung war ganz allgemein gehalten. Von dieser Zeit an war ihm Schwung körperlich zuwider. Er hing jedoch diesen krassen Gedanken nicht lange nach, stellte ein paar oberflächliche Betrachtungen über die Seele und die sterblichen Reste an, tat sie bedenkenlos als sinnlose Begriffe ab. Merkwürdig war, daß auch seine Mutter offenbar ähnlichen Gedanken nachgehangen hatte. »The sanctity of life«, sagte sie eines Morgens unvermittelt, nachdem Schwung aus dem Haus gegangen war, »das läßt sich schwer übersetzen . . . In der deutschen Sprache gibt es diese Wendung nicht.«

»Die Heiligkeit des Lebens?« wunderte sich Zacharia, stimmte ihr aber zu, daß seine Übersetzung nicht den vollen Sinn wiedergäbe. »Wir müssen Schwung loswerden«, sagte er scheinbar ohne jeden Zusammenhang, fügte aber nach einem kurzen Schweigen hinzu, »sanctity or not.«

Frau Dax erschrak. Sie war mit einer völlig neuen Seite des Wesens ihres Sohnes in Berührung gekommen, sie unterdrückte ein Bangen und lachte verlegen. Zacharia fiel darin ein, worauf sich ihre Züge entspannten.

Ominöserweise hatte sich auch Schwung nur zu bereit erklärt, sein Arrangement im Daxschen Haushalt aufzugeben. Schon Wochen vor seiner Einweisung hatte er eine ablehnende Atmosphäre gespürt, die ihm geradezu entgegenschlug, sobald er die Wohnung betrat. Es schien, als verhielten sich Mutter und Sohn gemäß einer Vereinbarung, die ihnen distanzierte Höflichkeit gebot. Dazwischen glaubte er Ansätze einer bedenklichen Rücksichtslosigkeit entdeckt zu haben. So vage war der Austausch zwischen ihm und den beiden geworden, daß Unausgesprochenes spürbar überwog. Offenbar geschwächt, überwältigt von morbiden Vorstellungen, entschlüpfte ihm einmal der Satz: »Ihr seid zu allem bereit!« Frau Dax schien wirklich nicht verstanden zu haben, worauf er angespielt hatte, sah ihn verwundert an, was ihn nur noch mehr verwirrte. »Armer Onkel Otto«, bemerkte Zacharia, als sie ihm davon erzählte. Am Tage seiner Überführung in das Krankenhaus – vielleicht waren es sogar seine Abschiedsworte – sagte er: »Bei euch möchte ich nicht lange bettlägerig sein!« Das Krankenhaus war ihm zu einer Zufluchtsstätte geworden. Frau Dax besuchte ihn täglich, ging unmittelbar hinter seinem Sarg, als man ihn begrub, trug jedoch keine Trauer.

Nach Schwungs Tod hatte Zacharia seine Mutter gebeten, in Zukunft keine feste Bindung mehr mit einem Mann einzugehen. »Denke an Papa!« unterstrich er seine Bitte. Diese Mahnung hinterließ einen nachhaltigen Eindruck – Lydia Dax empfing nicht mehr. Zacharia war nun Herr im Hause.

Zacharias sexuelles Erwachen war unauffällig verlaufen. Erwachen ist in seinem Falle auch ein ungenauer Ausdruck, da es zumindest einen Schlummerzustand und ein ziemlich übergangsloses Entdecken der diesbezüglichen Triebe voraussetzt. Nichts dergleichen war geschehen. Schon als Zwölfjähriger hatte er die konkrete Vorstellung, daß Halladas Gehabe im Bett seiner Mutter und das Kopulieren von Hunden auf der Straße, dem er bisweilen mit mildem Interesse folgte, ähnlichen Ursachen unterliege. Mädchen seines Alters hatten nie Scheu vor ihm empfunden. Es hatte den Anschein, als flöße ihnen seine unbefangene Art Vertrauen ein. Frauen über zwanzig reagierten anders. Als witterten sie Ungewöhnliches, gaben sie sich wachsam in seiner Gegenwart, verhielten sich ablehnend oder animiert, nie jedoch gleichgültig. Schon seine erste Erfahrung war ausgiebig gewesen. Auf dem Heimweg von einer Sonnwendfeier, bei der man »völkische« Reden gehalten hatte und viele über und durch die Flammen gesprungen waren, hatte ihn die Kusine eines Schulfreundes, offenbar angesichts des prasselnden Feuers von dem Geiste einer in Wort und Gesang gelobten Brüderlichkeit beeinflußt, in einen dunklen Torweg gezogen, sich an ihn geschmiegt, seine Hand auf ihre Brust gelegt, worauf sie sich seinen anfangs unbeholfenen, jedoch keineswegs zaghaften Erforschungen ihres Körpers hingab. Nachdem sie sich getrennt hatten, durchstreifte er noch eine Weile die dunklen Gassen, dachte nach, war erstaunt. Von fern hörte er den harten Klang beschlagener Hufe auf Pflastersteinen. Sich nähernd, schwoll er zwischen den düsteren Mauern an. Plötzlich tauchten, riesige Schatten werfend, fünf schrecklich ausgemergelte Pferde vor ihm auf. Wie eine kleine Rinderherde, ganz ohne Zaumzeug, kamen sie schwerfällig auf ihn zu. Er trat zurück – tief trugen sie die großen Köpfe, jeder Schritt war ihnen zur Qual geworden –, sie mußten von weither gekommen sein. Jetzt erkannte er Turek, den Pferdeschlächter, der sie vor sich hertrieb. Ein kleiner Mann in hohen Stiefeln, einer Lederjacke und einem Hut mit breiter Krempe. Er rauchte Pfeife im Gehen, knallte zwischendurch mit einer Peitsche. Die Klepper reagierten nicht mehr.

Nachdem Zacharia Gretchen einige Male getroffen hatte, beklagte sie sich über seinen Mangel an Zärtlichkeit, erzwang eine Liebeserklärung, bezichtigte ihn der Lüge, als er »natürlich – du weißt doch, daß ich dich liebe« sagte. Sie waren im Grünen. Weit und breit war kein Mensch zu sehen. Ein schwüler Sommertag, im Osten ballten sich Gewitterwolken. »Ich glaube dir nicht«, sagte sie mit zitternder Stimme. Er dachte, armes Gretchen, und nahm sich vor, sehr nett zu ihr zu sein. »Verzeih mir«, bat er sie.

»Was soll ich dir verzeihen?« fragte sie und fing zu weinen an.

Noch an diesem Abend begann er ein Bild zu malen: Eine weibliche Gestalt in sommerlich losen Gewändern stand, den Rücken dem Raum zugekehrt, an einem offenen Fenster – ein Luftzug blähte die transparenten Vorhänge. Auf einem luxuriös ausgestatteten Bett saß ein zwergenhafter Mann. Er trug eine grüne Joppe und eine helmartige Kopfbedeckung, seine kurzen Beine erreichten den Boden nicht. Gretchen lachte verlegen, als er ihr das Bild zeigte. Später entwickelte er das Thema zu einer Trilogie, in der er nur das Männlein variierte. Im zweiten Bild lugte es unter dem Bett hervor, im dritten ritt es ein apokalyptisches Schaukelpferd und blies ein Trompetchen. Die Bilder wirkten auf eine beängstigende Art peinlich. Er halte nicht viel von Männern, kommentierte er seine Darstellung. »Sie sterben früh und haben unangenehme Gewohnheiten.«

Als wäre mit der Vollendung der Trilogie ein Alp von ihm gewichen, begannen sich neue, herzliche Gefühle in ihm zu regen. Er freute sich nun, Gretchen wiederzusehen, hielt oft lange ihre Hand, legte ihr den Arm um die Schulter. Es schien, als wäre er im Begriffe, sie lieb zu gewinnen.

Gretchen Laube war fast so groß wie er, die beiden waren gleichaltrig. Ihr zarter Körper hatte etwas sehr Biegsames an sich. Meist hielt sie sich schlecht, doch wenn sie sich bemühte, den Rücken und den Nacken streckte, die langen Gliedmaßen vorteilhaft zur Geltung brachte, strahlte sie eine schöne Anmut aus. Das volle aschblonde Haar trug sie glatt und bis zu den Schultern. Die großen grauen Augen unter farblosen Brauen verliehen ihrem Gesicht den Ausdruck permanenten Staunens. Nie ganz geschlossene, volle Lippen bestärkten diese Wirkung. In manchen Stunden, wenn sie sich geborgen wußte, löste sich diese Spannung in ihren Zügen. Als wäre sie einem Gobelin entstiegen, so mutete sie ihn dann an. Das Einhorn, das reine Tier, hat alle Scheu vor ihr verloren – so dachte er in diesen seltenen Minuten.

Gretchen schien eine Faszination auf reife Männer auszuüben. Ein etwa dreißig Jahre alter Forstmann, der ihren Weg beim Pilzesuchen gekreuzt hatte, gestand ihr kurz nach der Begegnung – völlig überraschend und ohne ersichtlichen Anlaß –, daß er ohne sie nicht leben könne. Ein Brauereibesitzer weinte in ihrer Gegenwart.

Sie hatte Angst vor diesen – in ihren Augen – alten Männern. Vor Zacharia empfand sie keine Scheu, sie suchte seine Nähe, als fände sie Schutz bei ihm. Daß sie Zacharia in dem dunklen Torweg auf eine so unverhohlene Art gewinnen wollte, war Ausdruck ihrer Unschuld. Unerfahren, gewissermaßen auf der Flucht vor Männern, in denen sie ganz ungewollt die leidenschaftlichsten Gefühle erweckte, glaubte sie nur auf diese direkte Weise Zacharia gewinnen zu können. Er wiederum erinnerte sich an die Herrenbesuche seiner Mutter und gab sich zwangloser, als es seiner Natur entsprach. Die anfängliche sexuelle Ungezwungenheit der beiden war also Verstellung. Es schien fast, als unterläge diese Seite ihrer Beziehung einer rückläufigen Entwicklung.

Anfang September besuchte sie ihn in seiner Wohnung. Frau Dax war nicht zu Hause, Gretchen machte Tee, er las ihr vor. Kürzlich hatte er Gontscharow entdeckt. Auch der Straßenbauer mußte diesen Autor sehr geschätzt haben, denn nur so konnte Zacharia sich die schönen Lederbände der Werke dieses Dichters im Bücherschrank erklären. Nachdem Zacharia ihr einmal vorzulesen begonnen hatte, wurde sie nicht müde, ihm immer wieder zuzuhören.

»Er ist's, er ist's!« schrie Anna Pawlowna. »Wo ist nur Agraphena . . .? Schnell ein Heiligenbild, Brot, Salz . . . Alexander, Sascha, Saschenka –!«

Bald konnte Gretchen ganze Absätze aus dem Gedächtnis wiedergeben. Mitgerissen von einem Überschwang der Gefühle, ergriff sie dann seine Hände. Ihr Verhalten mutete bisweilen kindisch an.

Gretchens Vater, der Tuchhändler Stefan Laube, ignorierte anfangs ihre Freundschaft mit Zacharia. Seit mehr als vier Jahren hatte er seine Tochter ohne Hilfe seiner Frau erzogen. Absonderlichkeiten im Wesen Karoline Laubes – Gretchens Mutter – waren schuld daran. Sie hatten mit Geistesabwesenheiten begonnen, die im Laufe der Zeit häufiger geworden waren. Frau Laube, die im Textilgeschäft der Familie mitgearbeitet hatte, begann eines Tages, über ihre Kunden hinweg ins Leere zu schauen, reagierte dann nicht auf Fragen, behauptete, man führe Stoffe nicht, die ballenweise in den Regalen lagen, war oft sehr ungeduldig, lachte ohne ersichtlichen Grund, weinte vor Fremden und hörte eines Tages auf zu sprechen.

Schon lange wußte Gretchen, daß sich hinter der geschlossenen Schlafzimmertür ihrer Eltern Beängstigendes abspielte. Laute Stimmen, das Herausstürzen des einen oder des anderen, haltloses Schluchzen und in manchen Nächten ein plötzlicher Aufschrei, der sie bis ins Mark traf, versetzten sie in einen Zustand ewigen Bangens. Zur Zeit, da Gretchen Zacharia in dem dunklen Torbogen so unverhohlen für sich gewinnen wollte, hatte sich Karoline Laube endgültig in ein nicht mehr benütztes Magazin in einem entlegenen Teil des Hauses zurückgezogen. Mit einer ganz normalen Stimme hatte sie eines Tages gebeten, man möge sie in diesem Raum in Frieden lassen.

Doktor Blüm, der anfänglich von Exzentrizität gesprochen hatte, stellte den Tuchhändler schließlich vor die schwerwiegende Wahl, seine Frau Karoline, mit der er doch noch bindende, wenn auch undurchschaubare Beziehungen aufrechterhalte, in eine staatliche Anstalt einzuweisen oder ihr Asyl in dem spärlich eingerichteten Magazin zu gewähren. In den Dachkammern und Hinterzimmern abgelegener Provinzstädte fände man eine überraschende Vielfalt geistig oder auch körperlich deformierter Menschen, die abgeschlossen von der Welt ihr tragisches Leben fristeten, erklärte Blüm. Er wäre nicht imstande zu entscheiden, wo es diesen armen Wesen besser ginge – in den großen grauen Anstalten, die der Staat für sie errichte, oder den versteckten Kammern im Schoße der Familie. Blüm neigte bisweilen zur Ironie.

»Wird sie wieder aus dem Magazin herauskommen?« fragte Gretchen ihn. Er tat, als habe er sie nicht gehört. Ob es wieder besser werden würde, wiederholte sie mit ängstlicher Stimme.

»Es ist schon möglich«, sagte Blüm schließlich. Es klang nicht überzeugend.

Wenn Gretchen der Kranken Essen brachte, folgte diese jeder Bewegung ihrer Tochter mit großem Interesse, sah ihr oft lange in die Augen, sprach jedoch nicht. Anfangs hatte Gretchen noch Fragen an sie gerichtet, bekam aber nur äußerst selten eine Antwort. Ihr Gesicht nahm dann einen gequälten Ausdruck an. Seit kurzem versorgte eine alte Frau, die auch den Haushalt der Familie führte, die Kranke im Magazin. Gretchen mied nun ihre Mutter, stand oft lange unschlüssig vor ihrer Tür, wandte sich aber meist wieder ab.

Zacharia wußte nur, daß Gretchens Mutter äußerst zurückgezogen lebte, hatte auch gehört, daß sie leidend sei. Gedankenlos nahm er diesen Umstand hin, hätte auch keine Fragen gestellt, wenn Gretchen nicht im Laufe eines Gesprächs das Thema angeschnitten hätte. »Lebt deine Mutter wieder allein?« hatte sie ihn ohne ersichtlichen Anlaß gefragt. Ob es ihm so lieber sei?

»Ja natürlich – aber warum fragst du?«

»Nur so . . . meine Mutter macht uns Sorgen.«

»Was fehlt ihr eigentlich?«

Gretchen sah ihn schweigend an, zog die Schultern

hoch. »Sie ist verwirrt«, sagte sie, »an sich fehlt ihr nichts Besonderes, sie ist nur gern allein.« Zwischendurch erwähnte Gretchen noch, daß ihre Mutter fast nie das Haus verlasse. Während sie von ihr sprach, ließ sie Zacharia nicht aus den Augen. Kurz bevor sie sich trennten, sagte Gretchen noch, daß sie Sprachstunden bei seiner Mutter nehmen wolle. Zacharia war sehr glücklich über diese Nachricht.

»Papa hat deinen Vater gut gekannt . . . man hat ihn sehr geachtet«, sagte sie. Im Laufe dieses Gesprächs erfuhr Zacharia noch, daß Herr Laube seine Erlaubnis für die Privatstunden nur ungern erteilt hätte. »Es ist nicht das Geld«, hatte Gretchen gesagt.

»Was ist es dann?«

»Er hat komische Ansichten«, entgegnete sie.

»Worüber?«

»Über alles«, wich sie aus. »Er will dich kennenlernen.«

Nachdem sie sich getrennt hatten, stieg ein Verdacht in Zacharia auf. Herr Laube macht sich Gedanken über Mamas Ruf, fiel ihm plötzlich ein. »Es ist nicht das Geld«, hatte Gretchen gesagt. Es waren Hallada und der hinkende Schwung, die den Tuchhändler zögern ließen.

»Dein Vater hat etwas an meiner Mutter auszusetzen«, konfrontierte er Gretchen, als sie sich wieder trafen.

Sie sagte lange nichts. »Er glaubt, es wäre besser, wenn deine Mutter die Stunden bei uns geben könnte«, sagte sie endlich. »Würde sie kommen?«

»Natürlich nicht . . . Sie geht nicht von Haus zu Haus. Meine Mutter ist doch keine Weißnäherin.« Er hatte ruhig, fast begütigend gesprochen. Es klang, als bemühe er sich, sie über etwas Nuanciertes aufzuklären.

Gretchen drückte seine Hand. »Ich kann nichts dafür«, flüsterte sie, »sei mir nicht bös . . . Ich wäre furchtbar gern gekommen. Hast du die Stunden zu Hause schon erwähnt?«

»Ich glaube ja . . . Mama hat es bestimmt längst vergessen.«

»Er will auch, daß du kommst«, wiederholte sie ihre Bitte vom Vortag. »Mir zuliebe«, drängte sie.

Noch gestern hatte er Laubes Wunsch, ihn kennenzulernen, durchaus begreiflich gefunden. Jetzt stiegen lästige Bedenken in ihm auf. Sollte der Tuchhändler nicht dankbar sein, wenn meine Mutter seine Tochter unterrichtet? sagte er sich. Wir sind doch eine angesehene Familie . . . »Gewesen«, kam ihm ganz unfreiwillig in den Sinn. Und plötzlich schämte er sich für seine Mutter.

»Natürlich, gerne«, sagte er schließlich. »Sobald ich Zeit habe . . . Ich male wieder viel.«

Sie hatten sich zufällig in der Stadt getroffen. Es war ein selten schöner Nachmittag, aber die beiden waren sich ihrer Umwelt kaum bewußt.

»Kennst du Herrn Laube?« fragte er seine Mutter, als er nach Hause kam.

»Eine Frau Laube habe ich gekannt – warum fragst du?« Bevor er antworten konnte, sagte sie »da war doch irgendetwas . . .« Sie überlegte. »Ach ja, ist sie nicht geisteskrank?« Und als wäre es ihr gerade eingefallen, wollte sie wissen, ob er die Tochter näher kenne.

Zacharia nickte, sie sah ihn fragend an. »Wir sind befreundet«, sagte er schließlich.

»Soweit ich mich erinnere, hat der Schneider deines Vaters selbst Stoffe gehabt – wir waren mit den Laubes nicht näher bekannt«, erklärte sie. »Wie heißt denn deine Freundin?«

»Gretchen.«

»Ach ja, das hast du schon einmal erwähnt . . . Gretchen – merkwürdig . . . warum nicht Grete?« Frau Dax bügelte, sie schwiegen. Nach einer Weile wiederholte sie »Gretchen«, hob den Kopf, als höre sie dem Klang des Namens nach, wandte sich wieder ihrer Arbeit zu und sagte: »Du bist alt genug, um zu wissen, was du tust.«

»Hast du Bedenken?«

Sie sah ihn seltsam an. Er war nicht recht klug aus ihrem Blick geworden. »Warum sollte ich Bedenken haben?« meinte sie schließlich, »in deinem Alter hat man doch keine ernsten Absichten.«

»Dich stört etwas.«

Sie unterbrach das Bügeln für einen Augenblick. »Du stellst dich dumm«, sagte sie, ihre Arbeit nachdrücklich wieder aufnehmend. »Ob mich etwas stört, hängt von dir ab . . . meist bedeuten Freundschaften in deinem Alter nicht viel.« Jetzt sah sie über ihn hinweg auf eine gerahmte Fotografie ihres Mannes. »Einen Tuchhändler zum Vater und eine geisteskranke Mutter sind allerdings eine bedenkliche Mitgift.«

»Und was haben wir zu bieten?« Er maß sie mit einem ironischen Blick.

»Das habe ich nicht verdient!« Heftig bügelte sie weiter. »Du warst fünf – der Krieg . . . wir sind verarmt . . . was blieb mir schon übrig?«

»Auch Gretchen hat die kranke Mutter nicht verdient.«

Frau Dax atmete tief ein. »Mir geht es um dich, nicht um Gerechtigkeit.«

Eine Zeitlang ging Zacharia Gretchen aus dem Weg. Laubes Verhalten hatte ihn tiefer getroffen, als er gedacht hätte. Wenn er besonders aufgebracht war, stellte er sich Gretchens Vater, den er nur vom Sehen kannte, in seinem Tuchladen vor, ließ ihn Stoffe mit Eifer messen, stattete ihn mit einem Maßband um den Nacken und einem verbindlichen Lächeln aus, dichtete ihm einen peinlich unterwürfigen Verkaufsjargon an, der von gefälligen Floskeln wimmelte. Auf diesem verschlungenen Weg war Zacharia auf eine schmerzhafte Anfälligkeit seines Gemüts gestoßen. Er litt für seine Mutter – der Gedanke, daß ihr Ruf viel zu wünschen übriglasse, quälte ihn.

Gretchen mußte geahnt haben, was in ihm vorging. Schon seit einigen Tagen hatten sie sich nicht getroffen, da er die Wege, die sie gewöhnlich nahm, mied. Als sie ihn zufällig den Marktplatz überqueren sah, ging sie auf ihn zu, verstellte ihm den Weg mit den Worten: »Warum bestrafst du mich für die Ansichten meines Vaters?«

»Wie kommst du nur auf die Idee?« fragte er, war schon im Begriff, ihr auszureden, daß er sie bestrafen wolle, verstummte aber, strich ihr über das Haar, sagte nur »meine Mutter«, Und sie verstand ihn.

»Hast du Zeit?« fragte sie. Er nickte. »Ich möchte ein wenig über Land streifen, wir sind schon lange nicht aus der Stadt herausgekommen.« Es war ein klarer Herbsttag, sie gingen schweigend nebeneinander her. Die Sonne stand schon tief. Ihr Weg führte vorbei an kleinen Vorstadtvillen in blumenreichen Gärtchen, dann einen Damm entlang, hinaus in unbebautes Land. Die Felder waren längst abgeerntet, die Obstbäume auf den Rainen trugen keine Früchte mehr, nur hier und dort, hoch oben, hing noch ein Apfel. Südlich begrenzte ein dunkler Höhenzug den Blick, ein Weiher lag im Mittelgrund, verträumtes Murmeln eines Baches, der hinter Weiden und Gebüsch der Moldau zufloß, drang zu ihnen. Ein leichter Ostwind trug herbstliche Gerüche von Moder und Fäulnis mit sich. Der Weg hatte sich zu einem Pfad verengt, der schließlich an einem Waldrand endete. Auf einem zerwühlten Kartoffelacker stand ein leerer Leiterwagen, ein ausgespanntes Pferd war seitlich angebunden. Von Zeit zu Zeit schwang es den Schweif ein wenig.

Sie saßen auf einem moosigen Felsen. Wie eine bunte Decke breitete sich das Land vor ihnen aus. Viel Braun und Rot und Rostfarben und eine Unzahl graugrüner Tönungen prägten die Sicht.

»Mit ist oft sehr bang«, gestand sie ihm. »Ich weiß nicht, was in ihr vorgeht, was geschehen ist. Auch er ist mir unheimlich geworden. Sie hat mich ganz ohne Grund verlassen ... erkennt mich kaum ... Es wäre besser, wenn sie sterben würde.« Bestürzt setzte sie sich auf. »Ich habe mich versündigt«, stieß sie aus.

Er bückte sich langsam, hob kleine Steine auf, legte sie in geometrischen Formen auf dem Felsblock aus, warf sie dann auf einen Baumstamm. »Ist Sterben denn so schlimm?« fragte er schließlich. Es klang, als hätte er zu sich selbst gesprochen.

Sie blickte ihn verwundert an. »Hast du denn keine Angst?«

»Ich werde lange leben.« Und ohne ersichtlichen Zusammenhang, als hätte ihn ihr Einwand nur abgelenkt, sagte er: »Vielleicht lebt sie in einer anderen Welt – kneife sie doch einmal fest in die Wange, besser noch, stich sie mit einer Nadel ins Gesäß ... weiß Gott, vielleicht erkennt sie dich dann wieder, umarmt dich ...?«

Gretchen stand hastig auf. Ihre Miene verriet, wie aufgebracht sie war. »Du machst dich lustig über uns«, warf sie ihm vor.

Er beschwor sie, sie habe ihn mißverstanden. »Sie hat sich ganz in sich zurückgezogen, jede Verbindung mit anderen aufgegeben. Vielleicht ist das Leben, wie wir es kennen, nur eine Möglichkeit des Seins, bestimmt gibt es noch andere . . . Der Zugang ist verschüttet.«

»Aber warum willst du sie denn zwicken?« rief sie, immer noch empört.

»Es ist mir nur so eingefallen, ein ›an die Türe pochen‹ gewissermaßen . . . es wäre etwas völlig Unerwartetes. Wenn sie nicht darauf gefaßt ist, kann sie sich nicht dagegen schützen. ›Au . . . du hast mir weh getan!‹ wird sie verärgert sagen. Und damit ist die Tür schon einen Spalt geöffnet.«

Gretchen sah ihn ratlos an. »Aber sie ist doch meine Mutter!« brachte sie schließlich hervor. »Du kannst doch nicht erwarten . . .«, sie stockte. »Kneifen . . . das ist doch eine Frivolität sondergleichen.«

Er zog sie zu sich auf den Stein zurück. »Sie einfach in diesem Magazin allein zu lassen – abgeschnitten von der Welt, ist das humaner? Sie abzuschreiben, nichts zu tun, ist das besser?« Er überlegte. »Nimm mich mit zu ihr, ich möchte sie sehen«, bat er völlig unerwartet.

Gretchen konnte ihre Verwirrung kaum verbergen. »Ja, warum denn?« fragte sie schließlich.

»Es ist schwer zu erklären«, sagte er, »Neugierde ist es nicht.« Sie schien eine ausführlichere Antwort erwartet zu haben, sah ihn prüfend an. »Dich hat das Kneifen verwirrt«, fuhr er fort. »Du darfst es nicht so wörtlich nehmen. Man muß sie überrumpeln, darauf kommt es an, mit Abruptem überraschen. Herausreißen muß man sie und gleich irgendwo einhaken.« Gretchen war nur noch verwirrter, blickte um sich, als suche sie etwas. Ihre Augen füllten sich mit Tränen. Er griff nach ihrer Hand. »Nimm mich mit zu ihr«, wiederholte er seine

Bitte. »Ich werde sie verstehen . . . und sie mich − ich habe einen sechsten Sinn!«

»Was meinst du damit?« Sie entzog ihm ihre Hand.

»Wie soll ich es nur sagen?« überlegte er, »ich ahne, was in Menschen vorgeht, auch wenn es wirres Zeug ist. Bestimmt werde ich irgendwo auf deine Mutter stoßen . . . es ist eine Art Séance mit dem entrückten Geist einer Lebenden . . . verstehst du das?«

Sie schüttelte den Kopf, maß ihn mißtrauisch.

»Glaubst du, daß deine Mutter überhaupt an etwas denkt?« versuchte er es erneut.

»Sie denkt . . . sie denkt dauernd«, sagte sie voll Eifer.

»Weißt du, woran . . . an wen . . .?«

»Sie sagt es nicht.«

»Sie wagt es nicht!« fiel er ihr ins Wort, »es ist zu schrecklich . . . so sitzt sie, rührt sich nicht, denkt nur, denn ihre Kraft verbraucht sich in ihrem ausweglosen Denken.«

Woher er das alles wissen wolle, fragte sie. Es klang ärgerlich. »Vielleicht hat sie nur schöne Gedanken?«

»Sieht sie denn glücklich aus?«

»Ihr Gesicht ist ausdruckslos. Ich  muß nach Hause«, sagte sie unvermittelt. Schon im Gehen, bemerkte sie noch, daß ihr das alles ein wenig unheimlich sei. »Dieser sechste Sinn, die Séance . . . woher willst du wissen, daß du eine Verbindung mit ihr aufnehmen kannst?«

»Man stellt sich doch gewisse Fragen«, entgegnete er. »Als du mir von ihrem Zustand erzählt hast, habe ich darüber nachgedacht.« Und er erklärte Gretchen, worüber er sich Gedanken mache: Ob die Geisteswelt eines Menschen wie ihrer Mutter unseren oder ihren eigenen Gesetzen unterläge, frage er sich. Ob ihr Denken chaotisch sei. Er glaube es nicht, antwortete er sich selbst, denn das Chaos könne ja nur scheinbar sein, es müsse auch Ursachen und daher Gesetzen unterliegen, wir kennten sie nur nicht. Er blieb stehen, hielt sie am Arm zurück. »Man kann sie doch nicht allein in dieser Welt von Ungewißheiten lassen . . . Sie wird meine Absicht begreifen, selbst wenn sie mich nicht verstehen sollte – bring mich zu ihr!«

»Wie stellst du dir das vor? Ich müßte dich zuerst einmal meinem Vater vorstellen.«

Zacharia betrat das Tuchgeschäft kurz vor Ladenschluß. Ein Kommis, der Stoffe vom Verkaufstisch in Regale schob, wies wortlos auf eine Tür im hinteren Teil des Raumes. Er hatte kaum aufgesehen. »Der Chef ist im Büro«, sagte er, als Zacharia zögerte. Offenbar erwartete man ihn. »Kann er dich nicht nach Hause einladen?« hatte Frau Dax indigniert gefragt, als er seinen bevorstehenden Besuch in Laubes Laden erwähnt hatte. »Du bist doch kein Handelsreisender!«

Jetzt stand er Gretchens Vater gegenüber. Eine gedrungene Statur, das Haar trug er sehr kurz geschnitten. Auffallend waren seine Nasenflügel, die groß und fleischig das Gesicht beherrschten. Die Lippen waren schmal und wirkten wie ein langer Schnitt. Für einige Sekunden vergaß sich Zacharia und starrte Laube an. Da glaubte er, ein leichtes Zucken in den immensen Nasenflügeln entdeckt zu haben, als nähme Gretchens Vater seine Witterung auf. Dabei sah er an ihm vorbei, überließ es gewissermaßen seinem Geruchssinn, Zacharia einzuschätzen. Nur einen verstohlenen Blick warf er auf ihn. Seine dunkelgrüne, mit Hornknöpfen versehene Weste erinnerte an einen Jäger. Ein absurder Gedanke ging Zacharia durch den Kopf. Er spürt sich selbst das Wild mit seinem großen Riecher auf.

Platz hatte er ihm noch keinen angeboten. Auch schien es ihm sehr schwer zu fallen, ein paar einleitende Worte zu sagen. »Ein schöner Herbst!« rief er schließlich.

»Darf ich mich setzen?« entgegnete Zacharia.

»Fast hätte ich vergessen.« Laube wies auf einen

Stuhl, der etwas abseits stand. Zacharia überlegte, ob er ihn näher rücken solle, tat es nicht, empfand jedoch diese Sitzordnung als ausgesprochen peinlich. Laube bot ihm eine Zigarette an. Obwohl er manchmal rauchte, lehnte er ab, da er die Dose, die Gretchens Vater ihm entgegenhielt, nicht erreichen konnte, ohne aufzustehen.

»Sie rauchen nicht?« fragte der.

»Nur zwei, drei am Tag«, entgegnete Zacharia. Laube klappte das Etui hörbar zu. Wie kommt er nur zu dieser Tochter? dachte Zacharia. Jetzt fielen ihm auch die Ohren auf. Sie waren klein und sehr tief angesetzt. »Schwer zu beschreiben«, antwortete er am Abend seiner Mutter, als sie sich nach Laubes Äußerem erkundigte. Ein unangenehmes Gesicht, hatte er schon auf den Lippen, sagte aber, »dir würde er nicht gefallen.«

»Und dir?« fragte sie.

»Mir auch nicht.« Sie lachten. »Er hat nach dir gefragt. – Wie geht es der Frau Mutter? – hat er gesagt.«

»Hat er das?« warf sie ein.

Dieses »Frau Mutter« gab Zacharia immer noch zu denken. Bin ich überempfindlich, oder hat Laube auf etwas angespielt? grübelte er auf dem Heimweg.

»Die Frau Mutter unterrichtet fremde Sprachen, auch Französisch, nicht wahr?« Gretchens Vater hatte die merkwürdige Gewohnheit, seine Feststellungen mit einem »Nicht wahr« zu beenden. Zacharia nickte. Er nickte häufig während des Aufenthaltes im Büro des Tuchhändlers. Laube zählte Biographisches aus der Familie Dax auf, flocht zwischendurch sein »Nicht wahr« ein. Zacharia begriff anfangs nicht, was Laube damit bezweckte. Als er sich später diese Aufzählungen rekonstruierte, mißfiel ihm einiges. Den Ingenieur hätte er sehr gut gekannt, erwähnte er. »Pankraz – nicht

wahr? Ein ungewöhnlicher Name . . . ländlich.« Er –
Laube – hätte jedoch auch einen Pankraz in der Stadt
gekannt – einen Eisenhändler – Pankraz Schussel, so
habe er geheißen. »Sie sind zu jung, er ist schon lange
tot«, wandte er sich an Zacharia. Schussel sei arm gestorben, nicht so der Ingenieur . . . »man lebte damals
noch in der Villa – nicht wahr?« Erst später nach dem
Krieg habe man sich verkleinert – »nicht wahr? Das Los
vieler Witwen in diesen Jahren. Aber was rede ich.
Oberst Hallada war eine imposante Erscheinung . . . ein
Offizier vom Troß.«

»Erst nach seiner Verwundung«, warf Zacharia eilig
ein.

»Soll ja gottlob nicht schlimm gewesen sein . . . Ist
auch zu früh gestorben.« Ob ihm – Zacharia – der Vater sehr gefehlt habe, der Frau Mutter bestimmt; was sie
für die Stunde verlange, schob er ganz ohne Übergang
ein.

»Sechzehn Kronen«, entschlüpfte es Zacharia. Er biß
sich auf die Lippen. »Ich bin mir nicht ganz sicher.« An
diesem Punkt der einseitigen Unterhaltung begann
Zacharia sich zu ärgern, sagte, daß sechzehn Kronen für
die Stunde billig seien. Laube horchte auf, befeuchtete
den Zeigefinger mit der Zunge, als zähle er Geld,
schürzte die Unterlippe. »Glauben Sie?« fragte er
schließlich. »Es heißt ja, daß Sprachkenntnisse zur Allgemeinbildung gehören«, räumte er ein, wiederholte
»sechzehn Kronen also«, klopfte mit dem Mittelfinger
auf das Kontobuch, das vor ihm auf dem Schreibtisch
lag, setzte sich zurecht. »Diese Allgemeinbildung . . . ob
man die nicht überschätzt . . . was glauben Sie?«

Zacharia zuckte mit den Schultern, sagte, das sei An-
sichtssache.

»Wie so vieles – nicht wahr?«

»Gretchen scheint sehr interessiert zu sein . . . an Französisch, soviel ich weiß«, sagte Zacharia. Und dann fügte er ein »Nicht wahr« hinzu.

Laube sah ihn mit einer ruckartigen Kopfbewegung an. Sein Blick war schwer zu deuten.

»Meine Mutter würde sich bestimmt sehr freuen«, versuchte Zacharia einzulenken.

»Das glaube ich Ihnen gern«, entgegnete er, »wir werden ja sehen.« Plötzlich blähte er die Nüstern. Er sah gefährlich aus.

Am darauffolgenden Samstag kam Onkel Theo, der Bruder von Zacharias Mutter, zu Besuch. Seit dem Tod des Ingenieurs kam er zweimal jährlich – meist im Frühjahr und im Herbst – um, wie er sagte, nach dem Rechten zu sehen. Zur Zeit des Konkubinats mit Schwung war er nur im Herbst gekommen, war im Gasthof zur Forelle abgestiegen und verließ die Stadt am nächsten Morgen wieder. Die Besuche Onkel Theos, der auch Zacharias Vormund war, hatten nur geringe praktische Bedeutung. In früheren Jahren hatte er, wenn die Zeit ausreichte, im Gymnasium nachgefragt, sein Mündel mit einem goldenen Dukaten belohnt, auch kleine Geldbeträge – nie mehr als zweihundert Kronen – hinterlassen, wenn die finanzielle Lage schwierig war. »Gib doch mehr Sprachstunden!« riet er dann, »nutze deine Talente!«

»Gib doch mehr Stunden!« äffte Zacharia ihn manchmal nach. Die Phrase war ihnen zur Metapher sinnloser Ratschläge geworden.

Theo war Jurist und Bienenzüchter in einer mittelgroßen Stadt im Westen Böhmens, nicht unglücklich verheiratet und kinderlos. »Nimm dir einen Untermieter!« riet er diesmal. Sein Vorschlag war wohl fundiert, es schien sogar, als wäre er eigens aus diesem Grund gekommen, denn kurz darauf erwähnte er, die ideale Person für diesen Zweck gefunden zu haben: Ein Herr Rohrbach, ein Junggeselle aus Theos Stadt, sei an das hiesige Steueramt versetzt worden. »Wenn du ihm ein Frühstück gibst, könnte er bis zu sechzig Prozent deiner Miete decken . . . überlege es dir!«

»Gib mir ein paar Tage Zeit«, bat Frau Dax, entschloß sich aber noch am gleichen Abend, Rohrbach aufzunehmen. »Ich habe keine Wahl«, rechtfertigte sie sich vor Zacharia, »ich brauche einen Wintermantel.« Von nun an aßen sie in der Küche. Die Sprachstunden erteilte Frau Dax in ihrem durch einen Vorhang geteilten Schlafraum. Das Speisezimmer wurde für den Untermieter bereitgestellt. Herr Rohrbach, der eine Woche später kam, um sich orientieren – wie er sagte –, fand das Arrangement zufriedenstellend. Er kenne Herrn Luger – Onkel Theo – beruflich . . . auch privat, erwähnte er. Seine Versetzung sei auf rein administrative Gründe zurückzuführen; verheiratete Beamte, besonders wenn sie Kinder hätten, entwurzle man nicht gern, bei Ledigen sei das eine andere Sache. Herr Rohrbach machte einen guten Eindruck. Er sei zweiundfünfzig, stamme aus Mährisch-Ostrau, hatte er schon in den ersten Minuten erwähnt. Besuche werde er nur selten – äußerst selten empfangen, versicherte er unaufgefordert. Für Montag und Mittwoch erbat er sich ein heißes Bad, samstags plane er, das Dampfbad aufzusuchen. Er fände es gesundheitsfördernd, ließ sich hierauf noch über die skandinavische Sitte der Sauna und das kommunale Bad der Japaner aus. Quer über die linke Wange hatte er eine schmißartige Narbe. Er hielt sich aufrecht, war hutlos, trug einen leichten Mantel über dem Arm, einen hellen Anzug ohne Weste.

Frau Dax schien unentschieden, nachdem Herr Rohrbach seine Orientierung beendet hatte. Als er sich bereiterklärte, eine Monatsmiete zu hinterlegen, sagte sie zu. »Elegant«, bemerkte Zacharia, als sie wieder allein waren. Sie sagte nichts, ihr Gesichtsausdruck war schwer zu deuten. Ein wissend-besorgtes Lächeln zeigte sich auf ihren Zügen.

Zacharia trug sich in diesen Tagen mit Gedanken, die, sich immer wieder neu formierend, ein seltsames Gewebe bildeten. Sein Wunsch, zu Gretchens Mutter vorzudringen, war nach wie vor sehr stark. Dringlicher war jedoch ein kürzlich aufgetretenes Verlangen, Gretchen nackt zu malen. Dieses Verlangen, das ihn bisweilen geradezu beherrschte, hatte während des Gesprächs über die Verlassenheit Frau Laubes im Magazin begonnen. Als Gretchen »aber sie ist doch meine Mutter!« in sichtlicher Bedrängnis wiederholt hatte, empfand er plötzlich ein tiefes Mitleid mit ihr. Gretchen war ihm in dieser Minute zur personifizierten Verletzbarkeit geworden, zur Verkörperung äußerster Anfälligkeit einer Seele. Entblößt kam sie ihm vor. Und in diesem Augenblick war sein Wunsch, sie nackt zu malen, entstanden. Gretchens seelische Wehrlosigkeit rührte ihn zutiefst. Kauernd, ihre Nacktheit mit unbeholfener Gebärde verbergend, wollte er sie malen. Wenn es draußen zu dämmern begann, steigerte sich die Tragik dieses Phantasiebildes ins Unerträgliche – er war dann dem Weinen nahe.

Rohrbachs geplante Untermiete kam ihm sehr ungelegen, da er Gretchen auf dem Sofa des Speisezimmers hockend malen wollte. Der Raum schien ihm besonders geeignet für diesen Zweck. Auf dem Sims des Fensters standen feurigrote Geranien in später Blüte. Umrahmt vom Weiß der Wand, strahlten die leicht welken Blumenblätter eine luxuriöse Gelassenheit aus. Sie wirkten im grellen Licht der Sonne, als ginge etwas Kränkliches in ihnen vor. Sie rochen faul – waren schon im Begriff zu verwesen. Hier, im Bannkreis dieses Welkens, wollte er Gretchen malen. Er mußte sich beeilen – in drei Wochen erwarteten sie Rohrbach. Nach seinem Besuch bei Laube hoffte Zacharia, daß Gretchen bald die Französischstunden bei seiner Mutter beginnen werde. Wenn sie erst einmal mit einer gewissen Regelmäßigkeit zu uns kommt, werden sich bestimmt Gelegenheiten ergeben, sie zu malen, dachte er. Laube hüllte sich diesbezüglich jedoch vorerst in Schweigen.

»Scheint seiner Mutter nachzugeraten«, faßte er seinen Eindruck von Zacharia zusammen. »Was will er denn werden?«

»Er malt sehr gut . . . ist ausgezeichnet in Mathematik.«

»Brotlose Talente«, bemerkte er.

Als sie die Sprachstunden erwähnte, sagte er, Frau Dax hätte saftige Preise. »Daß du in unserer Lage überhaupt an so etwas denkst«, warf er ihr dann vor. Er wußte, womit er sie treffen konnte. Seit Frau Laube sich in das Magazin zurückgezogen hatte, berief er sich häufig auf ihren Zustand, wenn er Gretchen eine Bitte abschlagen wollte. Täglich um sieben Uhr am Abend besuchte er seine Frau in ihrer Abgeschlossenheit, blieb etwa eine halbe Stunde, dann löste er das Kreuzworträtsel im Prager Tagblatt. Gretchen, die seltener zu ihrer Mutter ging, erkundigte sich bisweilen nach ihrem Ergehen. »Unverändert«, war seine ewig gleichbleibende Antwort.

»Erkennt sie dich?«

»Ich glaube schon.«

»Leidet sie?« Diese Frage verursachte unweigerlich eine sichtbare Agitation in ihm. Meist zündete er sich eine Zigarette an, tat einige schnelle Züge, antwortete jedoch nicht. Manchmal warf er dann Gretchen einen

Blick zu, als wolle er ihr verbieten, diese Frage zu stellen. Merkwürdig war die außerordentliche Bedeutung, die Laube seinen täglichen Besuchen beizumessen schien. Hielt eine andere Verpflichtung ihn ab, machte er einen zerfahrenen Eindruck. Als ein Nierenstein ihn zwang, zwei Tage das Bett zu hüten, raffte er sich doch zur üblichen Zeit auf, rasierte sich, kleidete sich sorgfältig und verschwand im Magazin. Niemand wußte, was in diesen halben Stunden zwischen den Eheleuten vor sich ging. Auch für die Entfremdung zwischen den beiden, welche der endgültigen Vereinsamung Frau Laubes vorausgegangen war, hatte man keine stichhaltige Erklärung. Man sprach von erblicher Belastung: Ihr Onkel hätte sich erhängt. Auch von tragischer Liebe munkelte man, von einem kränklichen, früh verstorbenen Vetter. Man hatte Frau Laube oft an seinem Grab gesehen; regungslos habe sie dort gestanden. Ihre Friedhofsbesuche häuften sich. Einige Monate vor ihrer endgültigen Vereinsamung begann sie Trauer zu tragen. Anfangs war es nur ein schwarzes Band am Arm. Schwarze Strümpfe folgten, dann ein schwarzer Rock.

Gretchen gab sich in diesen Jahren den Anschein, als wäre nichts geschehen. Sie versuchte, sich von den Vorgängen, die sie nicht verstand, die sie zutiefst beängstigten, zu distanzieren. Wenn erregtes Flüstern, schrille Stimmen, ein verhaltener Schrei aus dem Schlafzimmer der Eltern sie wachhielten, legte sie sich ein Kissen über den Kopf, schickte ein Stoßgebet zum Himmel. »Hilf Mama . . . hilf Mama . . .« bat sie Gott, legte Gelübde ab, vergaß sie, wehrte Blicke älterer Männer ab. So lebte sie, bis sie eines Tages im Stadtpark auf Zacharia stieß. Er hielt ein wenige Tage altes Eichhörnchen in seinen hohlen Händen. »Es ist aus dem Nest gefallen«, sagte er, wies auf einen Baum, in dessen hoher Gabelung ein

Ball von Laub und Zweigen sichtbar war. »Was wirst du tun?« Sie kannten sich schon seit langem vom Sehen.

»Es ist verletzt«, sagte er, »ich fürchte, ziemlich schwer verletzt.« Sie sah ihn ängstlich an. »Es ruht sich aus in meinen warmen Händen . . . Ich weiß nicht, was ich machen soll.« Fragend blickte er von seinen wie im Gebet um das Tier geschlossenen Händen zu ihr auf. »Ich werde es noch eine Weile halten, dann muß ich es wohl töten.«

»Warum versteckst du es nicht an einer geschützten Stelle? Baue doch ein kleines Nest!«

Er saß ganz in sich versunken auf einer Bank, hielt das Tier in seinem Schoß. »Es ist vorbei«, sagte er plötzlich, öffnete vorsichtig die Hände. Das Eichhörnchen lag regungslos zu einem Ball gerollt. Er sagte »Amen«, strich ihm über das Fell und warf es achtlos hinter sich in ein Gebüsch.

Erschrocken trat sie einen Schritt zurück, betrachtete ihn verstohlen. Das Tier hatte seine Hand beschmutzt, er hielt sie von sich, sagte »ich muß mich waschen . . . Das letzte Lebenszeichen, ein bißchen Kot und Urin.« Es schien ihn nicht zu stören. »Begleite mich ein Stück«, bat er sie.

»Warum hast du es so achtlos weggeworfen?« fragte sie nach ein paar Schritten.

»Was für eine Frage?« An einem Springbrunnen wusch er sich, trocknete die Hände umständlich mit dem Taschentuch.

»War meine Frage denn so dumm . . .?« unterbrach sie seinen Gedankengang.

»Nein – schwierig ist sie . . .« Eine Weile gingen sie, ohne zu sprechen. »Es hat nichts zu bedeuten«, sagte er schließlich, »eine Geste . . . Ein wenig abrupt . . . wie ein Stück Holz . . . so denkst du doch?« Er sah sie fra-

gend an. Sie nickte. »Was hättest du getan . . . Ein kleines Grab geschaufelt?« Plötzlich blieb er stehen, als hätte
er begriffen, was sie bewegte. »Ich habe deine Welt auf
den Kopf gestellt!« rief er. »Elend krepieren lassen und
gefühlvoll beisetzen . . . Wäre das deiner Erwartung
näher gekommen?«

»Ich dachte, man kann es ja halten und begraben,
wenn es vorbei ist«, entgegnete sie.

Er blickte sie lange an, schien wieder einmal vergessen zu haben, wegzuschauen. Sie errötete. »Mein Cou-
sin geht in deine Klasse«, sagte sie aus Verlegenheit.

»Vinzenz . . . ich weiß.«

»Gehst du oft in den Park?«

»Fast nie.«

»Warum gerade heute?«

»Wegen des Eichhörnchens.« Sie lachte. »Vielleicht
um dich zu treffen . . . was weiß man schon?«

In den nächsten Tagen durchquerte Gretchen, in der
vergeblichen Hoffnung, auf Zacharia zu stoßen, häufig
den Stadtpark, sah nach, ob das tote Eichhörnchen noch
in den Büschen lag – große blaue Fliegen umschwärm-
ten es. An einem trüben Abend im späten Frühjahr trafen sie sich wieder. Ein dünner Nebelregen verschleier-
te die Sicht, sog jede Farbe auf, verwischte die
Konturen. Es war noch nicht spät, trotzdem war es
schon dunkel. Zacharia stand am Kinoeingang, schaute
sich die Bilder an, als Gretchen plötzlich aus dem Nebel
auftauchte und so nahe an ihm vorbeikam, daß er sie
sehen mußte. Sie sei auf dem Weg zur Kirche, antwortete sie auf seine Frage. Ob es denn um diese Zeit eine
Messe gäbe, erkundigte er sich. »Einen Segen«, sagte sie.
Er sah sie an, als hätte sie etwas Merkwürdiges gesagt.
»Mir ist manchmal danach zumute«, erklärte sie.

»Betest du dann?« Sie antwortete nicht, schickte sich

zum Gehen an, er fragte, ob er sie begleiten dürfe. Am Kircheneingang gestand er ihr: »Ich habe alle Gebete vergessen.« Er hob den Kopf, als denke er angestrengt nach. »Das Paternoster ist mir gerade eingefallen – mein Vater ist unter lauter Mohammedanern in den Bergen Albaniens begraben . . . Ich könnte ihm eines widmen.«

Die Kirche war ziemlich leer, nur in den vorderen Bänken saßen ein paar alte Frauen. Gretchen setzte sich in die erste Reihe, kniete lange regungslos, schien ihn vergessen zu haben. Als die Gläubigen ›Maria zu loben ist allzeit mein Sinn‹ zaghaft zu singen begannen, fiel sie mit ihrer hellen Stimme unbefangen ein. Sie betet für ihre Mutter, dachte er. Er sah um sich. Alte Gesichter, Rosenkränze in runzligen Händen, dunkle Kopftücher. Und alle flehen Gott an, dachte er, voll bis zur hohen Kuppel mit der Verzweiflung von Jahrhunderten ist sein Haus! Und er sandte ein Paternoster nach Albanien.

»Kommst du zum Sonnwendfeuer?« fragte sie, als sie sich trennten. Er sagte zu. Und auf dem Heimweg von dieser Feier hatte sie ihn in den dunklen Torweg gezogen. Nur so glaubte sie, seine Zuneigung gewinnen zu können.

Seit einigen Tagen malte Zacharia Aquarelle des Speisezimmers. Die Stelle auf dem Sofa, die für Gretchen vorgesehen war, hatte er auf seinen Bildern ausgespart. Auf dem letzten hatte er den bisher frei gebliebenen Platz mit einer dunkel verhüllten, völlig unbestimmbaren Masse ausgefüllt. Dieses »Etwas«, das ein wenig kleiner wirkte als eine kauernde Gestalt, ansonsten aber Derartiges hätte verbergen können, verlieh dem Raum eine beunruhigende Spannung. Als Gretchen das Bild beängstigend fand, leuchteten seine Augen auf. Das entspräche seiner Absicht. Angst wolle er malen, die Angst der Dinge – der tückischen Objekte ganz unter sich. »Angst« – das Wort läge irgendwo verstaubt im Raum – in einer dunklen Ecke, blähe die Vorhänge, entblöße die feuerrote Fäulnis der Geranien, verbreite sich, erschrecke den Beschauer.

Er bat sie, ihm Modell zu sitzen. Er plane einige Bilder, in denen Gegenstände starke Empfindungen ausstrahlen sollten. Als sie fragte, warum er sie dazu brauche, erklärte er, der Raum müsse von ihr wissen . . . »Sie war hier – hat sich ausgezogen, das muß man spüren, wenn du auch nicht sichtbar bist. Ich will malen, was man nicht sehen kann!« rief er, offenbar erleichtert, die richtigen Worte gefunden zu haben.

Sie trafen sich nun täglich, saßen auf der Bank im Park, hinter der das Eichhörnchen verweste. Oft zeigte er ihr ein Bild. Es waren Aquarelle, immer stellten sie das Speisezimmer dar. Gretchen mußte raten, was in ihm geschehen war oder geschehen würde. Sie erriet es nie, sagte, was ihr gerade einfiel, nur, um ihm einen Gefallen zu tun. Er wurde dann sehr schweigsam.

»Vielleicht brauchst du mich doch?« schlug sie vor, schmiegte sich an ihn, als wolle sie ihn trösten.

»Morgen geht meine Mutter weg«, entgegnete er. »Von zwei Uhr an wären wir allein . . . Vor acht kommt sie nicht zurück . . . Ich habe dich noch nie nackt gesehen.« Er hatte seinen Arm schützend um sie gelegt, hielt sie lange bewegungslos. Sie dachte schon, er hätte sie vergessen. »Hoffentlich wird es dir nicht zu  kalt sein!« sagte er plötzlich.

Er schlief sehr wenig in dieser Nacht, glaubte zu wissen, wie sich sein Vorhaben verbildlichen ließe, sah Farben, Formen bestechend klar in seiner Vorstellung, gab sich staunend den Gaukeleien seiner Sinne hin, bis ihn neuerliche Zweifel überkamen. Den Tag begann er in einem Zustand seelischer Erschöpfung. Kaum war seine Mutter aus dem Haus, lüftete er das Speisezimmer, schüttete getrocknete Lavendelblüten, die sie in ihrem Schrank verwahrte, auf einen Teller, den er in eine Ecke stellte. Die roten Blumen auf dem Fenstersims brannten im Licht der tiefstehenden Sonne. Über eine Sessellehne warf er ein Vorkriegsballkleid aus schwarzer Seide, ließ ein paar Tropfen vom Parfüm seiner Mutter auf den Teppich fallen, schob die offene Flasche unter das Sofa. Es war ihm nicht genug. Er legte Äpfel, die er in der Speisekammer gefunden hatte, auf die Anrichte, nur, um sie gleich wieder zu entfernen. Ihr Duft hatte nicht in den Raum gepaßt. Eine Mottenkugel gab ihm schließlich die erwünschte Symbiose von Gerüchen.

Obwohl der Tag warm war, trug Gretchen einen Mantel, darunter ein dunkelblaues Wollkleid mit einem weißen Kragen, lange Baumwollstrümpfe, feste schwarze Schuhe mit flachen Absätzen und eine Baskenmütze.

Als er fragte, ob ihr nicht heiß sei, antwortete sie mit der Gegenfrage, ob man schön und zur gleichen Zeit verzweifelt sein könne. Er fand ihre Frage nicht überraschend, dachte ernsthaft nach, während er ihren Mantel auf einen Haken im Vorzimmer hängte. »Warum nicht«, sagte er schließlich. Ob er manchmal verzweifelt sei, wollte sie wissen. »Vielleicht . . .? Im Grunde bin ich immer ein wenig verzweifelt«, entgegnete er nach kurzem Überlegen, es sei durchaus erträglich, fügte er hinzu, er habe sich daran gewöhnt.

»Du sprichst manchmal in Rätseln . . . Bist du jetzt verzweifelt?« Sie standen noch im Vorzimmer. Er hatte ein Haar auf ihrem dunklen Kleid entdeckt, entfernte es gedankenlos, sagte, der weiße Kragen stehe ihr sehr gut. Und zwischendurch erwog er ihre Frage. »Ich beschäftige mich nicht mit meinen Empfindungen – es ist mir peinlich«, wich er schließlich ihrem Forschen aus. An der offenen Tür des Speisezimmers hielt sie an, rief: »Es stinkt nach Naphthalin!« Er warf die Mottenkugel aus dem Fenster. Als er sie bat, sich auszuziehen, zögerte sie, sagte schließlich, »ich traue mich nicht«, schien aber nicht verlegen zu sein.

Er sah sie erstaunt an. »Würde es dir leichter fallen, wenn ich mich auch ausziehe?«

»Findest du es denn nicht schwierig?«

»Nein . . .« Und ohne ein weiteres Wort zu verlieren, zog er sich aus, tat es mit einer Selbstverständlichkeit, als entkleide er sich häufig vor Frauen. Gretchen sah weg. »Ich kann dir gleich zeigen, wie du kauern sollst«, erklärte er, hockte sich mit angezogenen Beinen, gekrümmtem Rücken, die Arme über den Knien verschränkt, den Kopf gesenkt, in die Sofaecke, änderte die Stellung der Gliedmaßen ein wenig, blieb eine Weile bewegungslos. »So etwa«, sagte er, zu ihr aufsehend.

Gretchen kannte seinen Körper – sie hatte ihn im Schwimmbad gesehen. Zacharia war mager, seine Haut war kaum gebräunt. Die unfertig wirkende, gar nicht muskulöse Gestalt stand in einem seltsamen Kontrast zur frühen Reife seiner Züge. Er hat die Augen eines alten Mannes, hatte sie schon oft gedacht – wenn die Alten wieder kindlich werden. Auch an die eines bukkeligen Mädchens, das sie gekannt hatte, erinnerten sie Gretchen. Das Mädchen war mit elf an Diphtherie gestorben.

»Traust du dich jetzt?«

»Ich will nicht, daß du mich so siehst«, sagte sie plötzlich, »ich komme zurück, wenn du wieder angezogen bist.« Mit diesen Worten hatte sie abrupt den Raum verlassen. Als sie wiederkam, verschloß er gerade seine Farben und Pinsel in einem hölzernen Kasten.

»Am Sonntag wird Rohrbach hier einziehen . . . An die Stelle des Sofas kommt ein Bett. – Ich werde zu malen aufhören.«

»Muß ich denn so kauern?« beschwor sie ihn. »So hat es mit ihr angefangen . . . In die letzten Winkel hat sie sich verkrochen.«

Er reagierte nicht, begann geistesabwesend, die Lavendelblüten in das dafür vorgesehene Säckchen zurückzuschütten, hielt mitten in seiner Tätigkeit inne, sagte ganz unvermittelt, »mir sind die meisten Menschen sehr zuwider«, holte hierauf die offene Parfümflasche unter dem Sofa hervor und schloß das Fenster. Er stand nun hinter ihr, legte seine Arme um ihre Schultern. »Nicht zuwider«, verbesserte er sich, »schrecklich gleichgültig sind sie mir . . . Gleichgültig auf eine widerliche Art. Empfindest du auch so?«

Sie umfaßte seine Unterarme, drückte sie leicht. »Bei dir möchte ich sein . . . gegen die anderen . . . du, ich, meine Mutter im Magazin. Vielleicht wird sie wieder singen, sie hatte eine wunderschöne Stimme. Manchmal sehne ich mich nach dem Magazin. Wenn wir irgendwo ein Zimmer für uns allein hätten, wir könnten uns Tee machen . . . rauchen . . . du liest mir vor.

Alexander saß wie entrückt und starrte auf sein Knie. Peter Iwanitsch verließ das Zimmer, Lisaweta sah traurig vor sich hin −« zitierte sie.

»Lisaweta Alexandrowna sah verloren . . .« verbesserte er sie.

»Wir sollten Saschas und Lisawetas Dialoge auswendig lernen, so tun, als wären wir die beiden:

Mein lieber Surkow, Sie sprechen von Liebe, als wäre sie eine Krankheit.«

»Verehrte Lisaweta«, führte Zacharia das Spiel weiter. »Ist sie nicht ein schweres Leid, das tödlich enden kann? Denken Sie doch an Anna, Emma, Desdemona und wie sie alle heißen. Eine endlose Kette von lamentablen Enden; den Erdkreis würden sie umspannen.«

»Mein lieber Surkow«, beschwor sie ihn. Dann wußte sie nicht weiter. Seit dieser Stunde nannte sie ihn oft bei diesem Namen.

»Am Montag fährt er zur Textilmesse nach Reichenberg, er bleibt fünf Tage«, erwähnte Gretchen, als sie sich wieder trafen. Zacharia reagierte vorerst nicht. »Du wolltest doch zu uns kommen«, erinnerte sie ihn.

»Ach ja, deine Mutter«, fiel ihm ein. Und plötzlich war sein Wunsch, sie zu sehen, neuerlich erwacht.

»Vielleicht ist es gut für Mama, ein neues Gesicht zu sehen«, sagte Gretchen, aber es hätte ihrer Ermutigung nicht bedurft. Sein Interesse war geweckt. Am Tag nach Laubes Abreise führte Gretchen ihn durch einen dunklen Korridor zur Tür des Magazins, nahm ihn wie ein Kind an der Hand. Und so betraten sie, ohne geklopft zu haben, den Raum.

Wie kommt er nur zu dieser Frau? war Zacharias erster Gedanke. Große kobaltblaue Augen, eine kleine feingeschnittene Nase, ein sinnlich weiter Mund, reiches kastanienbraunes Haar. Er konnte seinen Blick nicht von ihr wenden. »Das ist Zacharia Dax«, stellte Gretchen ihn vor. Frau Laube reagierte nicht. »Wir wollten guten Tag sagen.« Die Worte ihrer Tochter hatten sie nicht erreicht. Ihre Augen wirkten trotz der intensiven Farbe ausdruckslos. Sie saß in einem Lehnstuhl. Gretchen rückte eine Sitzbank an ihre Seite, gab Zacharia ein Zeichen, sich neben sie zu setzen. Der stand noch nahe bei der Tür, sah die beiden aufmerksam an. So ungeniert war sein Blick, daß Gretchen ihn bat, wegzuschauen. »Du erschreckst sie«, sagte sie. Da schien es ihm, als hätten Frau Laubes Augen kurz aufgeleuchtet.

Das Magazin war hell. Durch zwei hochliegende Fenster, deren Scheiben glänzten, sah er das Licht der späten Sonne hinter dem Wipfel einer Akazie. Plötzlich richtete sich die Kranke auf, ging auf ihr Bett zu, schien zu zögern, legte sich dann voll angezogen nieder und begann leise zu summen. Es klang wie ein Kinderlied. Als sie die Melodie wiederholte, sang Zacharia in einer kaum noch hörbaren Unterstimme mit. »Maikäfer flieg, nicht wahr?« sagte er, nachdem die einfache Weise zu Ende gekommen war. »Sollen wir weitersingen?« Er hatte ganz normal gefragt. Seine Stimme klang fremd im Magazin. Die Kranke lag ausgestreckt auf dem Rücken, starrte auf die Decke und atmete in langen tiefen Zügen. Es war sehr still im Raum. Da setzte sie sich ruckartig auf, schwang ihre Arme ein paarmal heftig, streckte den Nacken vor und erstarrte schließlich, die Arme noch flügelartig ausgebreitet, in dieser absonderlichen Haltung. Gretchen fing zu weinen an. Zacharia setzte sich auf den Bettrand. »Wenn man fliegen will, muß man ein Ei aus einem Krähennest stehlen, die Nester sind sehr hoch in dem Geäst der Bäume«, sagte er. Wieder hatte er mit einer ganz normalen Stimme gesprochen. Da senkte Frau Laube ihre Arme, als falte sie die Flügel, und ließ sich, das Gesicht der Wand zugekehrt, in ihrem Bett gewissermaßen nieder.

Gretchen sah aus, als ob sie nicht fassen könne, was sich vor ihren Augen abspielte. »Wir sollten gehen«, bat sie ängstlich. Auf dem Flur horchte er eine Weile angestrengt auf Geräusche aus dem Magazin. »Sie wird jetzt schlafen, sie ist erschöpft.«

Gretchen blickte ihn erwartungsvoll an. »Was sagt dir dein sechster Sinn?«

Er überging ihre Frage. »Sie trägt Schuhe mit hohen

Absätzen . . . macht einen sehr gepflegten Eindruck . . . das Haar, der Seidenschal«, wunderte er sich laut.

»Hast du ihre Fingernägel gesehen?« Er schüttelte den Kopf. »Als wäre sie gerade von einer Maniküre gekommen.«

»Macht sie sich selbst zurecht?« Gretchen nickte. »Und für wen?« fragte er.

»Nicht für meinen Vater. Sie pflegt sich für den Toten . . . Er war achtzehn, als er starb. Sie lebt mit ihm im Magazin.«

»Was wohl die Flügelschläge bedeutet haben?« überlegte er.

»Und dein Krähennest?« forschte sie.

»Es stammt aus einem Märchen. Einer recht pessimistischen Version der Ikaruslegende. Karel fiel vom Baum, als er das Zauberei stehlen wollte. ›Hat sich Kreuz gebrochen . . . Ist geflogen, aber nur hinunter‹, hat unsere alte Rosa aus Mähren mit viel Genugtuung erzählt.«

Zacharia bat Gretchen, ihn noch einmal zu ihrer Mutter zu führen. Er hatte die merkwürdige Idee, ihr so lange in die Augen zu schauen, bis sie seinen Blick erwiderte. »So«, sagte er, stellte sich ganz nahe vor Gretchen und sah sie an, als wolle er sie hypnotisieren. »Das macht mich schwindlig«, sagte sie.

Als er sich bei seinem nächsten Besuch im Magazin direkt vor Frau Laube setzte, um sein Vorhaben auszuführen, stand sie auf und ging zum Fenster. Er saß, offensichtlich am Ende seiner Weisheit, dem leeren Lehnstuhl gegenüber. Gretchen trat neben ihre Mutter. Von hinten sahen sie wie Schwestern aus. Die wahre menschliche Aristokratie drückt sich in den Beinen aus, hatte er einmal irgendwo gelesen. Die von Frau Laube waren schlank und muskulös. Gretchen flüsterte ihr etwas ins Ohr, worauf sich Frau Laube zu ihrer Tochter beugte. Sie bewegte ihre Lippen. Gretchen mußte sie verstanden haben, denn sie verließ den Raum und kam mit einer rötlich-braunen Flüssigkeit in einem Glas zurück. Frau Laube trank ein wenig, breitete die Arme aus und erhob sich auf die Zehenspitzen. Gretchen verfolgte jede Bewegung mit weit offenen Augen. »Sie levitiert«, rief Zacharia, ihre wie zum Flug ansetzende, Gebärde betrachtend. Versunken in diesen seltsamen Anblick, entdeckte er, daß das Grün des Leders ihrer Schuhe in dem Karo ihres Rockes wieder aufschien. Bei näherer Betrachtung fiel ihm eine Feinfühligkeit der Farben und Gewebe in ihrer Kleidung auf. Sie strahlt etwas Kostbares aus, dachte er unwillkürlich . . . Eine mit viel Bedacht erzielte Kostbarkeit.

Jetzt senkte sie die Arme ein wenig, ließ sich von den Zehen auf die Fußballen niedersinken, als setze sie zu einer sanften Landung an. Plötzlich gab sie Gretchen mit einer unmißverständlichen Bewegung ihres Kopfes zu verstehen, daß sie wieder von der rotbraunen Flüssigkeit trinken wolle. Nach dem ersten Schluck hob sie sich wieder auf die Zehen, breitete die Arme zu voller Flugweite, blieb lange so, bis sie schließlich kraftlos mit gesenktem Kopf und hängenden Schultern in sich zusammensank. Noch eine Weile stand sie dann am Fenster, ging langsam in den Raum zurück und setzte sich, offenbar erschöpft, auf den Bettrand.

Was Gretchen ihr zu trinken gegeben habe, war seine erste Frage, nachdem sie das Magazin verlassen hatten. Es sei Johannisbeersaft, manchmal verlange sie ihn. »Sie erhält sich schön für ihren Vetter«, sagte er, »sie fliegt zu ihm, wenn sie diesen Saft trinkt. – Wie hieß er denn?«

»Barthelm, Josef Barthelm.«

»Schade, ich hoffte Johann.« Er lachte ein wenig.

Was er mit diesem Krähennest ausdrücken wollte, fragte sie ihn. Er antwortete lange nicht. »Angepaßt habe ich mich«, sagte er schließlich. »Auch wenn ich male, steige ich oft aus dem Alltag heraus, mache gewissermaßen einen Schritt zur Seite, ich lasse die Vernunft zurück. So ein unsinniger Satz, wie der vom Krähennest, öffnet den Weg zum Wachtraum. Man muß nur zurückfinden, sonst wird dieser Weg zum Verhängnis. Man lebt dann allein in einem Magazin mit einem längst toten kleinen Vetter. So ein Krähensatz hilft beim Umsteigen in eine ungewohnte Denkart. Es ist ein Weichenstellen. Deine Mutter hat sich verfahren. Ihr Ziel ist eine Vergangenheit, die es vielleicht nie gegeben hat. Ihre Reise ist nicht ziellos, aber endlos.«

Sie waren unterwegs zu ihrer Bank. Am Parkeingang griff sie nach seiner Hand und zog ihn vorbei. Sie hatte Angst vor der Verwesung. Es begann bereits zu dämmern, ein kühler Wind war aufgekommen. Er hängte ihr seine Jacke um, strich ihr eine Strähne aus der Stirn. »Sie muß ihn mit einem Übermaß geliebt haben«, sagte er plötzlich, »darauf beruht ihr Wahn. Der schwächliche Josef hat all ihr Vermögen zu lieben angefacht. Das der Mutter eines kranken Kindes und das der Frau für einen Mann. Die Summe dieser Empfindungen übersteigt ihre seelischen Kräfte . . . So stelle ich es mir vor. Weiß Gott, ich mag mich irren!« Der eine stellt ihr nach, den anderen, den Retter in ihrer Not, gibt es nur in ihrem Wahn. So fliegt sie gestärkt mit ihrem Beerensaft vom Magazin zum Grab des jungen Josef, dachte Zacharia. »Sie weiß schon, was sie tut«, sagte er nach einer Weile. »Man sollte sie nicht stören.«

Die Nachricht vom Besuch Zacharias bei seiner Frau ließ Herrn Laube zusammenzucken. Obwohl er schwieg, war ihm anzusehen, daß es ihn Überwindung kostete, seine Fassung zu bewahren. Gretchen wagte es nicht, ihn anzusehen. Als er erfuhr, daß Zacharia ein zweites Mal im Magazin gewesen war, gab er einen Laut von sich, der wie ein unterdrücktes Ächzen klang. Dann krümmte er sich, als hätte er Leibschmerzen, richtete sich aber gleich wieder auf und suchte nach Zigaretten in seinen Taschen. Gretchen eilte in sein Büro und brachte ihm das Etui.

Seit dem Rückzug ihrer Mutter in das Magazin hatte Gretchen einen Ausruck in den Augen ihres Vaters entdeckt, den sie sich nicht erklären konnte. Sein Blick ist nicht offen, dachte sie; er enthielt etwas Zusätzliches, das sie nicht verstand. Auch seine Art, plötzlich Feststellungen ohne erkennbaren Zusammenhang zu machen, war neu. »Der Dax ist mir nicht ganz geheuer«, ließ er seit kurzem häufig und völlig unerwartet fallen. Gretchen hatte den Eindruck, daß so ein abrupter Satz jeweils den Abschluß eines verwickelten Gedankenganges bildete. »Du hast keine Mutter«, war eine weitere Bemerkung, die er wiederholt gebrauchte. Gretchen reimte sich zusammen, daß er so Sorge um ihr Wohlergehen ausdrückte. »Wir werden ja sehen«, sagte er, wenn sie eine Frage oder Bitte an ihn richtete.

»Wie ist das nun, wird sie dich hier unterrichten?« fragte er eines Tages unvermittelt.

»Sie gibt die Stunden nur zu Hause . . . Bitte erlaube es mir.«

»Wir werden ja sehen«, schob er die Entscheidung hinaus. »Deine Mutter würde mir nie verzeihen«, sagte er, als sie einige Tage später ihre Bitte wiederholte.

»Was würde sie dir nie verzeihen?« drang sie in ihn.

»Wenn ich dir alles durchgehen ließe«, antwortete er, aber sie wußte, daß er etwas anderes im Sinn gehabt hatte.

»Sprichst du denn mit ihr?«

»Sie antwortet meist nicht«, entgegnete er. Daß ein Austausch von Gedanken zwischen den beiden stattfinden mußte, entnahm sie aus vielen Andeutungen ihres Vaters. Er kaufte auch ihre Wäsche, Toilettenartikel, brachte ihr Süßigkeiten und Obst. Weiß er denn nicht, für wen sie sich schön macht? fragte Gretchen sich. Oft horchte sie an der geschlossenen Tür, wenn er bei ihrer Mutter war. Manchmal hörte sie Schritte, als ginge er auf und ab, auch ein leises Pfeifen durch die Zähne, das sie gut kannte, hatte sie durch die Tür gehört. Er gab diesen sonderbaren Laut von sich, wenn er etwas Kompliziertes mit seinen Fingern tat. Als sie einmal, unmittelbar nachdem er das Magazin verlassen hatte, bei ihr eintrat, kauerte sie, die Hände im Schoß gefaltet, in einer Ecke des Bettes, richtete sich aber schnell auf, sobald sie Gretchen erkannte, und kehrte ihr den Rücken zu, als schäme sie sich. Ein andermal hörte es sich von draußen an, als wäre ein schwerer Gegenstand umgefallen. Nicht ein einziges Mal hatte sie die Stimme ihrer Mutter oder ein anderes Geräusch gehört, das auf sie zurückzuführen gewesen wäre. Sie nimmt nicht teil, schloß sie ihre Überlegungen, läßt alles lautlos über sich ergehen.

Irene Fuchs, die ältliche Frau, welche den Haushalt führte, verteidigte Herrn Laube, auch wenn kein Anlaß dafür bestand. Er habe seine guten Seiten . . . Man tue ihm unrecht, behauptete sie. Wer ihm unrecht tue, fragte Gretchen. Die Alte lachte nur. Als Gretchen auf eine Antwort bestand, sagte sie, »die Menschen reden eben.«

»Worüber?«

»Über das Nervenleiden«, wich sie aus, fügte aber hinzu, daß man nie wisse, was zwischen Eheleuten hinter verschlossenen Türen vorgehe. Als Gretchen sich über seine Unnachgiebigkeit beklagte, riet sie ihr, ihn nicht zu drängen. »Er muß alles überschlafen«, sagte sie. Frau Fuchs hatte recht. Eines Morgens beim Frühstück, der einzigen Mahlzeit, die sie gemeinsam einnahmen, erlaubte er ihr völlig unerwartet, Unterricht bei Frau Dax zu nehmen. Nachdem Gretchen sich bedankt hatte, sagte sie gedankenlos, es sei nur ein Glück, daß ihre Mutter so sehr auf ihr Äußeres achte. Laube erblaßte, blieb noch ein paar Sekunden sitzen, als überlege er, wie er sich verhalten solle, worauf er sichtlich erregt den Raum verließ.

Frau Laube litt in diesen Tagen unter Übelkeit, übergab sich oft am Morgen, erholte sich jedoch schnell wieder. Herr Laube war besorgt, jedoch nicht übermäßig. Überraschend erklärte er, daß er seine Frau in eine private Klinik zum Zwecke einer gründlichen Untersuchung bringen werde. Eine Woche später reisten sie ab. Frau Laube trug einen breitkrempigen Hut mit einem Schleier, der die Nase gerade noch bedeckte, als sie in das Taxi stieg, das sie in die Kreisstadt bringen sollte. Gretchen wollte sie zum Abschied küssen, aber ihre Mutter schob das Gesicht an ihrer Wange vorbei, hob ihr Haar und drückte ihre feuchten Lippen auf den Nacken ihrer Tochter. Gretchen zog unwillkürlich ihre Schultern hoch. Herr Laube setzte sich neben den Fahrer, der Kommis hatte eine Reisedecke über die

Knie der Kranken gebreitet, Frau Fuchs, die teilnahmslos in der offenen Haustür stand, sagte, »so geht es!«

Drei Tage später – einen Tag früher, als man sie erwartet hatte – kamen sie zurück. Frau Laube war schon im Magazin, als Gretchen nach Hause kam. Sie sei körperlich gesund, berichtete ihr Mann. Die Ärzte hätten ein tägliches Glas Eisenwein mit einem rohen Ei verschrieben. Tags darauf ließ er eine kleine Holzbank unter dem Lebensbaum am Grabe Josef Barthelms errichten. Anscheinend hatte er ein Versprechen eingelöst. Die Bank blieb unbenutzt.

»Pardon«

Das mag zwar nicht das erste Wort gewesen sein, das er bei seinem Einzug geäußert hatte, aber in Zacharias Erinnerung schien es so. Rohrbach war kaum wiederzuerkennen. Bei seinem ersten Besuch war er resolut gewesen, hatte Wünsche geäußert, Bedingungen gestellt. Diesmal entschuldigte er sich unentwegt. »Bemühen Sie sich nicht!« wehrte er Zacharias Angebot ab, ihm mit dem Gepäck zu helfen. »Es hat ja kein Gewicht.« Und wie zum Beweis schleppte er zwei große Koffer die Stiegen hinauf, hielt außer Atem auf halber Höhe an und lächelte verlegen. »Ein weiterer Koffer . . . Ich bitte um Verständnis . . . Er wird in zwei, drei Tagen kommen.«

»Aber ich bitte Sie«, wehrte Frau Dax ab.

»Nein . . .« Er wisse es nur zu gut . . . auf keinen Fall wolle er mit seiner Habe die Wohnung überfüllen, sie sei ja ohnehin nicht allzugroß.

»Keineswegs . . . Ich hoffe nur, daß Sie sich wohl bei uns fühlen werden.« Rohrbachs Zuvorkommenheit war ansteckend.

»Wie können Sie nur daran zweifeln!« Der noch zu erwartende Koffer enthalte eine Sammlung von Zinnsoldaten, sein Vater hätte sie ihm hinterlassen. Pietät verbiete ihm, sich von ihr zu trennen.

»Ein Militär, Ihr Vater?« erkundigte sich Frau Dax.

»Richtig . . . später a. D. natürlich.« Die Jahre vierzehn bis achtzehn seien die glücklichsten seines Lebens gewesen. »Täglich neue Schlachten . . . er focht sie immer wieder bis zu seinem Tod, starb umringt von seinen kleinen Helden . . . Im Pulverdampf gewissermaßen . . . in Eger . . . Ein schöner Tod, als Kommandeur und doch im Bett. Eine harmlose Passion«, entschuldigte er seinen Vater. »Er ließ den Gegner oft gewinnen . . . Wie es ja auch wirklich geschehen ist. Er war dann tagelang betrübt, bis ein neuer Sieg ihn wieder optimistisch stimmte. Er hatte eine dröhnende Stimme . . . Aber ich langweile Sie. Wie gesagt, der Koffer mit dem Regiment samt Troß wird bald geliefert werden . . . Für Ihre Großzügigkeit . . . auch in seinem Namen . . . nochmals tausend Dank.«

»Aber . . . aber«, warf Frau Dax schnell ein.

»Ich weiß sie zu schätzen.« Sie sah ihn überrascht an. »Die Großzügigkeit natürlich. Ich hätte nie gewagt . . . obwohl . . . was rede ich . . .«

Zacharia war diesem merkwürdigen Gespräch mit wachsendem Interesse gefolgt. Wieviele Soldaten er in dem Koffer habe, fragte er.

»Ein Regiment – Friedensstärke.«

»Um Gottes willen!« rief Frau Dax, die in einer Regimentsstadt aufgewachsen war. Rohrbach hob beruhigend die Hand. Es sei sorgfältig verpackt, er bringe es nur kompanieweise ans Tageslicht . . . die Pferde nie . . . den Troß seit Jahren nicht. Man brauche keine Invasion zu befürchten.

Ob auch ein Feldlazarett im Koffer sei, fragte Zacharia. Verlegen lächelnd verneinte Rohrbach, erwähnte aber täuschend gute Verwundungen, Heldentode, Tragbahren und Sanitäter.

Die Einladung zu einer Tasse Kaffee akzeptierte er nur unter der Bedingung, daß er ein Säckchen abessinischer Bohnen beisteuern dürfe, erbat sich, sie in seiner bosnischen Messingmühle zu mahlen, lud beide ein, den Kaffee bei ihm zu trinken, entschuldigte sich für die Zigaretten, die er angeboten hatte, durchwühlte sein Gepäck nach einer besseren Sorte, fand sie schließlich und bestand darauf, daß Frau Dax die schon angezündete billigere Marke ausmachte. »Ich bin Ihnen zu großem Dank verpflichtet«, behauptete er, nachdem er die abessinischen Bohnen mit den Worten »nichts Besonderes« abgetan hatte. »Wenn ich geahnt hätte, daß Sie mir die Ehre geben würden . . .« Er ließ offen, was er getan hätte, doch seine Miene versprach Außerordentliches.

Als Frau Dax später Zacharia fragend ansah, zog er die Schultern hoch und begann zu lachen.

»Er war doch ganz anders, als er das erste Mal hier war«, wunderte sie sich, »sieht aber ganz passabel aus, bestimmt ein anspruchsloser Mieter!«

»Hoffentlich . . . mir hat er vor vier Wochen besser gefallen. Vielleicht ist der heutige sein Doppelgänger.«

»Ideen hast du!«

»Er spielt Rollen, paßt sich an, ist sehr wechselhaft. Bei seinem ersten Besuch wußte er noch nicht, ob er das Zimmer nehmen würde . . . Er hatte keinen Grund, sich um deine Gunst zu bemühen.«

Frau Dax hielt viel vom Urteil ihres Sohnes. »Soll man sich Sorgen machen? – Schließlich kommt er auf Theos Empfehlung«, beruhigte sie sich selbst.

Zacharia hatte richtig geraten. Rohrbach war veränderlich. Und zwar veränderlich in einem hohen Grade. Anfangs nannte Frau Dax seine Wesensart unbeständig, bis sie eines Morgens mit den Worten »das geht zu weit« in Zacharias Zimmer stürzte. Rohrbach war ihr auf eine rüpelhafte Weise zuvorgekommen, als sie beide auf die Toilettentüre zugegangen waren. »Gerade daß er mich nicht beiseite geschoben hat«, entrüstete sie sich. »Gestern hat er mir noch den Hasen ausgenommen.«

Ihre Fassungslosigkeit war begreiflich. Innerhalb weniger Minuten konnte sich der zaghafte Rohrbach als ein anmaßender Mensch entpuppen. Es war eine geradezu übergangslose Wechselhaftigkeit, die sich besonders deutlich in seiner Kopfhaltung spiegelte. Seitlich geneigt, bekundete sie Bescheidenheit. Seine Augen schienen dann zu betteln; es war peinlich, ihn anzusehen. Anmaßung drückte sich in einem merklich vorgestreckten Nacken aus.

Zacharia überlegte, wie man sich gegenüber solch einem Untermieter verhalten solle. Er selbst konnte sich eigentlich nicht beklagen. Sogar an Tagen, an denen Rohrbach die Widderhaltung – so nannte Zacharia den gestreckten Nacken – einnahm, verhielt er sich in dessen Anwesenheit nicht gerade unhöflich. Er war dann streitbar im guten Sinne dieses Wortes. Nütze den Tag! schien sein Wesen zu verkünden. Nur im Umgang mit der Mutter nahm er sich dann allerhand heraus. Freiheiten, nannte sie es. Im Grunde war er in den Widderstunden nicht unbedingt anmaßend. Es wirkte nur so im Kontrast zu seiner üblichen Wesensart. Die Episode vor dem Klosett war ein extremer Fall gewesen. Lautes Pfeifen, Benutzung eines Haushaltsartikels, ohne zu fragen, gelegentliches Zuschlagen einer Tür waren üblichere Formen.

»Du mußt mit ihm sprechen«, forderte Frau Dax, immer noch entrüstet. »So kann das nicht weitergehen.« Mit zunehmender Häufigkeit erteilte sie Zacharia Aufträge, die normalerweise von Ehemännern erfüllt werden; Zacharia schien zu jung dafür. Ihn störte es jedoch nicht. Er hatte sich längst daran gewöhnt. Auch die bevorstehende Aussprache mit Rohrbach beunruhigte ihn nicht im geringsten. Er überlegte nur, wie er sie beginnen sollte.

Sie trafen sich im Vestibül. Rohrbach war im Begriff, an ihm vorbeizuschleichen, er hatte einen sehr bescheidenen Tag. »Bevor ich vergesse«, begann Zacharia, »kann ich Ihre Zeit für ein paar Minuten in Anspruch nehmen?« Diese Anrede hatte er sich im Vorhinein zurechtgelegt. Rohrbach öffnete die Tür zu seinem Zimmer, trat beiseite und bat ihn, einzutreten.

»Ich habe es erwartet«, sagte er, bevor Zacharia sein Anliegen vorbringen konnte. »Allerdings habe ich mit Ihrer Mama gerechnet . . . Ich bin sehr wechselhaft, ich weiß es, ich kann es nicht verbergen.«

Zacharia sagte, daß es ihn nicht störe, aber seine Mutter sei sehr aufgebracht.

»Tausendmal Verzeihung!« rief Rohrbach. Es klang verzagt. Und dann erzählte er eine unglaubwürdige Geschichte: Er hätte von Natur aus einen steten, zielbewußten Charakter, habe jedoch eine zur Melancholie neigende, oft weinende Kinderfrau gehabt. Trotz seiner gesunden Veranlagung hätte ihre weinerliche Art Spuren hinterlassen. Er machte eine wellenförmige Handbewegung. »Sie ist verantwortlich für meine Gemütsschwankungen.« Er sah Zacharia an, als ließe seine Wechselhaftigkeit keine andere Erklärung zu. »Ein zielbewußter junger Mensch, Melancholie umgibt ihn, was kann aus ihm schon werden? Eine Seele, die ewig zwischen diesen Polen schwankt. Es ist doch offensichtlich.«

»Die Kinderfrau also«, sagte Zacharia. Er war erstaunt, wollte noch hinzufügen, daß er Rohrbachs Einsichten interessant und ungewöhnlich fände, kam aber nicht dazu, da der sofort »Ja« einwarf und unmittelbar über seine Gebrechen zu reden begann: An manchen Tagen sei er niedergeschlagen, »total niedergeschlagen«, betonte er, als bereite es ihm eine Genugtuung. Er habe dann eine derart niedrige Meinung von sich selbst, daß er sich unentwegt schäme. Seine größte Sorge sei, daß seine niedrige Selbsteinschätzung berechtigt und durchaus realistisch sei. Er berührte die Narbe auf seiner rechten Wange mit dem Mittelfinger, sagte, Zacharia erwartungsvoll betrachtend, »ein Schmiß, nicht wahr?«, wies aber dessen noch unausgesprochene Entgegnung mit erhobener Hand zurück. »Ein zukünftiger Chirurg, ein Freund, hat mir den Schmiß fabriziert. Mein Studium habe ich auch nicht beendet ... Ich trat nicht zu den Prüfungen an. Ich war zu aufgeregt, hatte bis zu hundertdreißig Puls ... Dabei habe ich die Pharmazie geliebt ... liebe Apotheken heute noch ... Jetzt kopiere ich Zahlen beim Steueramt«, fuhr er fort. Es klang nicht resigniert. »Man schätzt meine Gewissenhaftigkeit ... Ich addiere ungewöhnlich schnell.« Er sank zurück in seinen Lehnstuhl. »Sehen Sie, das ist aus mir geworden ... Eine Addiermaschine ... eine Addiermaschine mit Schmiß.« Es schien, als bereite es ihm ein perverses Vergnügen, seine Schwächen einzugestehen.

Plötzlich wußte Zacharia, woran ihn Rohrbach erinnerte: an ein Kamel. Die arrogante Unterlippe, die schweren Lider, das lange Gesicht. Ein seltsamer Gedanke ging ihm durch den Kopf: Kamele sehen wie Rohrbach aus, nicht umgekehrt. Sie imitieren ihn, und zwar verblüffend gut. Zacharia stellte sich eine ganze Reihe dieser Tiere vor, eine Karawane ... einen Kamelzug, der bedächtig Rohrbach imitierte.

Sich besinnend, sagte Zacharia, der Schmiß sei gut gelungen. »Nicht wahr ...« gab ihm Rohrbach recht. Jetzt fiel ihm wieder ein, worum ihn seine Mutter gebeten hatte ... Die Freiheiten, die Rohrbach sich herausgenommen hatte. »An den ziel- und selbstbewußten Tagen«, begann er vorsichtig, konnte aber seine Beschwerde nicht zu Ende bringen. Die seien selten, schnitt Rohrbach ihm das Wort ab, seien völlig unvorhersehbar – eine Strafe Gottes. Er verachte diesen Rohrbach noch mehr als den zaghaften. Beide seien im Grunde monströs ... Er kontempliere manchmal Selbstmord, ihm fehle es jedoch an Mut. »Der kleine Eingriff hier« – er zeigte auf den Schmiß – »ist mir schon schwer genug gefallen. Den bewundere ich«, sagte er selbstgefällig, »mit diesem Rohrbach kann ich leben.« Er richtete sich halb auf, streckte die Beine von sich. »Schließlich ist er Staatsbeamter der Klassifikation 4A ...« Rohrbachs Miene hellte sich auf. Er blickte in die Ferne, als wäre es noch ungewiß, wohin ihn diese geistige Veränderung transportieren würde. Plötzlich schien ihn etwas zu beunruhigen. »Sehen Sie«, flüsterte er, »davor bangt mir am meisten.«

»Was ist es denn?« Zacharia konnte sein Interesse kaum verbergen.

»Ein Gefühl eines schrecklichen Verlustes ... Es überfällt mich, wenn ich mir selbst zuschaue, als wäre ich nicht ich, als wäre nur einer von uns beiden ich ... Alles gerät dann durcheinander ... Es ist die reinste Katastrophe. Es hält nur für Minuten an«, tröstete er sich, glitt aus dem Lehnstuhl in die Knie, richtete sich aber gleich auf und sagte mit verblüffend resoluter Stimme: »Tausend Pardons an Ihre verehrte Frau Mama!«

Zacharia stand schon, da hielt er ihn zurück: »Was ich sagte, stimmt zwar, aber es ist halb so schlimm ... Ich neige zu Übertreibungen. Sehen Sie, jetzt bin ich wieder guter Dinge.«

Zacharia hatte das Gefühl, in eine geistige Sackgasse geraten zu sein. Ein Exhibitionist, sann er. Die Lust, sein Innerstes vor Fremden zu entblößen, stand ihm ins Ge-

sicht geschrieben. »Wir haben einen Narren als After-
mieter«, berichtete er seiner Mutter, »er läßt sich tausendmal entschuldigen.« Als er ihren alarmierten Blick
sah, beruhigte er sie schnell: »Harmlos – mach dir keine
Sorgen.«

»Bitte, bleiben wir bei Untermieter«, wies sie ihn
zurecht. »In Zukunft vermeide derlei Gespräche mit
Rohrbach«, riet sie ihm. »Hat Herr Laube Gretchen die
Stunden erlaubt?« wechselte sie das Thema. »Ich würde
sie gerne unterrichten.«

ie malen?« sprach Rohrbach ihn am nächsten Tag
»S im Vorhaus an. Zacharia blieb kurz stehen. »Zum
Spaß ein wenig«, sagte er.

»Darf man etwas sehen?«

Zacharia zögerte. »Bescheidene Versuche . . . nicht
sehenswert«, wehrte er ab.

Rohrbachs Züge drückten übertriebene Niederge-
schlagenheit aus. »Natürlich, ich verstehe«, sagte er resigniert.

»Sie werden enttäuscht sein«, warnte Zacharia, »Stüm-
pereien, doch wie Sie wollen.«

Noch in derselben Woche breitete Zacharia einige
seiner Blätter vor Rohrbach aus. Der kicherte anfangs
ein wenig, wurde aber von Bild zu Bild ernster. Als
Zacharia ihm sein letztes zeigte, sagte er lange nichts.
Dieses Bild hatte Zacharia nach seinem zweiten Besuch
bei Frau Laube gemalt. Gleich nachdem er nach Hause
gekommen war, begann er, anfangs gedankenlos, das
Speisezimmer aus der Erinnerung zu skizzieren, sparte
die Sofaecke aus, verhüllte sie dann mit einem teilweise
zurückgeschlagenen Überwurf, unter dem eine Krähe
mit einem Eichhörnchen in den Krallen sichtbar war.
Das Eichhörnchen lebte noch, der Vogel setzte gerade
zum Flug an. Im Mittelgrund levitierte eine nackte
Frau, ganz vorne spielte eine Katze mit einer Maus, im
Fenster brannten die Geranien.

»Das ist ja mein Zimmer!« rief Rohrbach. Es klang
wie eine Beschwerde. »Gibt es die schwebende Gestalt?«

Zacharia überlegte. »Den Tag hat es gegeben«, sagte
er schließlich. »Ich male Zeitabschnitte . . . Tage, Stun-

den, Wochen – wie es sich eben ergibt. Ich fasse sie zusammen, zerlege sie wieder . . . mir mißlingt sehr viel.«

Rohrbach hatte einen selbstsicheren Tag. Er legte seine Hand begütigend auf Zacharias Arm. »Wem gelingt schon alles? Ihr letztes Bild zeigt Originalität. Was haben Sie im Sinn gehabt?«

»Ich will Zusätzliches, Unsichtbares ins Bewußtsein rufen.«

»Das wollen alle, die meisten glauben sogar, daß sie es können, machen sich etwas vor, überschätzen sich maßlos.«

»Verstehen Sie denn etwas von der Malerei?«

»Das steht nicht zur Debatte«, schnitt Rohrbach das Wort ab. Er schien plötzlich ungeduldig. »Es ist so eine Sache mit derlei Ideen. Sie sind nicht wichtig . . .« Er trat einen Schritt zurück, betrachtete eingehend seine Schuhe. »Die Angelsachsen sagen, ›er spannt den Wagen vor das Pferd‹. So ist es auch mit den Ideen. Die müssen aus dem Werk wachsen, nicht umgekehrt . . . Vergessen Sie Ihre Ideen, malen Sie! Wenn es Ihnen gegeben ist, werden die sich schon bemerkbar machen.« Wieder machte er einen Schritt zurück, trat von einem Fuß auf den anderen, verzog sein Gesicht zu einer Grimasse. »Eine Minute«, entschuldigte er sich und lief aus dem Zimmer. Zacharia hörte die Spülung im Klosett. Als er zurückkam, wirkte er entspannt. »Was ich über die Ideen sagte, war übertrieben . . . Ich meine nur ganz allgemein.« Und er wiederholte: »Die Idee muß aus dem Werk entstehen, nicht umgekehrt.«

Zacharia sah ihn erstaunt an. »Befassen Sie sich denn mit solchen Fragen?«

»Eigentlich nicht. Ich bin total talentlos . . . Sie rauchen nicht?« Er zündete sich selbst eine Zigarette an. »Setzen Sie sich doch . . . Nur ein gänzlich untalentierter Mensch wie ich ist imstande, objektiv zu sein. Selbst das bescheidenste Talent färbt das Urteil, man sucht Affinitäten, ist enttäuscht, wenn man sie nicht findet.«

»Und was würden Sie mir raten?«

»Nichts. Lassen Sie den Dingen ihren Lauf. Malen Sie . . . Dürer hat sich auch nichts dabei gedacht, als er den Hasen malte. Die Katze mit der halbtoten Maus ist beängstigend.« Er trat nochmals an das Bild heran. »Furchtbar . . . über die Schwebende wissen Sie also nichts Näheres?«

»Sie trinkt Johannisbeersaft . . . scheint zu schweben, eine äußerst seltene Begabung . . . morgen beginnt ihre Tochter, Französischstunden bei meiner Mutter zu nehmen.«

»Ich wußte gar nicht . . . ein Sprachtalent . . . Ich würde mir gerne eine Ihrer Studien aufhängen«, kam er nochmals auf die Bilder zu sprechen. »Die Landschaft mit dem einsamen Schaf . . . das Tier tut mir leid . . . leihweise natürlich. Ich würde es rahmen lassen.« Zacharia schob ihm das Blatt wortlos zu.

Rohrbachs Ansichten gaben Zacharia zu denken. Hatte er sich in eine undurchführbare Idee verrannt, den Wagen vor das Pferd gespannt? Als er Gretchen davon erzählte, sagte sie: »Ich werde für dich sitzen. Vielleicht brauchst du wirklich etwas Konkretes, etwas, das nicht schwebt, nicht tötet, nicht einsam in der Landschaft steht.«

Sie kam am folgenden Mittwoch. Frau Dax war unterwegs, Rohrbach im Büro. »Schau weg«, sagte sie, zog sich schnell aus. Als er aufsah, saß sie nackt in der Ecke des Sofas, blickte ihm erwartungsvoll entgegen. Sie schien gar nicht verlegen zu sein. Zacharia stand zutiefst erstaunt, regungslos hinter seiner Staffelei.

»Ich dachte, du willst mich malen«, mahnte sie ihn.

»Ich wußte nicht, wie schön du bist«, sagte er, versunken in ihren Anblick. Und er liebkoste sie mit seinen Linien, skizzierte selbstvergessen ihren Körper, verfiel dem Zauber ihrer Formen. Sie hatte die Arme über den Beinen verschränkt, ihr Kopf ruhte seitlich auf den Knien. »Warum muß ich mich verkriechen?« fragte sie nach einer Weile, »bin ich ein Ersatz für die Krähe mit dem halbtoten Eichkätzchen?« Sie hatte unbefangen gesprochen. Offenbar bewegte sie ihre Nacktheit nicht. Jetzt richtete sie sich ein wenig auf. »Bin ich eines der Gebilde unter der Verhüllung?«

»An dir ist alles hell und klar. Was ich verhülle, ist beängstigend.«

Sie stützte sich auf, streckte die Beine. »Lange halte ich das nicht aus, ich bekomme einen Krampf. Laß mich sehen, was du gezeichnet hast.«

Ganz ohne jede Absicht war seine Skizze zu einer Studie körperlicher Verrenkungen geworden. Ihre langen Gliedmaßen betonten diese Wirkung noch. Nur der Nacken und die Schultern waren weich und verführerisch. »Die vergräbt sich in ihrem Kummer«, sagte Gretchen, nachdem sie das Bild eine Weile betrachtet hatte. »Siehst du mich wirklich so?« Sie senkte die Bluse, die sie sich vorgehalten hatte, betrachtete sich selbst. »Ich sehe mich anders . . . Ich will nicht, daß du mich so malst.« Da zog er sie an sich, küßte ihre Brust, hielt sie zärtlich, trug sie auf das Sofa und legte sich zu ihr. Das Licht der späten Sonne fiel in den Raum, Staub tanzte in den schrägen Strahlen, das rote Medaillon des Persers leuchtete.

»›Vor der Auffahrt hielten viele Equipagen. Graf Novinski fuhr gerade vor . . .‹«

»Mein lieber Surkow, Sie lesen wunderschön«, lobte ihn Gretchen.

Gedankenverloren begann er: »Wir werden unser Leben neu erfinden . . . Auch unsere Erinnerungen erfinden wir, und unsere Kindheit. Ich kenne den Zugang zu diesen Welten.«

Sie hatte sich aufgesetzt. Das Kissen war von ihrem Bauch geglitten. Ihr Schoß war golden wie ein Blatt im Herbst. »Und wo ist der Zugang, wo beginnt er?«

»In der Langeweile . . . In langer, leerer Weile. Gib dich ihr hin, wehre dich nicht. Sie führt dich in eine zutiefst vertraute, erfundene Vergangenheit. Ein heißer Sommertag an einem kleinen Fluß . . . Man muß geduldig sein, ganz ruhig bleiben, dann hört man bald das Fließen, das Murmeln, das Flüstern an den Ufern. Ein Vogel stürzt in seine Spiegelung im klaren Wasser, löst sich auf in Ringen. Wir sehen den Fischen zu. Bunte Kiesel werden zu Geschmeide, verblassen an der Oberfläche, leuchten wieder auf im Fluß.«

Als sie Rohrbachs Schritte hörten, zogen sie sich an.

»Da sind Sie also«, begrüßte Frau Dax ihre neue Schülerin, führte sie in ihr Zimmer und begann ganz ohne Umschweife die Lektion. Gegen Ende der Stunde fragte sie Gretchen, wie es ihrer Mutter gehe. »Unverändert«, bekam sie zur Antwort.

»Bestimmt sehr schwer für alle.«

Ihre Mutter leide nicht, das sei ein Trost, entgegnete Gretchen.

»Zacharia hat sie kennengelernt?« lenkte Frau Dax das Gespräch. Gretchen nickte zustimmend. »Ich hoffe, er war verständnisvoll, Zacharia sagt manchmal ausgefallene Sachen.«

Gretchen schüttelte den Kopf, er sei verständnisvoll gewesen. Sie saß ein wenig vorgebeugt, hatte die Hände im Schoß gefaltet und starrte auf ihr geschlossenes Buch. Nach einer Pause, die ihr lange schien, sagte sie: »Meine Mutter spricht sehr selten . . . Manchmal flüstert sie.« Gretchen fühlte sich unbehaglich. Frau Dax ließ sie nicht aus den Augen.

»Da ist es also zu keinem Gespräch gekommen . . . Ich meine mit Zacharia?«

»Nein.«

»Das muß sehr schwierig sein.«

»Es ist nicht schwierig.«

»Man sitzt sich schweigend gegenüber?«

»Manchmal steht man auch auf.« Gretchens Spott war so offensichtlich gewesen, daß sie selbst erschrak. »Verzeihung, ich wollte nicht . . .«, überstürzte sie sich. »Wir sitzen, stehen, gehen auf und ab, schauen aus dem Fenster . . . Mit Zacharia hat sie sogar gesungen. Es war sehr schön, sie sangen zweistimmig.«

Man sah Frau Dax das Erstaunen an. »Zweistimmig?« fragte sie schließlich, »mit Zacharia . . . ja, was haben sie denn gesungen?«

»Ich kannte das Lied nicht«, gab Gretchen vor.

»Und Zacharia?«

»Er ist einfach eingefallen, eine Melodie, die einem bekannt vorkommt, man singt, ohne viel zu denken, mit.« Ob Gretchen ein paar Takte summen könne? Gretchen schüttelte den Kopf. Zacharia habe ein besseres Gehör.

»Wirklich?«

»Auch eine sehr gute Stimme . . . Bestimmt wird er sich an die Melodie erinnern . . .«, schlug sie vor. »Ich muß jetzt gehen«, versuchte sie neuerlichen Fragen zu entgehen.

»Siehst du ihr ähnlich?« wollte Frau Dax noch wissen, nachdem sie beide aufgestanden waren.

Da leuchteten Gretchens Augen auf. »Sie ist viel schöner«, sagte sie wie im Triumph.

»Ein nettes Mädchen . . . Ein wenig zerstreut«, hatte seine Mutter nach dieser ersten Stunde mit ihrer neuen Schülerin erwähnt. Zacharia hatte kaum hingehört. »Oder irre ich mich?« Sie sah ihn fragend an. Er antwortete nicht. »Du hast Frau Laube besucht . . . Davon hast du mir nichts erzählt«, beharrte sie. Er blickte geistesabwesend in ihre Richtung, antwortete aber wieder nicht. »Frau Laube spricht nicht?« forschte sie weiter.

»Sie ist geisteskrank«, sagte er schließlich.

»Das weiß ich, aber wie drückt sich diese Krankheit aus?«

»In Schweigsamkeit«, entgegnete er.

»Ist das eine Krankheit?« fragte sie verwundert.

»Wenn ich aufhören würde, einen Laut von mir zu geben, würdest du dir da nicht Sorgen machen?«

Man sah Frau Dax an, daß die wortkargen Antworten ihres Sohnes sie zu irritieren begannen. »Du hast mit ihr gesungen?«

»Warum bist du so an ihr interessiert?«

»Stell dich nicht dumm, du bist sehr intim mit ihrer Tochter.« Frau Dax konnte ihre Bedenken nicht länger verbergen . . . Die Familie Laube beunruhigte sie. Auch Gretchens Verhalten hatte sie überrascht. Daß sie den Geldbetrag für die Stunde wortlos auf der Kommode hinterlassen hatte, mutete sie seltsam an. Eine Unbeholfenheit des Mädchens, sagte sie sich, war aber nicht imstande, den peinlichen Eindruck, den diese Unbeholfenheit hinterlassen hatte, völlig zu unterdrücken. Sie mußte sich gestehen, daß ihre neue Schülerin äußerst attraktiv war, fand jedoch die intensiven Blicke, die sie ihr hin und wieder zugeworfen hatte, merkwürdig, wenn nicht gar ein wenig impertinent. »Sie sagt, daß du ihr der liebste Mensch bist . . . Bedeutet sie dir auch so viel?«

»Ja«, sagte er seelenruhig, besann sich einen Augenblick. »Du zählst nicht bei so einem Vergleich. Auch ihre Mutter nicht. Das ist etwas anderes . . . Stört es dich, daß wir befreundet sind?«

»Ich fürchte, dein Gretchen mag mich nicht . . . Sie macht auch kein Hehl daraus.«

Zacharia horchte auf. »Woraus schließt du das?«

»Aus ihren Blicken . . . Sie gibt sich keine Mühe, sich zu verstellen. Ich bin mir nicht ganz sicher, aber mir scheint, dein Gretchen hält nicht viel von mir.«

»Da irrst du dich – sie denkt an ihre Mutter, wenn sie dich ansieht. Sie fragt sich, warum ist die eine so klar im Kopf, die andere so konfus? Es ist ihre Art, mit dem Schicksal zu hadern.« Nach ein paar Sekunden fragte er: »Kannst du dich nicht in die Lage anderer versetzen?«

»Ich denke an dich.« Sie war sichtlich ungehalten über seine Frage, nahm sich aber zusammen, um ihren Ärger nicht zu zeigen. »Du malst sie«, bemerkte sie so nebenbei. Er nickte. »Darf man es sehen?« Zacharia zeigte ihr seine Skizze. »Sie kauert . . . warum?« fragte sie, ließ aber kein Wort über Gretchens Nacktheit fallen.

»Eine Idee. Ich fürchte, es wird nichts daraus werden.«

»Interessant . . . Wann triffst du dich denn mit deinem Modell?«

»Mittwochs, wenn du nicht zu Hause bist. Es ist einfacher so.«

Seine Nonchalance verblüffte sie. Sie wußte nicht, wie sie reagieren sollte, nahm Teller aus dem Schrank. »Wir essen in der Küche«, sagte sie überflüssigerweise. Seit Wochen hatten sie dort gegessen. »Ich weiß nicht, was ich dir raten könnte«, sagte sie schließlich. »Du bist alt genug – du mußt wissen, was du willst . . . In drei Monaten maturierst du.«

Und was dann? dachte er. Sie hatten diese Frage bisher vermieden, denn sie erinnerte die beiden nur an ihre prekäre finanzielle Lage. Ein Studium kam nicht in Frage. Zacharia hatte auch nie ernsthaft daran gedacht. Ich werde hier bleiben und malen, hatte er sich schon öfter überlegt. Was ich lernen will, wird sowieso nirgends gelehrt. Er war der Ansicht, daß er sich selbst das nötige Wissen aneignen könne. Schon immer besaß er eine Arroganz des Denkens, die ihn verleitete, seine Fähigkeit, sich selbst zu bilden, zu überschätzen. Solange mich nur niemand stört, sagte er sich, wenn er seinen Neigungen folgte.

»Im Kloster sucht man einen Archivar. Der alte ist gestorben«, sagte er jetzt. »Drei Stunden täglich – Abt Konrad würde mich instruieren . . . Ich könnte dir monatlich zweihundert Kronen beisteuern – den Rest würde ich für Leinwand und Farben verwenden.«

»Seit wann weißt du das?« Frau Dax war offenbar verletzt, daß er sie nicht früher zu Rate gezogen hatte. »Ein brotloses Gewerbe«, sagte sie, als wäre sie das Echo Oberst Halladas.

»Das Archivieren oder das Malen?«

»Beides«, entgegnete sie. Damit wäre das Gespräch beendet gewesen. Aber sie konnte es nicht lassen, noch eine schmerzliche Bemerkung hinzuzufügen: »Warum gehst du nicht in die Lehre in ein Textilgeschäft – Gretchen ist das einzige Kind.«

Er betrachtete seine Mutter lange. »Weil sich in den albanischen Bergen einer im Grab umdrehen würde«, sagte er endlich. Und dann unterdrückte er eine ganze Reihe von Sätzen. Daß der in den Bergen des Balkans sich in den vergangenen Jahren bestimmt oft umgedreht haben müßte. Ja, daß er zu gewissen Zeiten buchstäblich ins Rotieren gekommen sein mußte.

Ob Zacharia ihre Mutter wieder besuchen dürfe, fragte Gretchen ihren Vater. Sie saßen beim Frühstück. Er aß gerade eine Semmel, hatte den Mund schon geöffnet, biß noch schnell ein großes Stück ab, löffelte hierauf die Marmelade, als wäre sie ein Kompott, schluckte eine beachtliche Menge auf einen Sitz und starrte Gretchen mit hochrotem Gesicht an. »Was will er denn?« fuhr er sie an.

Laube war von Natur ein Fresser. Aufregung – gleich welcher Art – erzeugte ein reflexartiges Verlangen in ihm, etwas Eßbares möglichst ungekaut hastig hinunterzuschlingen. Zwei, drei ausgiebige Mundvoll brachten ihn in der Regel wieder zur Besinnung. Allerdings war er dann noch für einige Zeit in einer reizbaren Stimmung. Gretchen hatte oft Angst vor ihm. Nicht, daß er jemals tätlich geworden wäre, er hatte sie auch nie bestraft. Ihre Furcht war vage, ihr bangte vor seinem undurchschaubaren Wesen.

»Darf ich ihn hinbringen?« wiederholte sie ihre Bitte.

»Es ist schwer genug. Fremde Menschen machen es nicht leichter.«

Zacharia sei kein Fremder, entgegnete sie.

»Wir werden sehen.«

Die Erfahrung hatte sie gelehrt, daß er sich nicht umstimmen ließ. Bei solchen Anlässen bestand er geradezu darauf, alles ungeklärt zu lassen. Herr Laube existierte gewissermaßen zwischen Ja und Nein, jenem grauen Bereich ewiger Unentschlossenheit. Gretchen hatte gelernt, ihn zu belügen, ihm vieles zu verschweigen. Was er über seine Tochter wußte, beruhte hauptsächlich auf Beobachtung. Er erweckte den Eindruck, als entginge nichts seiner lauernden Wachsamkeit.

In ihrer Verlassenheit führte Gretchen bisweilen einseitige Gespräche mit der Mutter, in denen sie das Schweigen der Kranken mit Phrasen füllte: Du wirst mir recht geben . . . Du wirst glauben – Auch wenn du anderer Ansicht bist . . . Oft war sie überzeugt, die Gedanken ihrer Mutter erraten zu haben. Seit Zacharias Besuchen hatte sie eine neue Anteilnahme in ihren Zügen entdeckt. Frau Laube besaß eine anschauliche Art, sich zurechtzusetzen und Gretchen anzusehen, als fordere sie diese auf, von sich und Zacharia zu erzählen. Und Gretchen folgte bereitwillig dieser vielleicht nur eingebildeten Aufforderung. »Er ist nicht wie die anderen . . . steht immer abseits, hört zu, lacht innerlich. Auch mit seinen Bildern macht er sich über etwas lustig.« Sie zögerte. »Das stimmt nicht ganz . . . Teilweise sind sie todernst gemeint, aber letzten Endes sind sie Spielereien.« Und sie erzählte von verhüllten Gebilden, von seinem Ziel, unsichtbare Gegenwarten zu vermitteln. »Mich hat er jetzt sehr gerne – seit er mich malt . . . Ich habe es gespürt, er liebt mich. Wenn wir zusammen sind, kann uns nichts zustoßen, hat er einmal gesagt. Seine Mutter raucht sehr viel – sie spricht drei Sprachen . . . Wenn er nur ein wenig größer wäre . . . Er ist genau so groß wie ich.«

Frau Laube flüsterte etwas Unverständliches. Gretchen brachte ihr Johannisbeersaft. Die Kranke leerte das Glas, nahm das Gesicht ihres Kindes in ihre beiden Hände. »Komm wieder zurück zu uns«, bat Gretchen. Da verzerrten sich Frau Laubes Züge. Gretchen wußte, daß sie nicht mehr erreichbar war. Oft schämte sie sich für ihre Mutter. Dann war es ihr ein Trost, daß sie sich so sorgfältig kleidete. Wenn die Leute sie so sehen könnten, würden sie anders über sie denken, grübelte sie. Obwohl das Nervenleiden ihrer Mutter allmählich begonnen hatte, verschlechterte es sich rapide, fast auf den Tag, an dem sie Trauer zu tragen begonnen hatte. Es schien, als hätten sich damals ihre geringen Verstörtheiten zu einer großen, allumfassenden vereint. Warum trauert sie nur um diesen Josef . . .? Warum ist sie in diese Phantasiewelt geflüchtet, hatte Gretchen sich tausendmal gefragt. Wollte sie vor ihrem Mann fliehen? Ertrug sie ihn nicht mehr? Jetzt führte sie ein imaginäres Dasein, zu dem auch er keinen Zugang hatte . . . Sie ist sicher hinter ihrer Mauer, sagte sich Gretchen. Sie fand diese Vorstellung beruhigend.

»Ist dieser Josef nur ein verrückter Traum, oder hat sie ihn wirklich einmal geliebt?« Als Gretchen diese Frage an Frau Fuchs gestellt hatte, bekam sie eine merkwürdige Antwort: »Jetzt ist er wirklicher als je zuvor . . . Das wird auch ihn einmal in den Wahnsinn treiben.« Zweifelsohne hatte die Haushälterin ihren Vater gemeint. Wie kann dieses längst tote halbe Kind ihn zum Wahnsinn bringen? wunderte sie sich. Anfangs hatte sie sich mit dem Gedanken getragen, über Josef nachzuforschen – es gab noch Verwandte des Toten in der Stadt. Sie zögerte lange, schob es auf, da es ihr peinlich war, solche Fragen zu stellen. Letzten Endes fand sie sich mit den bizarren Umständen in ihrer Familie ab. Sie trauert einer erträumten Liebe nach, hat sich eine Vergangenheit samt schmerzlichen und beglückenden Erinnerungen erfunden, sagte sich Gretchen. Und allmählich verwischten sich auch in ihrem Denken die Grenzen zwischen Traum und Wirklichkeit.

»Fräulein Laube ist Ihr Modell?« fragte Rohrbach. Woher er das nur weiß, wunderte sich Zacharia. »Wollen Sie Ihre Landschaft gerahmt sehen?« Er ließ Zacharia ein, sah ihn, die Hände auf dem Rücken gefaltet, erwartungsvoll an. »Ein bescheidener Rahmen, aber Ihr Bild hat gewonnen, nicht wahr?«

Zacharia war enttäuscht. Das Schaf sah recht zufrieden aus, die Landschaft war in keiner Weise ungewöhnlich. Rohrbach wartete auf sein Urteil. »Das Bild ist schwach, es tut mir leid, daß Sie sich in Unkosten gestürzt haben.«

Rohrbach trat zwei Schritte näher, sah von ihm auf das Bild. »Sie sind ein strenger Richter . . . hatten Sie es in anderer Erinnerung?«

Zacharia war verdrossen. In den letzten Tagen waren ihm seine Bilder stümperhaft vorgekommen, er war voller Zweifel, nichts schien ihm zu gelingen. Eine sinnlose Patzerei, dachte er. Ein brotloses Gewerbe! Wie oft er diesen Ausspruch schon gehört hatte. Gretchen liebte es zwar, von ihm gemalt zu werden, doch auch sie nahm offenbar seine Versuche nicht sehr ernst. »Ich finde deine Bilder faszinierend, aber was werden die Leute dazu sagen?« war ihr einmal entschlüpft, als sie in seinen Mappen blätterte.

»Ich stelle mir die gleiche Frage«, entgegnete er. »Ich fürchte, ich bin auf dem Holzweg. Wenn ich male, glaube ich, etwas ganz Bestimmtes eingefangen zu haben . . . ein paar Tage später ist es verschwunden. Es ist wie verhext.«

»Was willst du einfangen? Erkläre es mir.«

»Stell dir einen kahlen Ast gegen einen grauen Himmel vor. Ich will den Ast so malen, daß man ahnt, daß ein großer schwarzer Vogel im Begriff ist, sich auf ihm niederzulassen. Er ist schon unterwegs, hat nur das Blickfeld des Bildes noch nicht erreicht. Der Ast ist voller Erwartung. Er weiß, was ihm bevorsteht. Und ich glaube schon, es ist mir gelungen, schlafe ein mit dem Bewußtsein, daß ich eine flüchtige Ahnung verewigt habe. Am Morgen finde ich nur den Ast . . . einen völlig bedeutungslosen, dummen Ast. Nirgends eine Spur von meinem großen, schwarzen Vogel. Meine Bilder haben eine sehr kurze Lebensdauer . . . nach ein paar Stunden geben sie auf. Und in mir bricht wieder eine Welt zusammen. Ich neige zur Schwermut«, sagte er unvermittelt, als hätte er es gerade entdeckt.

Gretchen strich ihm über das Haar. »›Mein lieber Surkow, es hat sich ein Herz gefunden, das Ihren Wert begreift, hören Sie nicht auf Peter Ivanitsch, malen Sie . . .‹«

»Kannst du denn das ganze Buch auswendig?«

»Ich improvisiere . . . Das hast du doch gewollt. Bei Gontscharow schreibt man, niemand malt, erinnerst du dich nicht?«

Rohrbach war verschwunden. Jetzt hörte er seine Stimme. Sie schien aus dem Kleiderschrank zu kommen. »Sie haben sich an ein tragisches Schaf erinnert.« Zacharia war perplex – Rohrbach sprach aus einem Versteck. »Sie haben sich nicht geirrt, ich stehe im Schrank.« Mit diesen Worten öffnete er die Kastentür und stieg heraus, legte seinen Kopf auf die linke Schulter, sah Zacharia gar nicht verlegen an. »Sie wundern sich«, sagte er, »Sie fragen sich, ob Rohrbach übergeschnappt ist . . .«

Zacharia hatte sich diese Frage wirklich gestellt, er

sah sogar schräg zu Boden, um Rohrbachs Blick zu entgehen.

»Sie haben sich beklagt, daß Sie das Bild in anderer Erinnerung hatten. Da hatte ich eine merkwürdige Idee. Ich stieg in den Schrank . . . Das ist so ausgefallen, dachte ich, daß die Erinnerung daran ihn nicht trügen wird. Sie waren so sehr mit Ihrem Lamm beschäftigt, daß Sie es nicht bemerkten.«

»Verbringen Sie viel Zeit da drinnen?« Zacharia bemühte sich, Rohrbachs Verrücktheit leichtzunehmen.

»Sehr wenig. Ich lege mich auch unter das Bett. Den Sonntagmorgen verbringe ich manchmal unter dem Tisch . . . Sie wundern sich«, wiederholte er. »Demarkierungen, so nenne ich meine Ausgefallenheiten – ich besitze ein ganzes Repertoire.«

Zacharia war sprachlos. »Ich glaube, es ist besser, wenn ich jetzt gehe«, sagte er schließlich, wandte sich auch schon zur Tür.

»Bleiben Sie! Schenken Sie mir nur noch zwei Minuten . . .«, rief Rohrbach. »Ein Wort von Mann zu Mann – von einem gänzlich unbegabten zu einem talentierten.« Und er legte eine seltsame Anschauung vom menschlichen Dasein im allgemeinen und von seinem im besonderen dar. Er brauche Demarkierungen, um dem beängstigenden Verlauf der Tage, dem unerträglichen Gleichmaß der Zeit Konturen abzuringen. Wie ein Vermesser, der mit Pfählen Einöden parzelliert, so ramme er Absurditäten in die Einförmigkeit seiner Existenz. »Rohrbach hat im Kleiderschrank gesessen, werden Sie sich erinnern. Ein fester Punkt. Er macht ein ›Vorher‹ und ein ›Nachher‹ möglich, man kann sich orientieren. Meine Narreteien schützen mich vor ernstlicherem Versagen, das weiß ich nur zu gut . . . Ich ertrage den leeren Lauf der Zeit nicht. Er ist zerstörend,

zersetzend. Der Verlauf des Tages eines gänzlich unbegabten Menschen ist . . .«, er suchte nach dem richtigen Wort, »ist verheerend. Lassen Sie die Dame mit
dem Johannisbeersaft ruhig schweben, die Krähe in meiner Zimmerecke sitzen, den Rohrbach im Schrank –
auch Sie brauchen Demarkierungen, sonst bleibt Ihr
Schaf nichts als ein dummes Schaf auf einer grünen
Wiese.«

Sichtlich hingerissen von den eigenen Worten, hatte
er die Arme gehoben, einen Fuß vorgesetzt, als wäre er
im Begriff, seine merkwürdigen Ideen in irgendeine
erstaunliche Praxis umzusetzen. Zacharia war peinlich
berührt. Sein Unbehagen schien Rohrbach nicht zu
entgehen. Ebenso plötzlich, wie er seine Unsicherheiten
verloren hatte, überfielen sie ihn jetzt wieder. Er senkte
die Arme, zog den Fuß zurück, sah zu Boden, lächelte
verlegen, tauschte gewissermaßen die äußeren Zeichen
seines Bekennermutes in bescheidenere Gebärden, bis
er schließlich zur Marionette seiner Zaghaftigkeit
wurde.

»Man weiß bei Rohrbach nie, worauf man stoßen
wird, der Mensch hat viele Seiten . . . es ist geradezu
beängstigend«, hatte Zacharias Mutter sich kürzlich beklagt. Jetzt stand er neben seinem Schrank, öffnete und
schloß die Tür einige Male mit einer albernen Handbewegung und sagte: »Verzeihen Sie.«

Zacharia war verwirrt, schüttelte den Kopf, als bedür-
fe es keiner Entschuldigung. »Ich weiß schon, wovon
Sie reden«, erklärte er schließlich – zweifelsohne eine
Übertreibung.

»Auch den Schrank? Verstehen Sie, warum ich . . .
warum ich hineinsteige . . . in ihm ab und zu ein wenig
Zeit verbringen muß?«

»Das kann ich Ihnen nachfühlen.« Zacharia hatte

nicht gelogen. Plötzlich glaubte er, Rohrbachs Verrücktheiten zu begreifen.

Der war jetzt buchstäblich zusammengebrochen. »Ich habe Ihnen ja nur einen ganz kleinen Einblick gewährt . . . ich bin mir selbst ein Rätsel. Wissen Sie, was ich tun werde, sobald Sie gegangen sind?« Er sah Zacharia fragend an. »Wie könnten Sie es wissen. Ich kann es ja selbst kaum glauben, aber ich muß es tun . . . mir bleibt nichts anderes übrig.« Er setzte sich, sein Rücken war gekrümmt, sein Nacken jedoch vorgestreckt, als leiste er noch einen letzten Widerstand.

Seit Zacharia bei Rohrbach eingetreten war, kam er aus dem Staunen nicht heraus. Jetzt wartete er ungeduldig auf die so umständlich angekündigte Mitteilung.

Rohrbach seufzte. »Mein junger Freund, ich gehe jetzt zu Bett, ziehe die Decke über den Kopf und schäme mich . . . nicht vor Ihnen . . . auch nicht vor mir selbst. Eigentlich vor niemandem – mein Schamgefühl ist kosmisch. Angeblich kann man glücklich sein, ganz ohne Grund. Mir geht es so mit Scham.« Er schien nun zu sich selbst zu sprechen. »Ich hatte sieben Tanten . . . zwei leben noch. Sie liebten mich . . .« Er zog die Jacke aus, die Schuhe, öffnete die Sockenhalter, legte seine Uhr auf das Nachtkästchen, schneuzte sich heftig und verschwand unter der Decke. Zacharia hatte er anscheinend vergessen.

»Als Untermieter ist er im Grunde nicht unangenehm«, stellte Frau Dax zum zehnten Male fest. Sie saß mit ihrem Sohn in der Küche, rauchte und trank Kaffee. »Er ist sehr reinlich, wechselt seine Wäsche jeden zweiten Tag, die Kragen täglich. An seine Narreteien kann man sich gewöhnen . . . Er hat sehr schöne Augen . . . schuldbewußte Augen . . . als hätte er gerade etwas angestellt.« Sie lächelte. »Ich habe mich geirrt, er ist normal.« Sie sah dem Rauch der Zigarette nach. »Merkwürdig, sein Gesicht besitzt eine gewisse Großartigkeit, die er jedoch nicht durchhält.« Sie dachte nach. »Weißt du, wovon ich rede?« Und sie versuchte noch einmal, Rohrbach zu beschreiben. »Das Eindrucksvolle in seinen Zügen ist nicht von innen abgestützt.«

»Eine Maske?«

»Nein – er täuscht nichts vor. So ist er . . . ein Versager von Format.« Sie wartete auf Zacharias Reaktion. Der hatte seinen Gedanken nachgehangen. Ihm war nicht entgangen, daß seine Mutter seit kurzem Rohrbach günstiger beurteilte. Er überlegte schon, ob er den »Schrank« erwähnen solle. Sann über die angebliche Normalität des Untermieters nach, wollte schon sagen, daß »normal« auf Rohrbach angewandt eine großmütige Beschreibung sei, als sie ihm vorwarf, ihr nicht einmal zuzuhören.

Er widersprach, sagte noch, Rohrbach sei nicht dumm, bestimmt auch harmlos. »Nur hier.« Er klopfte sich mit dem Finger auf die Schläfe. »Hier ist er nicht ganz in Ordnung. Er hat einen Vogel . . . er ist total meschugge.« Frau Dax schien nicht beunruhigt, fragte Zacharia auch nicht, worauf seine Ansicht basiere. Jetzt summte sie ein paar Takte. Er glaubte, eine Lehár-Melodie erkannt zu haben. Da fiel ihm etwas Sonderbares ein. Vor zwei Tagen hatte er Rohrbach überrascht, als er den Korridor betont unauffällig, fast schon schleichend durchquerte und in der Toilette verschwand. Merkwürdig war, daß diese Überquerung nicht direkt, geradlinig also, sondern in einem weiten Bogen verlaufen war. Rohrbach hatte sich sogar ein wenig in die Kurve gelegt. Es wirkte trotz seines schleichenden Ganges ein bißchen übermütig. Zacharia schrieb diesen Bogen Rohrbachs Vogel zu und dachte nicht weiter darüber nach. Als Frau Dax zu summen begonnen hatte, fand er gänzlich unerwartet eine Erklärung für diesen Bogen, diese sonderbare Korridorüberquerung. Rohrbach war auf dem Weg zu seiner Mutter gewesen: Ich habe seinen Weg gekreuzt, und er bog in die Toilette ab.

»Ein Geschenk von Rohrbach«, sagte sie in diesem Augenblick und bot ihm eine Praline an, als hätte es einer Bestätigung seiner Annahme bedurft. »Er ist sehr aufmerksam.«

Ihn verstimmte diese Entdeckung. Zacharia mutete jener Zug im Wesen seiner Mutter unangenehm an. Für den Bruchteil einer Sekunde war ihm sogar das Wort »Schlampe« durch den Kopf gegangen. Sofort unterdrückte er es, fühlte sich schuldig. Er wußte nur zu gut, daß dieser flüchtige Gedanke völlig ungerecht gewesen war. Sie geben sich zumindest den Schein von Anstand, beruhigte er sich. Im nächsten Augenblick stellte er sich den zaghaften Rohrbach in den Armen seiner Mutter vor. Es war ihm schrecklich peinlich. Das Bild war obendrein recht hartnäckig.

Am siebenten Januar, seinem Geburtstag, gaben ihm die beiden auf feinfühlige Weise zu verstehen, daß sie einander nahestanden. Gemeinsam hatten sie einen Geburtstagstisch mit Kuchen, Kaffee, einer kleinen Flasche Eierlikör und einem Zigarettenetui aus grünem Leder im Zimmer der Mutter hergerichtet. »Herr Rohrbach hat es ausgesucht«, sagte sie, als er die Verpackung entfernte. Sie waren auch weiterhin sehr taktvoll. Rohrbach trug einen Hausrock, wenn er sein Zimmer verließ, seine Hausschuhe hätte man für leichte Straßenschuhe halten können. Meist gab er sich bescheiden. Nur in seinen seltenen Anfällen von Rücksichtslosigkeit überschritt er die Grenzen schicklichen Benehmens. So überraschte Zacharia ihn eines Morgens, wie er seiner Mutter, die sich gerade gebückt hatte, um etwas aufzuheben, einen gar nicht so leichten Klaps auf das Gesäß versetzte, der sie zwei Schritte vorwärts stolpern ließ. Zu Zacharias Erstaunen nahm sie es, nur pro forma protestierend, hin. Dieser an sich unbedeutende Vorfall beschäftigte ihn lange. Eigentlich war es ein saftiger Hieb, grübelte er. Und ihm fiel ein, daß Rohrbach auch zugegriffen hatte. Rohrbach hatte eine Gesäßhälfte seiner Mutter richtig umfaßt. Ihm wurde übel vor Wut.

Kurz nachdem Zacharia das Abitur abgelegt hatte, begann er, eine neue Kartei der umfangreichen Bibliothek der Benediktiner-Abtei anzulegen. Abt Konrad hatte ihn mit den Ordnungsprinzipien, welche geistlichen Sammlungen dieser Art zugrunde liegen, vertraut gemacht. Zacharia vereinheitlichte vorhandene Aufzeichnungen, übertrug sie auf Karten gleichen Formats, sortierte sie nach Sachbereichen und verwahrte sie in eigens dafür angefertigten Schubkästchen aus Eiche. Meist war er allein, an manchen Nachmittagen brachte ihm Bruder Florian einen Apfel. Abt Konrad prüfte auf die unauffälligste Weise seinen Fortschritt. Wenn er an den vereinbarten drei Tagen der Woche, umgeben von dicken Folianten aus vergangenen Jahrhunderten, seiner Arbeit nachging, vergaß er die Welt außerhalb der Klostermauern.

Sein Zimmer hatte er in ein kleines Atelier verwandelt. Er malte viel mit Öl, am liebsten auf Leinwand, las, seiner autodidaktischen Neigung folgend, einschlägige Werke über seine Kunst.

Gretchen nahm nach wie vor Französischstunden bei seiner Mutter, ließ sich von ihm malen. Auch von Rohrbach hatte er einige Skizzen angefertigt. Er zeichnete und malte ihn aus dem Gedächtnis. Obwohl diese Bilder anatomisch unbeholfen waren, hinterließen sie einen nachhaltigen Eindruck. Gretchen behauptete, sie lösten nur unangenehme Gefühle in ihr aus. Ihr erster Impuls wäre, sich von ihnen abzuwenden. Es sei, als verfolge sie der Rohrbach seiner Bilder. »Er läßt sich nicht abschütteln . . . als ob er aus dem Bild heraussteigen

würde. Er ist mehr er selbst, als er es wirklich ist . . .
verstörter . . .«

Zweimal hatte er Rohrbach nackt gemalt. Diese beiden Bilder hatte er Gretchen nicht gezeigt. Eigentlich
war es nur Rohrbachs Kopf auf dem Körper eines Leo-
nardo-Aktes, den er aus einem Kunstbuch kopiert hatte.
Der Rohrbach dieser Bilder hatte auf einem seine Sok-
ken anbehalten, auf dem anderen trug er aufgeknüpfte
Schnürschuhe. Diese Reste von Bekleidung verliehen
den Rohrbach-Leonardo-Studien eine ausgesprochen
peinliche Note. Den Körper dieser ältlichen Figur hatte
Zacharia mit grausamer Genauigkeit nachgezeichnet.
Die Genitalien wirkten ungeschlechtlich. Sie glichen
einer langgestreckten Wegschnecke auf einem feuchten
Stein im Garten. Der nackte Rohrbach ruhte auf seinem Bett. Im Fenster brannten die Geranien. Die Blumen hatte er mit einer Aura von Wunder umgeben, als
habe er keinerlei Verlangen, mögliche Defekte zu entdecken. Es schien, als besäßen seine Blumen mehr Vi-
talität als Rohrbach auf dem Bett. Die Gegenstände
wirkten anfangs schwer und leblos, hinterließen jedoch
nach einer Weile den Eindruck im Beschauer, daß sie,
ganz unter sich, in geheimnisvollem Verkehr standen.
Wenn es visuelle Gerüche gab, dann waren sie in diesen
Bildern eingefangen. Der Raum roch ungelüftet, fast
ein wenig nach Verderblichkeit. Manchmal glaubte
Zacharia, daß er mit diesen Bildern seinem Ziel näher-
gekommen war.

Gretchen sah ihm gerne zu. Auch sie hatte er oft
gemalt. Sie lag dann auf dem Sofa, war offenbar in einer
angeregten Stimmung, zog sich, wenn er sie bat, bereitwillig aus und schien sich selbst begehrenswert zu finden. Meist unterbrach er das Malen, um sie zu lieben.
Gretchen verbrachte viele Stunden völlig oder nur

teilweise entkleidet in seinem Atelier, bewegte sich ganz unbefangen in diesem Zustand. Man hätte glauben können, daß sich die beiden schon jahrelang sehr nahe standen, daß sie im Verlauf ihrer Beziehungen die Stufe leidenschaftlichen Verlangens längst hinter sich oder übersprungen hatten.

Jetzt sah sie sich gerade eine Mappe mit ihren Akten an. »Warum malst du mich nicht, wie ich bin?« Man hörte ihrer Frage an, wie sehr die Bilder sie enttäuschten. »Du siehst mich nicht, wie andere mich sehen«, warf sie ihm vor. Und woher wolle sie wissen, wie man sie sehe? Das sei leicht zu erraten, erwiderte sie. »Nichts . . . absolut nichts in meinem Leben bedeutet mir so viel, wie mitten am Nachmittag mit dir im Bett zu liegen«, hatte sie ihm einmal gestanden. Vertieft in seine Malerei hatte er ihr kaum zugehört. Als sie sich später den Akt, an dem er gerade gearbeitet hatte, ansah, war sie zutiefst erbost. Ihr Körper kam ihr viel zu knochig vor. Kurven wurden bei ihm zu harten Ecken und Winkeln. Riesige ängstliche Augen beherrschten ihr Gesicht. Der Busen war nicht straff. Wütend hielt sie ihm ihre Brüste mit beiden Händen entgegen. Ihre Empörung stimmte ihn nur nachdenklich.

»Ich sehe eine andere Schönheit«, sagte er. »Ich sehe Trauer in deinen Linien . . . ich sehe deine Mutter im Magazin. Auch ihn sehe ich bei ihr im Magazin. Es ist eine bedrückende Vorstellung. All das ist in dir vereint . . . So sehe ich dich. Dein Schicksal liegt entblößt vor mir auf meinem Sofa.«

»Aber warum malst du meine Vagina so widerlich?« stieß sie aus. Er trat zurück, betrachtete die Leinwand, als hätte er sie noch nie gesehen. Ein Sproß von Schamhaaren und eine gewisse Rötlichkeit umgaben den Eingang zu dem dunklen Schlitz der Scheide. Das Organ war dargestellt als bloßer Fakt, ganz, als wäre es für ein medizinisches Lehrbuch gedacht.

»Ich bin mir selbst nicht sicher«, sagte er schließlich. »Deine Mutter . . . dein Vater . . . Was macht er täglich bei ihr, wovor flieht sie, wohin treibt er sie . . .?« In einer charakteristischen Gebärde zog er die Schultern hoch, hob die Hände in einer fragenden Bewegung.

»Ich habe keine Ahnung, wovon du sprichst«, sagte sie.

»Es ist so vieles ungeklärt. Vorstellungen verdecken deine Formen. Ich sehe dich noch nicht so, wie du bist.«

Gretchen stand, die Arme auf der Brust verschränkt, vor seiner Staffelei. Es fröstelte sie. Eilig zog sie sich an. »Ich muß nach Hause.« Er bat sie zu bleiben. Sie war schon im Begriff, sich wieder zu setzen, änderte aber plötzlich ihr Vorhaben. »Ein andermal.«

»Du bist enttäuscht . . . Nicht nur der Bilder wegen«, sagte er. »Wir könnten uns auch öfter lieben, sag mir nur wann«, versuchte er sie umzustimmen.

Armer Zacharia, schien ihr Blick zu sagen. Dann lachte sie – es klang recht fröhlich –, überlegte kurz, und begann: »Mein lieber Surkow . . . Das Herz braucht Nahrung. Nadinka ist kein kleines Mädchen mehr.«

»Ich lese dir noch vor«, griff er ihre ungenaue Zitierung auf, hatte die Hand schon nach dem Buch ausgestreckt.

»Morgen«, entgegnete sie.

»Ich begleite dich.«

Er begreife abwegige Geister, hatte er ihr einmal erzählt. Diese sonderbare Gabe ging offenbar auf Kosten alltäglicher Eigenschaften. Es war, als fehle ihm die Reife für eine passionierte Liebe.

Als sie auf die Straße traten, stand die Sonne schon tief. Auf halber Strecke zu ihrem Haus schlug sie einen

Umweg vor. »Ich habe einen Lieblingsplatz«, sagte sie, faßte seinen Arm und führte ihn vorbei an einer kleinen Villa zu einem Fußweg, der bald ein Ende nahm. Auf einer Erhöhung hielt sie. »Hier war ich oft mit meiner Mutter. Sie liebte die Aussicht.« Vor ihnen fiel eine Wiese sanft gegen einen Bach ab, zur Linken war ein Rübenfeld, rechts frisch gepflügte Erde. Die herbstlich blauen Berge des Böhmerwaldes begrenzten die Sicht gegen Süden. »Siehst du die Moldau? Der dunkle Strich gleich unter dem Horizont«, sagte sie, nach Westen weisend, »dort . . . man sieht sie kaum.« Ein Stand von Buchen am Rande des gepflügten Ackers warf lange Schatten bis zu ihnen.

»Ich mache mir Sorgen«, sagte sie nach einer Weile. Zacharia hatte seine Jacke auf einen Rain gebreitet. Sie saßen dicht beisammen. »Sie ist anders . . . Es muß etwas geschehen sein. Vor zwei Tagen habe ich sie lange suchen müssen. Ich fand sie schließlich in der Speisekammer . . . sonst geht sie nur ins Badezimmer. Später horchte ich an ihrer Tür. Sie gab die merkwürdigsten Laute von sich, ein monotones Summen, das manchmal wie ein Wimmern klang.«

Gretchen schien nicht sehr beunruhigt zu sein. Sie rekapitulierte nur, was sich zugetragen hatte. »Sie sitzt jetzt immer im Dunkeln«, fuhr sie fort, »erschrickt, wenn ich das Licht andrehe. Mir tut sie schrecklich leid. Wie soll das weitergehen?« fragte sie, ohne eine Antwort zu erwarten.

»Was sagt er?« wollte Zacharia wissen.

»Er bleibt jetzt oft sehr lang bei ihr.«

»Hast du eine Ahnung, was er bei ihr macht?«

Gretchen schwieg, zögerte offensichtlich. »Ich glaube, er tut, was Männer mit Frauen tun«, sagte sie endlich. »Sie wehrt sich nicht . . . Und doch tut er ihr Gewalt an. Nicht wirkliche Gewalt – er tut es gegen ihren Willen.«

Woher sie das wisse, fragte Zacharia. Sie entnehme es vielem. Frau Fuchs scheine besser im Bilde zu sein, aber sie – Gretchen – sich nicht im klaren, auf wessen Seite die Haushälterin stehe. Sie sage, Mama treibe ihn langsam in den Wahnsinn mit ihrem Josef. Vor ein paar Tagen habe ihr Vater die Bank an dem Grab abreißen lassen. Auch er sei nicht der gleiche, er weiche ihr aus.

Sie zog den Rock fest über die Knie, preßte den Oberkörper gegen die angezogenen Schenkel. Mit den Armen umfing sie ihre Beine. »Gestern waren seine Augen ganz blutunterlaufen. Die Stoffrollen wirft er heftig auf den Ladentisch, jede Bewegung drückt Wut und Ärger aus. Er kommt mir wie geladen vor . . . ein Funken, und er explodiert. Was soll ich tun?« Sie war in Erregung geraten.

»Vielleicht wäre sie in einer Anstalt besser aufgehoben«, schlug Zacharia vor.

»Wenn er sie nur in Frieden ließe!«

»Ob man Geisteskranke lieben darf«, fragte er. Gretchen sah ihn erstaunt an. »Ich meine im Bett . . . sexuell . . . mit ihnen schlafen . . .«

»Wer soll es verbieten?«

»Ich dachte nicht an Gesetze«, erklärte er, »mehr an moralische Bedenken.«

»Sie will nicht . . . das weiß ich. Aber sie kann sich nicht wehren, und niemand kann ihr helfen. Das beste ist, nicht darüber nachzudenken . . . Wenn es nur nicht so abstoßend wäre. Es ekelt mich, wenn ich daran denke.« Wieder spannte sie den Rock über die Knie. »Warum zieht sie sich auch so schön an? Wenn sie vernachlässigt wäre, mit strähnigem Haar – so wie man sich verstörte Menschen in Narrenhäusern eben vorstellt –, er würde sie bestimmt in Ruhe lassen! Muß sie sich denn so herrichten? Jetzt werde ich ungerecht«, bereute sie auch schon ihre Anschuldigungen. »Arme Mama . . . ich weiß nicht mehr, was ich tun soll. Ich träume manchmal schreckliches Zeug . . .« Sie schien zu überlegen, ob sie Zacharia davon erzählen sollte, sagte schließlich, »es hat ja keinen Sinn . . . reden wir nicht mehr darüber.«

»Wenn es dir eine Erleichterung ist?«

Nach einer Weile begann sie mit einer merkwürdig behutsamen Stimme, so wie man Märchen erzählt: »Jemand hat ihm den Penis abgehackt, und Mama lachte so schrill, wie es die Irren tun.« Plötzlich schien sie sich zu besinnen, sah zu ihm auf. »Ich bin so froh, daß du so ruhig und zärtlich bist . . . wie ein sicherer Hafen mit ganz sanften Wellen. Nicht diese giftgrüne Sinnlichkeit.« Sie schüttelte sich, legte dann den Kopf in seinen Schoß und schloß die Augen. Als sie aufbrachen, dunkelte es schon.

Im späten Sommer dieses Jahres hatte Gretchen die Büroarbeit im Tuchgeschäft des Vaters übernommen. Er schien ihr ausgeglichener in diesen Wochen. Auch ihre Mutter hatte sich beruhigt. Seit kurzem schrieb sie ihre Wünsche auf kleine Zettel. Obst wollte sie, ein wenig Erde von Josefs Grab, ein Zweiglein vom Lebensbaum, der dort wuchs. Um Allerseelen war sie agitiert. Man wußte lange nicht warum, bis die Kranke, sichtlich unter dem Aufwand aller ihrer Kräfte, »ein Licht für ihn« hervorstieß.

Ende November verbrachte Gretchen neun ängstliche Tage – sie war verspätet unwohl geworden. Zacharia sah sie erstaunt an, als sie ihm davon erzählte. Seltsamerweise hatte er noch nie an diese Möglichkeit gedacht. »Wir werden aufpassen müssen«, sagte er. Und dann erwähnte Gretchen, daß sie ein blutbeflecktes Handtuch in ihrer Mutter Bett gefunden habe. Oft stände sie nun regungslos in einer Ecke. »Auch er fängt wieder an«, beklagte sie sich. Mit einer hemmungslosen Armbewegung habe er das Geschirr vom Frühstückstisch geschoben. »Ganz ohne Grund . . . zwei Teller sind zerbrochen.« Jetzt ginge es wieder los, hätte Frau Fuchs gesagt.

Am siebenten Dezember – dem Tag nach Nikolaus – begegnete Zacharia Gretchens Vater unweit von seinem Tuchgeschäft. Es muß nach Ladenschluß gewesen sein. Am Morgen war Schnee gefallen, der auf den Straßen schon weggeschmolzen war. Nur auf den Dächern lag noch eine dünne weiße Decke. Obwohl er ganz nahe an ihm vorbeigekommen war, schien Laube

Zacharia nicht bemerkt zu haben. Jetzt stand er vor seiner Haustür, als überlegte er, wandte sich plötzlich um, stellte den Mantelkragen auf und kam wieder auf ihn zu. Er muß mich doch gesehen haben, ging es Zacharia durch den Kopf. Was er nur will? Diesmal hielt Laube vor ihm an – ganz nahe standen sie einander gegenüber. Unter der breiten Krempe des Hutes war sein Gesicht nicht klar erkennbar. Nur an den leicht geöffneten Mund, der seinen Zügen einen perplexen Ausdruck gab, konnte Zacharia sich erinnern. Den Gruß erwiderte Laube nicht. Er stand nur da. »Guten Abend!« wiederholte Zacharia. Da schien sich Laube zu besinnen, hob seinen Hut ein wenig und eilte weiter. Verwundert ging Zacharia ihm nach. Die Straße war nicht sehr belebt, man achtete nicht auf Laube, der blind für alles schien, das ihn umgab. Sein steifer Gang wirkte mechanisch, als wäre er aufgezogen. »Automatismus« fiel Zacharia ein, als er nach einem Wort für Laubes Art zu gehen suchte.

An einer Straßenkreuzung blieb er stehen, schob wie ein Tier in Angst den Fuß über den Rand des Bürgersteiges, behielt ihn für einige Sekunden schwebend in der Luft, zog ihn zurück, ging auf und ab, als suche er eine passierbare Stelle, trat schließlich resolut hinaus und überquerte hastig die menschenleere Gasse. Mit einem letzten kleinen Sprung erreichte er die Sicherheit des Trottoirs. Die Umsicht wirkte seltsam, da weit und breit kein Fahrzeug zu sehen war. Jetzt grüßte er eine Passantin, sah um sich. Etwas Wichtiges mußte ihm eingefallen sein. Mit heftigen Schritten eilte er heimwärts.

Die Kirchturmuhr schlug zweimal, es war halb neun. Die Stadt war ungewöhnlich still, als dämpfe die dünne weiße Decke auf den Dächern die Geräusche. Was geht nur in ihm vor, sann Zacharia. Er ahnte, daß Laubes Irrgang den Lauf seines verstörten Denkens spiegelte. Unschlüssigkeit schien vorzuherrschen. Armes Gretchen – zwei Narren als Eltern, dachte er.

Zu Hause angelangt, bemerkte er im Vestibül die schönen Marderfelle eines Innenpelzes. Der Mantel, der auf einem Kleiderständer hing, gehörte Rohrbach. Am Vortag hatte der Briefträger eine Ansichtskarte aus Meran gebracht, die an einen Baron Rohrbach adressiert war. »Ist das Ihr Untermieter?« hatte er gefragt. »Schon möglich«, entgegnete Frau Dax, »es würde mich nicht wundern.«

Klaus Rohrbach erklärte, daß er das Prädikat, aus Gründen, die er nur andeutungsweise fallen ließ, nicht benütze. Zwei Mündel – beide noch nicht vierzehn, beide Mädchen – spielten irgendwelche Rollen in seinem Bericht. Ein greiser Onkel wäre freigesprochen worden. Frau Dax, die nicht ganz klug aus dieser undurchsichtigen Geschichte geworden war, erfand zusätzliche Erklärungen. »Unehelich!« behauptete sie, »seine Mutter ließ zu wünschen übrig.« Diese Ungewißheiten in Rohrbachs Hintergrund störten sie jedoch nicht. »Herr von Rohrbach«, sagte sie nun, wenn sie sich außerhalb des Hauses auf ihn berief, »Klaus« – natürlich nur per Sie – im Kreise der Familie.

Klaus Rohrbach mußte schon auf Zacharia gewartet haben. Sich tausendmal entschuldigend, trat er bei ihm ein. Er denke unentwegt an Zacharias Bilder, fände die Absicht, Illusionen zusätzlicher Präsenzen zu vermitteln, außerordentlich, wies auf seine – Klaus Rohrbachs – Hellhörigkeit für Talente hin, die, wie Zacharia ja wisse, die schöne Kehrseite der eigenen Unbegabtheit sei. »Ich glaube, etwas aufgespürt zu haben . . . Eine Fährte gewissermaßen . . . Ich bin gekommen, um Sie zu ermutigen . . . Malen Sie, mein lieber Zacharia! Lassen Sie sich nicht beirren, folgen Sie Ihrem Stern!«

Rohrbachs Lob tat ihm wohl. Was ihm denn an seiner Malerei so gefalle, fragte er.

»Nichts«, sagte Rohrbach. Gefallen sei nicht das richtige Wort, wie könne einem Häßliches gefallen? Und Zacharias Bilder seien häßlich. Seine Assemblagen von Objekten riefen starke Reaktionen in ihm hervor. »Sie verfolgen mich geradezu . . . Farbe, Komposition, Gegenstand, Form – alle Elemente tragen zu einer Orgie von Bedrücktheit bei. Sie malen Trübsinn, selbst wenn es ein Schaf auf einer Wiese ist. Ihr Schaf wird noch am gleichen Tag geschlachtet werden, noch ahnt das Tier es nicht, aber der Betrachter weiß es . . . Der Schlächter ist schon unterwegs. Es ist kein Opferlamm; es wird einfach getötet werden. Ich frage mich, wenn ich das Bild ansehe, wie man es schlachten wird. Ich glaube nicht, daß es so sang- und klanglos gehen wird . . . Mein Schlächter ist sich selbst noch nicht im klaren.«

Er ist wie aufgezogen, dachte Zacharia. War es ihm doch gelungen, seine Absicht in den Bildern zu verwirklichen? Hatte Rohrbach sie erkannt, oder schmückte er nur aus, was Zacharia selbst ihm über seine Malerei erzählt hatte?

»Etwas Mysteriöses ist in Ihren Bildern«, fuhr Rohrbach fort. »Jetzt erst begreife ich, was es ist . . . Es fehlt etwas . . . Etwas ist bewußt nicht dargestellt – der Schlächter. Und doch nähert er sich in unbekömmlicher Hast. Der fehlende Schlächter gibt Ihrem Bild jene enigmatische Kraft. Sie sind ein Maler der Absenzen, der verstörenden Abwesenheiten. Die wirken stärker als das Dargestellte. Auch dem Eichkätzchen in den Klauen der großen Krähe steht so allerhand bevor . . . Es ist nicht tot . . . wissen Sie das?«

»Es ist tot«, widersprach Zacharia. Sie konnten sich nicht einigen. Zacharia nahm das Bild aus einer Mappe. Es bestand kein Zweifel, es war am Leben. Der Kopf hing nicht leblos, es hielt ihn vorgestreckt.

»Es sieht seinem Tod entgegen«, sagte Rohrbach, »ebenso wie Ihre Maus . . . Sie malen Bilder besiegelter Schicksale . . . Die verbergen sich unter Ihren Verhüllungen . . . Jetzt werden Sie mein ›Nichts‹ begreifen . . . Ihre Bilder beängstigen – sie gefallen nicht.«

Zacharia war Rohrbachs Worten mit zunehmender Faszination gefolgt. »Ich bin Ihnen sehr dankbar«, sagte er schließlich.

»Ich urteile aus Überzeugung«, wehrte Rohrbach ab. »Man reagiert nicht gleich . . . Man muß Ihren Bildern Zeit lassen. Was bleibt, ist die Erinnerung an Unheimliches, man denkt Makabres . . . die Neugierde des Totenbetts . . . Man brennt darauf zu wissen, was nach dem Ende geschehen wird.«

Zacharia war außer sich vor Freude – sagte es auch.

»Sie sind jung, malen aber wie ein alter Mann.« Ob Angekränkeltes ihn immer schon gefesselt habe?

Zacharia dachte, »angekränkelt« sei irreführend, sagte aber, daß Lebenszeichen, besonders wenn sie kräftig wären, ihn an das Unausbleibliche erinnerten. Das fände er beruhigend, denn die Gewißheit des Verfalls sei wie ein warmer Mantel im Winter. Auch sei sie der einzige Beweis einer höheren Macht. »Wenn mich jemand irritiert, denke ich mir, es geht ja doch mit ihm zu Ende. Und der Gedanke stimmt mich froh.«

Kaum hatte er den Satz beendet, bereute er ihn schon. Rohrbachs Ansichten hätten ihn auf diese Gedanken gebracht, sagte er. Er messe ihnen keine Bedeutung bei. Es sei so eine Sache mit der Malerei. Er habe manchmal ein Gefühl, als führe der Pinsel seine Hand. »Einbildung natürlich . . .«, tat er seine Worte mit einer verächtlichen Kopfbewegung ab. »Vielleicht sind meine Bilder reiner Unsinn. Aber was könnte ich schon tun, wenn ich nicht malen würde? Arbeit macht glücklich, sagt man . . . Ich male – mir fällt nichts anderes ein.« Zacharia besann sich. »Übrigens interessant – das Eichkätzchen ist also noch am Leben«, kam er auf Rohrbachs Beobachtung zurück. »Wissen Sie, daß Raubvögel oft längere Strecken mit einer noch lebenden Beute fliegen? Wie so einem Landtier so hoch oben in der Luft wohl zumute ist? Ein besiegeltes Schicksal, wie Sie es nennen – es fliegt seiner Bestimmung entgegen.«

Zacharia hing seinen Gedanken nach. Die Vorstellung des Eichhörnchens im Flug beschäftigte ihn so sehr, daß er ein Leeregefühl im Magen spürte. Rohrbach hatte sich in eine Ecke des Raums zurückgezogen. Er stand oft abseits, war dann so unauffällig, daß man ihn ganz vergaß. Man fühlte sich allein in seiner Gegenwart.

»Wie alt sind Sie?« fragte Rohrbach unvermittelt, »einundzwanzig, nicht wahr, man vergißt es leicht.«

»Warum fragen Sie?«

Kopfschüttelnd entgegnete Rohrbach, daß er sich immer wieder sagen müsse, wie jung Zacharia sei. »Sie sind alterslos . . . ein sonderbarer Zustand . . . Er verwirrt. Was andere das Leben lehrt, scheinen Sie aus sich heraus zu wissen. Auch Ihre Interessen sind nicht die eines jungen Mannes . . .« Rohrbach sah auf die Uhr.

»Nur noch eine Minute«, hielt Zacharia ihn zurück. »Ich bin heute abend einem Mann gefolgt.« Und ohne eine weitere Erklärung beschrieb er Laubes seltsames Verhalten auf der Straße.

»Merkwürdige Begegnungen haben Sie! Aber es ist spät geworden.«

Wieder hielt Zacharia ihn zurück. »Mir gibt der Mann zu denken.«

»Ich nehme an, Sie kennen ihn.«

Zacharia nickte zustimmend.

»Ein Bekannter . . .?«

»Der Vater einer Bekannten.«

»Er muß sich sehr ernsthafte Gedanken gemacht haben . . . Ist er sonst normal?«

»Ziemlich«, sagte Zacharia und deutete mit einer unbestimmten Handbewegung einen labilen Geisteszustand an.

»Sie sind beunruhigt?«

Zacharia wehrte ab. »Ich war nur überrascht. Was ich gesehen habe, paßte nicht zu seinem Charakter.«

»Sie haben den Gang Ihres Bekannten sehr anschaulich beschrieben . . . Das Auge des Malers.« Rohrbach hatte offensichtlich noch etwas auf dem Herzen, schien jedoch unschlüssig. »In diesem Mann«, begann er schließlich, »muß allerhand vor sich gegangen sein . . .« Als Zacharia nicht darauf einging, fragte er »was glauben Sie?«

»Es würde mich nicht wundern . . .«

»Zerfahrenheiten sind mir nichts Neues . . . Ich habe da gewisse Erfahrungen . . . Am eigenen Körper sozusagen«, tastete Rohrbach sich vor. »Wenn es Sie interessiert?« Es war nun unverkennbar, daß er sich Zacharia mitteilen wollte. »Wissen Sie, daß es auf diesem Gebiet grundsätzliche Unterschiede zwischen ›reden‹ und ›tun‹ gibt?« Zacharia sah ihn verständnislos an. »Ich werde es Ihnen gleich erklären.« Plötzlich war er in Eifer geraten. »Man mag irre daherreden, das ist halb so schlimm, solange man nur nichts Irres tut. Ich kannte einen Mann, der jahrelang die merkwürdigsten Dinge sagte. Er behauptete zum Beispiel, daß er nachts auf dem

Mond spazierengehe, beklagte sich ernsthaft über extreme Temperaturen, Stürme, Wassermangel dort, behauptete, daß der Trabant trotzdem bewohnbar sei. Im übrigen verhielt er sich einigermaßen normal. Eines Morgens strich er sich Zahnpasta auf seine Frühstückssemmel und putzte sich die Zähne mit Pfirsichmarmelade. Und damit war sein Schicksal besiegelt ... wie in Ihren Bildern, war es endgültig besiegelt. Er fand nicht mehr zurück. Ich erwähne diese traurige Geschichte nur, da Sie von den seltsamen Sprüngen Ihres Bekannten gesprochen haben.«

»Er machte nur einen kleinen Sprung«, berichtigte ihn Zacharia.

»Immerhin, wenn es sich schon am Gang so deutlich zeigt, steht es meistens schlimm ... Da steht etwas bevor.«

»Sie glauben, daß es Ähnlichkeiten zwischen dem Gang meines Bekannten und der Zahncreme auf dem Frühstücksbrot gibt?«

»Nur prinzipielle ... vom Wort zur Tat ... Es gibt da zweifelsohne Parallelen. Es sind nächste Schritte, spätere Stufen in einer Entwicklung ... Ich habe es erlebt.«

Zacharia starrte ihn an.

»Nicht an mir – Gott behüte!« rief Rohrbach. »An mir selbst habe ich nur ... Aber lassen wir das. Sie müssen mich auf dem laufenden halten.« Rohrbach verriet mit keiner Miene, ob er den Namen des hüpfenden Bekannten erraten hatte.

»Was ist da zu erwarten?« fragte Zacharia.

»Er mag noch eine Weile so weiterspringen, ohne eine wesentliche Verschlechterung.« Er schien zu überlegen. »Es mag auch anders kommen ... Der mit der Zahnpasta hat sich vor einen fahrenden Zug geworfen.«

Ohne seinen Redestrom zu unterbrechen, fuhr er fort: »Normale Menschen sind einander ähnlich, wissen Sie das? Nur Narren haben enorme Individualität . . . Man hält es einfach nicht für möglich, was so einem derangierten Geist nicht alles einfallen kann.« Offensichtlich selbst erstaunt über den Reichtum an Einfällen und Vorstellungen solch kranker Geister, rief er: »Grenzenlos . . . Buchstäblich grenzenlos.« Und er gab gleich einen Vorfall zum besten, welcher diese Grenzenlosigkeit illustrierte: »Für Sie ist ein Löwe im Zoo ein Löwe im Zoo, basta! . . . auch für mich, wie für die meisten. Doch vor einigen Jahren hat sich so ein umnachteter Geist in Stockholm eingebildet, daß der König der Wüste ein wirklicher König sei. Schlau, wie diese verwirrten Menschen sind, hat er sich hinter die Gitter des Zoos geschlichen und sich so einem König der Tierwelt in untertänigster Haltung mit einer Bittschrift in der Hand genähert. Der König muß die untertänige Annäherung falsch ausgelegt haben . . . Sie können sich den Rest denken. In der Bittschrift, die zwar zerknüllt, ansonsten aber durchaus leserlich gerettet wurde, hatte der Narr um die Aufnahme einer Nichte in die königliche Ballettschule gebeten.«

Zacharia sah ihn ungläubig an.

»Sie hegen Zweifel«, sagte Rohrbach, »die Zeitungen berichteten darüber . . . Bestimmt keine Erfindung. Man muß bei solchen Menschen auf alles gefaßt sein.« Und er neigte den Kopf in Richtung Schulter, warf einen fragenden Blick auf Zacharia. »Ich dachte, daß seine Frau die Leidende sei . . .« Diese Anspielung auf die Laubes war ihm entschlüpft. Sichtlich erschrocken trat er einen Schritt zurück. Ein Anfall »kosinischer Scham«, fiel Zacharia ein. Rohrbach verkleinerte sich geradezu. »Wie konnte ich nur? Ihr Gretchen . . . beide

Eltern . . . Sie müssen mir verzeihen . . . Ich bin nicht herzlos. Es muß ja nicht so kommen. Herr Laube mag Jahre – den Rest seiner Tage so komisch gehen, ohne daß etwas passiert . . . Ich weiß es ja auch nicht.«

Noch rückwärts gehend, hatte er den Raum verlassen. Seine profusen Entschuldigungen hatten Zacharia unangenehm berührt. Er muß doch an die fünfzig sein, dachte er.

In der Küche brannte noch Licht. Seine Mutter hatte sich Kräutertee aufgegossen. »Für die Atemwege«, erklärte sie. »War Rohrbach bei dir?«

»Meine Bilder scheinen ihn zu interessieren, er begreift, worum es mir geht.«

»Er hat ein starkes Einfühlungsvermögen« – Husten unterbrach ihre Worte – »Du schätzt seine Meinung?«

»Wenn er nur nicht diese idiotischen Attacken von Unterwürfigkeit hätte . . . Ich schäme mich für ihn.«

»Niemand ist perfekt . . . Es ist beinahe Mitternacht. Schlaf gut!«

Er blieb noch eine Weile in der Küche. Ein merkwürdiger Tag, sann er, Gretchen hat es nicht leicht. Sie muß sich verlassen vorkommen, umgeben von verstörten Menschen. Ob so etwas erblich ist? Vielleicht hatte der alte Laube nur einen schlechten Tag . . . Rohrbach mag übertreiben! Und dann erinnerte er sich, daß er selbst manchmal die Länge seiner Schritte änderte, um nicht auf Fugen oder Sprünge im Bürgersteig zu treten. Wenn er dann jemandem begegnete, blieb er stehen, bis er diese dumme Gewohnheit ungesehen fortsetzen konnte.

Von der Straße kam Motorenlärm, jemand lachte auf, ein Hund bellte. Zacharia saß am Küchentisch und rauchte. Ein lähmendes Gefühl hatte sich seiner bemächtigt. Schon seit Wochen langweilte ihn die Arbeit im Archiv. Dauernd schwankte er in seinem Urteil über seine Bilder. Im Grunde wußte er, daß es ihm noch nicht gelungen war, darzustellen, was ihm vorschwebte. Ab und zu glückte ihm eine Form, eine Linie, ein Farbton, nie jedoch eine gesamte Komposition. Oft glaubte er, dem erträumten Ziel nahe zu sein. Aber dieser Glaube hielt nicht lange an. Nur der Gedanke an Gretchen war tröstlich. Es war eine Empfindung, in der sich Seligkeit und Schmerz die Waage hielten. Ich werde ihr etwas Schönes schenken, überlegte er. Der dreifarbene Drehbleistift aus Silber wird ihr Freude machen, sann er, als er einschlief.

Morgens um drei Uhr dreißig läutete die Haustürglocke. In der nächtlichen Stille klang sie schrecklich schrill. Dem ersten Klingeln, das einer Warnung glich, folgte ein Dauerton, der eine gute Minute anhielt. Die beiden Dax und Rohrbach stürzten in das Vorzimmer, Zacharia lief im Schlafanzug die Treppen hinunter. »Es muß etwas passiert sein«, rief ihm seine Mutter nach. Er ahnte, daß es Gretchen war. »O mein Gott!« schrie sie in der offenen Tür, verkrallte ihre Hände in seine Ärmel, riß wild an ihnen, gab wimmernde Laute von sich. Zwischendurch versuchte sie zu sprechen, konnte sich aber nicht verständlich machen. Er schüttelte sie, brachte sie mühsam die Treppen hinauf, erschrak, als er ihr Gesicht im Licht sah. Die drei umstanden sie. »Die Eltern!« schrie sie auf, schlug ihm mit den Fäusten auf die Brust. Erst jetzt bemerkte Zacharia, daß sie barfuß war. Auch sie hat den Verstand verloren, war sein erster Gedanke. Er hüllte sie in eine Decke. »Die Eltern«, wiederholte sie. Sie sei direkt zu ihm gelaufen . . . er müsse mit ihr kommen.

Zacharia fand das Ehepaar Laube in der Badewanne,

das Wasser war geranienfarben. Sie trug ein weites Nachthemd, er ein Leibchen. Sie waren tot. Die Wanne war zu klein für beide. Sein Oberkörper hing über den Rand, sie war hinuntergerutscht. Nur ihr loses Nachthemd und ihr langes Haar schwammen auf der Oberfläche. Zacharia starrte fassungslos auf die Leichen. Wie ein Bühnenbild wirkte diese Szene. Sie erschreckte ihn auch nicht. Das Ganze ist gestellt, dachte er für den Bruchteil einer Sekunde, es ist zu absurd, um wahr zu sein. Und doch hatten die toten Laubes in dem geranienroten Badewasser sich ihm unauslöschlich eingeprägt. Seine rechte Hand lag wie ein Gegenstand auf einer grauen Bodenmatte, das Unterhemd war mit Blut besudelt. Die streng gescheitelte Frisur glänzte, als hätte er sich gerade mit Brillantine gekämmt. Zacharia beugte sich vor, um Frau Laubes Gesicht sehen zu können, doch das Wasser war zu trüb und dunkel. Er zögerte einen Augenblick, zog schließlich ihren Kopf an einer langen Strähne ihrer Haare aus dem Wasser, hielt ihn eine geraume Weile an der Oberfläche, vertiefte sich in ihre Züge. Ein großes Grauen, das im Begriff war, Erlösendes zu ahnen, so muteten sie ihn an. Ein Lächeln schien unterwegs zu sein, ohne das Ziel erreicht zu haben.

Laubes Kinn ruhte auf seiner Brust. Zacharia mußte sich tief bücken, um auch sein Gesicht zu sehen. Der verschlagene Ausdruck, der Zacharia zu Laubes Lebzeiten so angewidert hatte, war wie weggewischt. Der Tuchhändler schien nachdenklich – leicht erstaunt. Seine linke Braue war hochgezogen. Um einen Mundwinkel war die Haut bläulich-braun verfärbt. Eine Winterfliege setzte sich auf ein Augenlid. Er zwinkert nicht, mußte Zacharia unwillkürlich denken.

Es konnten nicht mehr als ein – zwei Minuten vergangen sein. Gretchen kauerte im dunklen Korridor. »Mach kein Licht«, bat sie, »bleib bei mir.« Sie suchte seine Hand.

»Wo ist Frau Fuchs . . . weiß sie es schon?«

»Sie schläft unten . . . hinter der Küche. Sie ist noch nicht aufgewacht.« Zacharia weckte sie. Als sie die Laubes in der Wanne sah, begann sie zu schreien, schrie immer noch in Intervallen, als der Arzt und kurz darauf die Polizei gekommen waren.

Doktor Blüm konnte nur bestätigen, was allen klar ersichtlich war. Die Pulsadern an den inneren Handgelenken waren aufgeschnitten – bei ihm war die rechte verschont geblieben.

»Wer hat sie gefunden – wann . . .?« Gretchen war nicht fähig, einen Satz zu Ende zu sprechen. Immer wieder verschlug ihr ein Aufschluchzen die Sprache. Schließlich weinte sie unaufhaltsam. Man verschob weitere Fragen auf den Vormittag. Ein Polizeibeamter in Zivil, den niemand kannte – anscheinend ein neues Mitglied des zwölf Mann starken städtischen Kontingents – verbot, die Leichen zu berühren. Auch das blutige Badewasser sollte vorläufig nicht ausgelassen werden. Angeblich war der Stöpsel nicht ganz dicht. Als der Beamte und sein Gehilfe um acht Uhr wiederkamen, lagen – beziehungsweise saßen – Herr und Frau Laube auf dem Trockenen. Unverzüglich wurde ihre Überführung in die Leichenhalle zum Zwecke der Obduktion angeordnet. Auf dem Boden der leeren Wanne fand man das Rasiermesser des Tuchhändlers, mit dem aller Wahrscheinlichkeit nach die Adern aufgeschnitten worden waren. Der Beamte in Zivil – ein Herr Kemmer, wie man inzwischen erfahren hatte – zog einen Gummihandschuh an, hob das Messer auf, betrachtete es eingehend von allen Seiten, sagte »Krusten von Blut«, übergab es schließlich seinem Gehilfen, der schon ein Stück Seidenpapier bereitgehalten hatte. »Nummer eins«, bemerkte er, »wir numerieren chronologisch.«

Gretchen hatte nicht viel zu berichten. Es mußte schon Mitternacht gewesen sein, als sie Geräusche hörte, die sie nicht gleich deuten konnte. Jemand hat den Badeofen angeheizt, dachte sie, wunderte sich noch und war gleich wieder eingeschlafen. Später, sie wußte nicht, wann es war, hätte ein Poltern sie geweckt. Angespannt hätte sie in die Nacht gehorcht, aber wieder war es still im Haus. Bestimmt ein Lärm von draußen, beruhigte sie sich und mußte nochmals eingeschlummert sein. Ein Alp ließ sie hochfahren. Das Poltern hatte sie in den Schlaf verfolgt . . . wirres Zeug hätte sie geträumt. »Bestimmt im Halbschlaf«, sagte sie, »da habe ich die schlimmsten Träume.« Sie hätte noch eine Weile wach gelegen, dann trieb sie eine Panik aus dem Bett. Sie wisse nicht, wie lange sie im Badezimmer geblieben sei.

»Sekunden . . . Minuten . . .?« half der Beamte in Zivil.

»Ich weiß es wirklich nicht«, antwortete sie.

»Stand wahrscheinlich unter Schock . . . Haben Sie das?« wandte Kemmer sich an seinen Gehilfen.

Die Obduktion verzögerte sich. Dem Primarius des Krankenhauses, dem von Amts wegen diese Aufgabe zugefallen wäre, hatte man gerade die Gallenblase herausgenommen. Er sei noch zu schwach, hatte er eingewandt, als Spitz, der Untersuchungsrichter, ihn überreden wollte, sich die beiden Laubes vorzunehmen. Man stand nun vor der Wahl, eine gute Woche zu warten – so lange dauerte die Rekonvaleszenz des Primarius –, oder die Dienste eines anderen Arztes in Anspruch zu nehmen. Der Fall sei ja von der Pathologie her kein großes Rätsel, soll Spitz bemerkt haben. Doktor Blüm könne es doch machen.

Blüm, der praktischer Arzt war, hatte, abgesehen vom Inzidieren der Furunkel und Abszesse seiner Patienten, seit seinen Studienjahren nichts Wesentliches auf- oder herausgeschnitten. Der Auftrag war ihm auch sehr peinlich. Ihn mangels Erfahrung abzulehnen, wäre jedoch blamabel gewesen. Er suchte angestrengt nach einer plausiblen Ausrede, beriet sich mit seiner Frau, die ihn mit einer an ihr ungewohnten Nonchalance verblüffte: »Das kann doch nicht so schwierig sein«, behauptete sie, »schließlich geht es ja nicht um Leben und Tod!«

Blüm beschloß, die Leichenöffnung durchzuführen. Und zwar mit Hilfe eines reich illustrierten Lehrbuches, welches er auf einen Notenständer so plazieren wollte, daß er sich leicht mit schnellen Blicken von der Richtigkeit seines Vorgehens überzeugen konnte. Blüm spielte ausgezeichnet Geige – daher der Notenständer. Am späten Abend des zweiten Tages nach dem Tod der Laubes machte er sich ans Werk.

Jetzt erst erfuhr er, daß der Operationsdiener des städtischen Krankenhauses, der dem Primarius bei Autopsien behilflich war, auch ihm zur Seite stehen würde. Tomani, ein grobschlächtiger Mann mittleren Alters, mit kurz geschorenem Haar, hervorstehenden Augen in einem blau-roten Gesicht, erwartete ihn in einer bis zum Boden reichenden Gummischürze. Blüm schämte sich, das Lehrbuch, das er in seiner schwarzen Tasche hatte, herauszunehmen. Als Tomani sich erkundigte, wozu er den Notenständer brauche, sagte er, daß er anschließend bei einem Bekannten musizieren werde . . . »die Frühlingssonate . . . ich weiß nicht, ob Sie die kennen? Ist ja egal.«

Blüm begann seine Aufgabe mit Herrn Laube. »Die

Pulsader des linken inneren Handgelenks ist total durchschnitten«, sagte er, legte hierauf die einfachen chirurgischen Instrumente aus, die er besaß, und sah Tomani fragend an. »Mit denen werden Sie nicht weit kommen«, befürchtete der.

»Wir brauchen nicht viel . . . Ein paar Worte pro Organ sollten genügen.«

»Mehr als genügen . . . Wozu das Ganze eigentlich? Die Todesursache ist doch offensichtlich.«

»Vielleicht liegt ein Verbrechen vor. Es muß ja kein doppelter Selbstmord gewesen sein. Auch ihre Geisteskrankheit muß in Betracht gezogen werden – Spitz hat seine Vorschriften.«

Tomani strich mit dem Mittelfinger quer über Laubes Bauch. »Hier fängt der Herr Primarius gewöhnlich an.«

Blüm machte andeutungsweise Bewegungen mit dem Skalpell, schien auf Tomanis Gutheißen zu warten und machte schließlich einen resoluten Schnitt.

»Zu weit unten«, berichtigte ihn der Diener, »das ist ja fast ein Kaiserschnitt.« Sichtlich alarmiert, durchschnitt Blüm ein zweites Mal die Bauchdecke. Ein Morast von Gedärmen und übelriechenden Säften drang durch die tief geratenen Schnitte. Blum trat erschrocken einen Schritt zurück, stand ein paar Sekunden regungslos, als sammle er sich erneut für seine Aufgabe. Wieder an der Arbeit, schien er einen Entschluß gefaßt zu haben. Mit wenigen, bestimmt wirkenden Griffen brachte er die Leber ans Tageslicht, behauptete, sie sei vergrößert, wenn auch nicht viel. »Muß gerne getrunken haben«, ließ er fallen.

»Nicht, daß ich wüßte«, sagte Tomani.

Da legte Blüm die Leber vor sich auf den Tisch, betrachtete sie nachdenklich. »Auch möglich«, bemerkte er und holte das nächste Organ aus dem Unterleib. Er hätte sich bald zufriedengegeben, wenn Tomani nicht darauf hingewiesen hätte, daß man bei Fällen, in denen »Geistiges« mitspiele, gerne das Gehirn anschaue. Er bot sich an, es freizulegen. Blüm konnte sich lange nicht entschließen, gab endlich seine Zustimmung und überließ Herrn Laube dem Operationsdiener. Er selbst sah weg, tat aber so, als wäre er mit einer genauen Untersuchung der etwas abseits ausgelegten Organe beschäftigt. Er hielt dann lange das Gehirn, machte Handbewegungen, als schätze er, wie schwer es sei, legte es schließlich auf die Waage.

Blüms Gutachten, das sich flüssig las, stand in einem auffallenden Kontrast zu dem wüsten Bild, das Laubes zerlegte Reste boten. Nachdem Blüm auf Tomanis Rat die meisten der Organe in der eingefallenen Bauchhöhle des Tuchhändlers deponiert hatte, entdeckte er, daß für den Dickdarm nicht genügend Raum war. Seltsamerweise bereitete dieser gar nicht so kleine Haufen übriggebliebenen Eingeweides beiden Untersuchern Schwierigkeiten. Sie wußten sich im Augenblick keinen Rat.

»Er braucht ihn nimmer«, sagte Tomani.

»Natürlich, aber darum geht es nicht.«

Es wegzuwerfen, wäre naheliegend gewesen. Und doch schienen sie Hemmungen zu haben.

»Vergraben . . .«, schlug Tomani vor.

»Wo?«

»Gleich draußen unter einem schönen Baum . . . Wenn es Sie beruhigt, können Sie ein paar Worte sagen.«

»Sagt denn der Primarius etwas in solchen Fällen?«

»Der murmelt dauernd vor sich hin . . . man kann ihn nicht verstehen.«

»Was macht er sonst mit . . .?« Blüm wies auf den Dickdarm auf der Marmorplatte.

»Den stopft er wieder dahin, wo er war, und näht das Ganze flüchtig zu.«

Ein Blick genügte, um zu erkennen, daß diese Lösung nicht mehr möglich war. Laubes Leib war gar zu arg zerschnitten. Sein Gesicht hatte sich versteinert, als protestiere er für alle Ewigkeit gegen die Willkür, die seinen sterblichen Resten widerfahren war.

Frau Laube lag unter einer Plane, auf einer hohen Totenbahre. Tomani schob das fahrbare Gestell ganz nahe an den Tisch und zog sie, ohne sie aufgedeckt zu haben, auf die Marmorplatte. »Sind Sie soweit?« wandte er sich an Doktor Blüm.

»Warum fragen Sie?«

»Ich dachte nur.« Mit diesen Worten entfernte der Operationsdiener das grobe Tuch. Für einen Augenblick schienen sie betroffen. Ein wunderschöner Körper! lag dem Arzt schon auf der Zunge, er sagte aber nur »beachtlich«.

»Die Pulsadern sind auf-, nicht durchgeschnitten«, begann Doktor Blüm, sichtlich erleichtert, einen unverfänglichen Anknüpfungspunkt gefunden zu haben. Schon auf den ersten Blick hatte er zwei tiefblaue Verfärbungen auf der linken Brust entdeckt. Blüm tastete die dunklen Flecke ab, glaubte, eine gebrochene Rippe entdeckt zu haben, untersuchte den Brustkorb, als wäre die Tote eine Patientin in seiner Ordination, sagte, »zwei schlecht verheilte Rippen, rechts unter dem Herzen.« Ihre Schamhaare waren sorgfältig geschnitten und an den Rändern ausrasiert. Blüm vermerkte es, da er in der Leiste einen drei Millimeter langen, oberflächlichen Schnitt gefunden hatte. »Wie es beim Rasieren geschehen kann«, setzte er in Klammern.

»Freiwillig hat sie es nicht getan«, warf Herr Tomani ein.

»Sie mögen recht haben.« Ob man den Genitalbereich untersuchen solle, überlegte Blüm.

»Wenn etwas Sexuelles mitspielt, auf jeden Fall«, erklärte Herr Tomani mit einer Stimme, die tiefer als seine übliche zu liegen schien.

Blüm hatte Schwierigkeiten. Die Starre erschwerte seine Untersuchung. »Sehr weit kommt mir die Vagina vor«, sagte er, »fast wie bei einer Wöchnerin, doch keine Spuren von Gewalt.« Er ging sehr schonend mit dem Leichnam um; ein kleiner Querschnitt in Nabelhöhe war letztlich die einzig sichtbare Spur der Autopsie.

Frau Fuchs hatte schon am Vortag Kleidungsstücke gebracht, die Särge standen im Vorraum der Halle. Als Blüm fragend auf die Laubes sah, beruhigte ihn Tomani. »Das überlassen Sie nur mir und dem Bestatter. Ihn werde ich bandagieren müssen . . . Hat Spitz sie freigegeben?«

Blüm stutzte einen Augenblick. »Ich weiß es nicht. Uns kann es jetzt egal sein.«

Schon früh im Laufe der Untersuchung hatte sich herausgestellt, daß Spitz und Kemmer – der Beamte in Zivil – den Tod des Ehepaares Laube unterschiedlich bewerteten. »Bestimmt Selbstmorde . . . Er mag ihr dabei geholfen haben . . . Zumindest hat sie eingewilligt«, schlug Kemmer vor. Die blauen Flecke sowie die gebrochene Rippe tat er mit den Worten ab: »Im Bad gefallen – kommt häufig vor.« Eine keineswegs seltene Gepflogenheit, nannte er die Rasur der Schamhaare, »das kann passieren«, bagatellisierte er den kleinen Schnitt in ihrer Leiste.

»Leider kann ich Ihnen nicht so ohne weiteres zustimmen«, entgegnete Spitz. Man müsse auch andere Möglichkeiten prüfen. Spitz war gewissenhaft – übertrieben gewissenhaft, wie manche behaupteten. Angeblich –

so sagte ein Kollege – stünde der Grad seiner Gewissenhaftigkeit in einem direkten Bezug zum sinnlichen Gehalt des zu untersuchenden Falles. Spitz war auch nicht beliebt; sein Äußeres trug zweifelsohne dazu bei: Er war fett, hatte ein großes rundes Gesicht, trug Brillen mit dicken Gläsern und ging mit kurzen schnellen Schritten. Sein Hosenboden hatte immer einen Glanz.

»Ihre Auslegung, mein lieber Kemmer, hat den Vorteil, unsere Arbeit zu erleichtern«, begann er anläßlich einer kleinen Sitzung in seinem Büro. »Aber ich frage mich, ob das der Sinn der Gerichtsbarkeit ist? Ist es nicht Aufgabe der rechtsprechenden Gewalt, die Wahrheit herauszufinden?«

Man nickte eifrig. Selbst die Stenokontoristin sah ihn begeistert an, obwohl es in ihrem Fall nicht angebracht war. Nachdem man sich diesem schönen Gedanken kurz hingegeben hatte, warf Kemmers Gehilfe kaum hörbar ein: »Wem hilft sie schon?« Offensichtlich hatte er auf die »Wahrheit« hingewiesen.

Spitz setzte sich zurecht, schob seinen Oberkörper vor. »Ich weiß nicht, wo ich beginnen soll. Ihre Frage, Herr Holzbauer, verrät eine grundsätzlich falsche Auffassung. Ich werde später darauf zurückkommen.« Und er faßte die »offenen Fragen« folgendermaßen zusammen: »Hat sie sich selbst die Adern geöffnet, ist sie willig in das Bad gestiegen, ist Gewalt angewandt worden? Ist er, in Anbetracht ihrer Unzurechnungsfähigkeit, nicht ipso facto des Mordes anklagbar?«

»Selbst wenn sie ihn gebeten hätte?« fragte Kemmers Gehilfe.

»Selbst dann«, sagte Spitz.

Holzbauer gab zu bedenken, daß die meisten dieser Fragen nicht mehr beantwortbar seien, auch wenn man sich sehr bemühe. »Aber wozu?«

»Wem wäre schon geholfen«, sekundierte Kemmer, »der Schuldige ist längst entschlüpft.«

Es kam zu einer Auseinandersetzung. Laut einem der Beteiligten, der ungenannt bleiben wollte, habe Spitz dem Gehilfen »die Leviten gelesen«, hierauf einiges über einen sittlichen Imperativ gesagt, dem die Herren von der Polizei mit verschleierten Blicken gefolgt waren. Was allen einleuchtete, war sein Hinweis auf das Erbrecht. »Ein Mörder kann sein Opfer nicht beerben«, stellte er fest. Wieder auf festem Boden, beschrieb er in einfachen Worten, daß man schon allein aus diesem Grund gewissenhaft vorgehen müsse. Der Einwand, daß der mögliche Mörder ja niemanden beerben könne, da er tot sei, tat Spitz mit dem Wort »die Erbfolge« ab. Er soll hochmütig gelächelt haben. Die kleine Sitzung endete ergebnislos. Spitz kündigte nur an, daß er die Laubes vorläufig noch nicht zur Beerdigung freigegeben habe.

Auch an Gretchen stellte er eine Frage. Er wollte wissen, ob ihre Mutter noch menstruiert habe. Gretchen dachte lange über diese Frage nach. Warum Gretchen zu ihm und nicht zur Polizei oder zum Arzt gelaufen sei, wandte er sich an Zacharia. »Wir stehen uns sehr nahe«, antwortete der.

Als Zacharia erwähnte, daß Laube am Abend des tragischen Ereignisses offensichtlich ohne ein bestimmtes Ziel in der Stadt umhergestrichen sei, sprang Spitz auf. Zacharia mußte genauestens berichten, was er gesehen hatte. »Sein Gang war sonderbar . . .« Spitz ließ nicht ab. »Wie ging er? Führen Sie es vor!« Zacharia demonstrierte Laubes Zögern am Rand des Bürgersteiges, seine mechanischen Bewegungen, die plötzliche Umkehr. Spitz war buchstäblich außer sich geraten. Allerdings hatte Zacharia auch leicht übertrieben – er war ein wenig wie ein Roboter gegangen. Jetzt ahmte Spitz Zacharia nach, fragte wiederholt, ob es so gewesen sei ... oder so? ... »Sie wundern sich«, sagte er schließlich, als hätte er sich plötzlich besonnen.

Zacharia hatte ihm schon eine Weile staunend zugesehen. »Ich hielt es nicht für möglich«, sagte er, als er seiner Mutter davon erzählte. Spitz muß ihm angesehen haben, wie perplex er war.

»Mir ist jetzt vieles klar«, sagte er. »Laube hat mit seinem sonderbaren Tanz angekündigt, was geschehen wird – eine Voranzeige gewissermaßen. Als er sich so abrupt umwandte, um nach Hause zu eilen, war alles entschieden.«

Schon seit drei Tagen hatte Gretchen auf Zacharias Sofa geschlafen. Er hatte sich eine zusammenklappbare Liege im Vorzimmer aufgestellt. Als er am zweiten Morgen zu ihr kam, klammerte sie sich an ihn und begann haltlos zu schluchzen. Sie hielten sich eng umschlungen, bis sie schließlich erschöpft in seinen Armen einschlief. Er löste sich von ihr, ohne sie zu wecken. Erst am späten Nachmittag wachte sie auf, zog sich eilig an, wusch sich jedoch nicht, aß auch nichts, trank Tee, rauchte eine Zigarette. Bisher hatte Gretchen nur selten geraucht. Von dieser Stunde an tat sie es mit zunehmender Häufigkeit. In ihren Augen lag ein permanenter Ausdruck fragenden Entsetzens. Es schien, als suche sie die Blicke anderer einzufangen, doch niemand wagte es, sie länger anzusehen. »Weine dich aus, mein Kind, bei uns bist du zu Hause«, versuchte Frau Dax ihr zu helfen. Da verließ sie wortlos den Raum.

Am vierten Tag kam sie von einem Einkauf nicht zurück. Zacharia fand sie mit Frau Fuchs in der Küche ihres Hauses. Wie vor dem tragischen Geschehen kam sie von nun an wieder zweimal wöchentlich, um ihre

Sprachstunden fortzusetzen. Bei diesen Gelegenheiten nahm sie auch ein Bad. Wahrscheinlich konnte sie es nicht über sich bringen, in die Wanne ihrer Eltern zu steigen. Wenn sie allein waren, wusch Zacharia ihr den Rücken. Als er mit einem seifigen Lappen über ihre Brust strich, schüttelte es sie wie im Fieber. Sie stieß ihn zurück, verbarg ihre Blößen und bat ihn, hinauszugehen.

»Es war gedankenlos und roh von mir«, sprach er durch die geschlossene Tür auf sie ein. »Verzeih mir.«

»Ich konnte mir nicht helfen«, sagte sie, als sie herauskam.

Der kurze Winternachmittag ging seinem Ende entgegen. In der Wohnung war es dämmrig und warm. Nur Rohrbachs Zimmer war noch nicht geheizt. Zacharia rüttelte den Rost im Ofen und legte ein paar Scheite auf. »Bleib noch eine Weile«, bat er.

»Sie wollte sich schon öfter töten«, sagte Gretchen. An diesem Abend sprach sie zum ersten Mal über den Tod ihrer Eltern. »Schalte kein Licht an«, hielt sie ihn zurück. »So wollte sie bestimmt nicht sterben . . . Es war zu furchtbar. Die Fuchs sagt, er hätte sie bis zum Wahnsinn geliebt. Ich glaube es nicht . . . Das kann nicht Liebe sein . . . Was ihn bewegte, war nur noch animalisch. Sie war viel normaler als er. Sie verstellt sich nur, habe ich mir oft gedacht. Ihr Zustand war bestimmt nicht gänzlich unfreiwillig. Mein Vater bestand nur noch aus Trieben . . . Ihn trieb es zu allem, das er verbrochen hat.«

Am sechsten Tag nach der Tragödie wurden die Laubes beigesetzt. Ob es in beiden Fällen ein Freitod war, blieb ungeklärt. Spitz mußte private Schlüsse gezogen haben, die nicht zu Protokoll genommen wurden. Als er anläßlich der Einvernahme von Frau Fuchs erfahren hatte, daß die Tote für ihren längst verstorbenen Vetter Trauer getragen habe, soll er sich auf seine feisten Schenkel geschlagen haben. Sie wußte nicht, warum.

Etwa zwanzig Menschen folgten den Särgen die kurze Strecke von der Friedhofskapelle zum Familiengrab der Laubes, das schon seit Tagen offen lag. Zwei Totengräber erwarteten den bescheidenen Leichenzug. In der dunklen, vom Spatenblatt scharf abgestochenen Erde zeugten kleine Kanäle und ein Netz von weißen Wurzeln von einem regen subterranen Leben. Eine Katze umstrich das offene Grab, warf sich schnurrend gegen das Bein eines der Totengräber; es schien ihn nicht zu stören. Ein Junge fuhr unbefangen auf seinem Fahrrad ganz nahe vorbei, hielt an und sah, ein Bein auf den Rahmen gestützt, der hastig wirkenden Bestattung zu. Eine Frau löste sich aus der kleinen Schar von Trauergästen, es war Frau Fuchs, murmelte etwas zu dem Jungen, worauf der unbekümmert weiterfuhr. Zwei Reihen gegen Norden war das Grab des jungen Vetters. Dort sollte sie liegen, dachte Gretchen.

Es hatte zu schneien begonnen. Geweihtes Wasser, Klumpen von Lehm und eine weiße Nelke fielen auf die schweren Eichendeckel. Die Totengräber schaufelten in einem steten Rhythmus. Als die letzten der kleinen Schar den Ausgang des Friedhofs erreicht hatten, war die große Grube schon halb gefüllt. Der Schneefall hatte zugenommen. Gretchen wandte sich noch einmal um. In dem Gestöber war der alte Grabstein der Tuchhändlerfamilie kaum noch sichtbar. Ich muß ihn beschriften lassen, dachte sie. Sie dürften nicht nebeneinander liegen . . . Alles muß einmal ein Ende nehmen, auch das Grauen.

Sechs Wochen später, pünktlich um sieben, zog der Kommis die Rolläden des Tuchgeschäftes Laube wieder hoch. Ein Onkel Gretchens – selbst ein Textilkaufmann im Westen Böhmens – hatte vom Verkauf abgeraten. Das Unternehmen hätte einen verläßlichen Kundenkreis, besonders aus der ländlichen Umgebung. Ein ziemlich großes Warenlager erübrige für einige Zeit die schwierige Aufgabe des Einkaufs. Der Kommis sei tüchtig, vor allem im Verkauf. Gretchen könne sich weiterhin um die Büroarbeit kümmern, auch im Laden helfen. »Du hast doch Erfahrung in der Branche, bist ja gewissermaßen in das Geschäft hineingeboren, der Name ist bekannt, finanziell bist du, soweit ich sehen konnte, solide fundiert. Nimm das Ganze in die Hand, du wirst es nicht bereuen.« Sie war leicht zu überreden, seinem Rat zu folgen.

Gretchen kam nun nur noch sonntags zu Frau Dax. Die Übernahme des Geschäfts nähme sie sehr in Anspruch, erklärte sie, als Zacharia sich beklagte, daß sie ein seltener Gast geworden sei.

»Ich bin kein Gast bei dir«, entgegnete sie, »wie kannst du nur so etwas sagen?« Er hatte sie nach Hause begleitet, jetzt standen sie an ihrer Tür. »Komm mit hinauf«, bat sie ihn. Er wußte, daß sie ihn nur aus Höflichkeit eingeladen hatte. Auch er hatte seit jener unheimlichen Nacht eine gewisse Scheu, ihre Wohnung zu betreten. Sie schien erleichtert, als er sie aufforderte, mit ihm in ein Kaffeehaus zu gehen.

Gretchen trank Grog, er Tee mit Rum. Seit dem Begräbnis trug sie Trauer. Jedes ihrer Kleidungsstücke, selbst die Handschuhe und ihr turbanartiges Kopftuch, waren schwarz. »Du müßtest immer Trauer tragen«, sagte er, »sie steht dir gut.«

»Ich weiß«, sagte sie und sah ihn dankbar an. »Du malst nicht mehr?«

»Ich werde wieder anfangen . . . Es hat sich vieles geändert. Ich finde mich nicht mehr zurecht.«

»Wir brauchen Zeit. Alles ist plötzlich schrecklich kompliziert.«

»Wie kann ich dir nur helfen? Du weißt doch . . .«

Da sah sie ihn so eigenartig an, daß er mitten im Satz abbrach. Er konnte sich ihren Blick nicht erklären. Und dann gestand sie ihm, daß er in ihrer Vorstellung zu einem untrennbaren Teil der schrecklichen Szene im Badezimmer geworden war. »Wenn ich an die beiden denke, sehe ich dich über die Wanne gebeugt . . . Du gehörst dazu, als wärst du auf eine mysteriöse Weise mit dieser Katastrophe verbunden. Ich muß es unterdrücken . . . Gib mir eine Zigarette.« Als er ihr Feuer gab, zitterte ihre Hand. »Mein lieber Surkow«, versuchte sie die alten Tage heraufzubeschwören, wußte aber nicht weiter. »Deine Verhüllungen . . .«, sagte sie plötzlich in sichtlicher Erregung. »Ich habe das beängstigende Gefühl, daß ein Zusammenhang zwischen deinem ekelhaften Zeug in der Sofaecke und den beiden in der Wanne besteht – als hätten sie unter deiner Verhüllung irgendeine zwielichtige Existenz gefristet und nur gewartet, bis du diese schmutzige Decke wegreißen wirst. Es ist ein grauenhafter . . . ein furchtbar dummer Gedanke. Halte mich fest«, flehte sie ihn an. Er griff nach ihren Händen. »Ich zwinge mich, nicht daran zu denken«, sagte sie schließlich. »Es gelingt mir nicht . . . Ich kann nicht so leben.« Tränen liefen ihr über die Wangen. »Surkow . . . Surkow«, sagte sie verzweifelt, »du weißt doch immer einen Ausweg. Wir müssen neu beginnen . . . uns wiederfinden.«

»Hast du mich denn schon verloren?«

Wieder sah sie ihn sonderbar an, schien um einen Entschluß zu ringen. »Es graut mir vor nackten Körpern . . . auch vor dem deinen«, sagte sie plötzlich. Und kaum noch hörbar: »Aber ich liebe dich.«

Zacharia knöpfte seinen offenen Hemdkragen zu, versteckte seine Hände in den Ärmeln seiner Jacke und lächelte ihr mit seinen alten Augen zu. »Wir müssen doch nicht miteinander schlafen . . . wir berühren uns einfach nicht . . . nie wieder!«

Sie weinte still vor sich hin. »Könntest du dich so neben mich legen, daß immer eine Decke zwischen uns ist? Ich liege wach im Bett und sehne mich nach deiner Nähe . . . aber nicht nach dir. Verstehst du das?«

Er nickte, dachte, es sei ja nicht so schwer zu verstehen, seufzte erleichtert. Plötzlich stieg ein Glücksgefühl in ihm auf. Sie will mich, sie braucht mich, jubelte es in ihm. Aber mitten in diesen süßen Gedanken drängte sich rücksichtslos etwas Neues – eine peinliche Überraschung. Sie hatte in der Gegend der Lenden begonnen. Eine Sehnsucht, Gretchen zu lieben, hatte ihn geradezu überfallen. Ganz wollte er sie lieben, nackt in seinen Armen halten.

Rohrbach verhielt sich in diesen Wochen so unauffällig, daß er zeitweise buchstäblich in Verges-
senheit geriet. »Er ist sehr rücksichtsvoll«, sagte Frau
Dax anfangs. »Er hat Angst vor Problemen«, änderte sie
bald ihre Ansicht. Zacharia glaubte eine Spur von Ver-
achtung herausgehört zu haben. Neuerdings hatte sie
ihre Meinung wieder revidiert: Nicht Angst sei es, sondern Bequemlichkeit. Er gehe allen unangenehmen
Dingen aus dem Weg . . . Selbst beunruhigende Gefühle vermeide er. Sie schwieg ein paar Minuten. »Er hat
kein Rückgrat!« rief sie unvermittelt, als hätte sie sich
endgültig entschieden. Am nächsten Tag kam sie wieder
auf ihn zu sprechen: »Ich glaube«, begann sie nachdenklich, »daß es in seinen Augen ein Irrtum ist, an andere
zu denken. Vorsicht und Egoismus, das sind seine Leit-
motive. Ein kompaktes Duo von Eigenschaften, so
wunderbar solide . . . so abstoßend!« Sie schüttelte sich.
Frau Dax mußte viel über Rohrbach nachgedacht haben. Ihr Urteil über ihn hatte sich progressiv ver-
schlechtert. Nachdem schon einige Minuten vergangen
waren, sagte sie »man kann sich irren«, ohne zu klären,
ob ihre ursprüngliche oder gegenwärtige Ansicht irr-
tümlich sei. »Ich will ihm nicht unrecht tun«, fügte sie
hinzu, als Zacharia aufstand, um zu gehen.

Rohrbach freute sich, als Zacharia zu ihm kam – es
war keine Verstellung. »Ich habe mich zurückgezogen«,
empfing er ihn, »ich bin ja doch nur im Weg.«

Zacharia hatte es nicht länger in seinem Zimmer
ausgehalten. Unentwegt mußte er an Gretchens Offen-
barungen denken. Er hatte ein vages Verlangen, etwas

Tröstliches zu hören, etwas ganz Allgemeines. »Zeit heilt Wunden« etwa, wußte aber nur zu gut, daß er bei Rohrbach keine Ermutigung finden würde.

Auf dem Tisch standen drei Zinnsoldaten, einer trug eine Fahne. »Sie wundern sich«, sagte Herr von Rohrbach, offensichtlich eine Lieblingsphrase. »Es ist die Fahne des Egerländer Hausregiments, mein Vater war dort Kommandeur . . . Seit Jahren habe ich sie nicht aufgestellt. Im Koffer habe ich ein ganzes Bataillon, wie Sie ja wissen.«

»Bemühen Sie sich nicht«, hielt Zacharia ihn zurück, als er Anstalten machte, ihm sein kleines Heer zu zeigen.

»Natürlich, Sie haben andere Sorgen . . . Gretchen kommt seltener . . . überraschend, wie tüchtig sie ist . . . hat den Laden übernommen.« Er hielt den Fahnenträger, sah ihn aufmerksam an, als spräche er zu ihm und nicht zu Zacharia. »Ist alles um den Tod der Eltern Fräulein Laubes endgültig geklärt?«

Zacharia nickte. Er bereute nun, daß er gekommen war. Er wollte über Gretchen sprechen, doch Rohrbachs Spielereien mit seinen Zinnsoldaten hielten ihn davon ab. »Warum schleppen Sie ein ganzes Bataillon mit sich herum?« fragte er unfreundlich.

Rohrbach stellte den Fahnenträger behutsam auf den Tisch zurück, nahm schon seine schräge, Verzeihung heischende Kopfhaltung ein, schien es sich jedoch wieder überlegt zu haben und sagte: »Das ist eine sehr persönliche Frage . . . Warum malen Sie nur Verrücktheiten?« Im nächsten Augenblick hob er abwehrend seine Hand, als wäre er vor seinen eigenen Worten erschrocken. »Ignorieren Sie meine Frage«, bat er. »Narreteien, ich weiß es ja . . . Ein alter Mann spielt mit Zinnsoldaten, und ich maße mir an, meine lächerliche Beschäftigung mit Ihrer Kunst zu vergleichen . . . verzeihen Sie. Sie malen nicht mehr?« fügte er schnell hinzu.

»Die Ereignisse . . . Ich habe eine ganze Reihe neuer Bilder im Kopf, kann mich aber nicht aufraffen.«

Rohrbach schien voller Verständnis, flocht jedoch Bemerkungen ein, die Zacharia verwirrten. »Man kann sich nicht aufraffen, so fängt es an«, sagte er zum Beispiel. Was so anfange, wollte Zacharia fragen, kam aber nicht dazu. Er – Rohrbach –brüte über neuen Aufmarschplänen, sei jedoch nicht fähig, sie zu verwirklichen. »Seit Tagen quäle ich mich, heute habe ich den Fahnenträger und seine flankierenden Begleiter herausgenommen, aber weiter komme ich nicht. Ist es nicht so?« wandte er sich unvermittelt an Zacharia, »man brütet über seinen Plänen, hat Reihen von Bildern und Soldaten im Kopf . . . Vielleicht werden Sie Ihre Reihen für ewig nur im Kopf behalten.« Er sah Zacharia verstohlen an, als prüfe er die Wirkung seiner Worte. Er schien abzuwarten, wie sich Zacharia dazu äußern werde. Plötzlich, als folge er einer Eingebung, warf er ein: »Mir sagt eine Stimme, daß sich vieles bei Ihnen ändern wird.«

Was für Stimmen das seien, fragte Zacharia.

»Sie wissen genau, wovon ich rede!« Er ist gereizt, dachte Zacharia. Es störte ihn aber nicht. Es gäbe Stimmen, die man nicht überhören könne, fuhr Rohrbach fort. »Sie sprechen eindringlich . . . aus Sofaecken . . . befehlen einem, in den Schrank zu steigen, Dinge zu verhüllen, Schafe für den Schlächter vorzubereiten. Mich hat ein Arzt gefragt, ob diese Stimmen wirklich sprechen, Worte, Sätze formulieren?« Rohrbach lächelte. »Natürlich nicht, habe ich geantwortet. Sie werden schon begreifen, wovon ich rede. Es sind ätherische Stimmen.« Er sah Zacharia vielsagend an. »Reden Sie nicht darüber, behalten Sie es nur ganz für sich, wenn sie allzu wirklich werden.«

Rohrbachs Redseligkeit wirkte unnatürlich. »Ganz allgemein, möglichst wenig über persönliche Schwierigkeiten sprechen . . . zu niemandem!« riet er mit einer resoluten Handbewegung. »Man verspricht sich, sagt Dinge, die man nicht sagen sollte, fällt in Selbstgespräche. Ein Mensch wie ich muß dauernd vor sich selbst auf der Hut sein. Solange man seine Arbeit tut, ist man einigermaßen sicher. Kleinere Entgleisungen werden vergeben. Man hält die Leistung der Entgleisung entgegen – verstehen Sie mich?«

»Ja natürlich.«

Rohrbach sah Zacharia an, als traue er ihm nicht ganz. »Meine Akten sind säuberlich geführt . . . Die Summen stimmen, auf meine Zahlen kann man sich verlassen.« Jetzt beugte er sich vor, lächelte. »Das Allerwichtigste, mein Lieber, ist die Gefälligkeit – den Vorgesetzten wie den Kollegen gegenüber –, immer gefällig! Dann hilft bei mir auch der Baron. Nicht, daß ich es verkündigen würde. Das wäre grundverkehrt. Durchsikkern muß man es lassen. Nicht bestätigen und nicht verneinen. Ein gefälliges Verhalten von seiten eines Barons wiegt viele Mängel auf.« Er starrte in die Luft, als ließe er ein Heer einschlägiger Erfahrungen an seinem geistigen Auge vorüberziehen. »Unglaublich viele Mängel . . . verstehen Sie mich?«

Er ist verrückter, als man denken würde, sann Zacharia, überlegte, ob er auf sein Gerede eingehen sollte und sagte schließlich, da ihm nichts Besseres eingefallen war: »Diese Idee einer körperlosen Stimme, die zu uns spricht, ist auch in den Sprachgebrauch eingegangen. ›Eine Stimme sagt mir‹ – ›eine innere Stimme warnt mich‹. Davon sprechen Sie doch?«

»Es gibt natürlich Grade«, belehrte Rohrbach ihn. »Ein jeder führt Selbstgespräche – manche sogar Dialoge . . . innere Dialoge natürlich. Einer denkt sie nur, ein anderer bewegt die Lippen, der nächste spricht schon ab und zu ein Wort, manche geraten sogar in einen Streit, schimpfen, toben, schreien, gestikulieren.« Verwundert schüttelte er den Kopf. »Nuancen, mein lieber Zacharia, Welten verbergen sich dahinter. Man spricht zu sich, mit sich, redet vor sich hin, redet sich was ein, was aus, was vor. Plötzlich weiß man nicht mehr, wer was zu wem sagt, was wirklich ist . . . was eine Gaukelei der Sinne.«

»Äußerst interessant«, sagte Zacharia. Rohrbachs Redeschwall hatte ihn verwirrt. Sind das die Worte eines einsichtsvollen Menschen oder die absurden Überlegungen eines Narren? wunderte er sich.

Da leuchteten Rohrbachs Augen auf. Ihm mußte gerade etwas Wichtiges eingefallen sein. »Ein erotischer Selbstmord, nicht wahr?« rief er unvermittelt. »Die Untersuchung soll oberflächlich gewesen sein, ein völlig unerfahrener Mensch soll die Obduktion durchgeführt haben. Der Primarius war krank, der Diener der Leichenhalle soll die Hände gerungen haben, die inneren Organe warf man in die Moldau . . . Es soll ein rücksichtsloses Tranchieren gewesen sein.«

Zacharia war peinlich berührt. Ihm waren diese Gerüchte neu. »Man weiß nun endlich, warum Laube sie nicht in eine Anstalt einweisen ließ. Alles Erotik!« rief Rohrbach noch. Woraus er das schließe, fragte Zacharia.

»Stellen Sie sich nicht dumm«, platzte Rohrbach heraus, »Sie waren doch als Erster dort . . . Muß ein erschütternder Anblick gewesen sein.«

Er hätte nichts Erotisches im Badezimmer entdeckt, berichtigte Zacharia ihn; auch seine Erschütterung hätte nicht lange angehalten, denn er fände, der Selbstmord sei ein natürlicherer Tod als das passive langsame Zugrundegehen. Der Selbstmord sei ein aktiver Tod, der Mensch übe seine Fähigkeit, endgültig zu entscheiden, aus. Es sei ein menschlicher Tod. Das Tier müsse zugrunde gehen, der Mensch nicht. Erniedrigend sei es, sich tatenlos der Sterblichkeit zu unterwerfen.

»Unerhört —« Rohrbach war aufgesprungen, besann sich aber schnell und sagte: »Sie haben leicht reden . . . Die großen Worte eines jungen Menschen.« Er trat vor Zacharia, legte väterlich eine Hand auf seine Schulter. »Sie haben die merkwürdigsten Ideen.«

Ihn bewege dieser Gedanke seit dem Tod der Laubes, sagte Zacharia. Er fände auch die Zeugung eine unglaubliche Willkür. »Man setzt etwas ins Leben, das alle Mängel der Erzeuger in sich trägt.«

»Sie greifen weit zurück.« Rohrbach hatte sich vorgebeugt. Er roch nach Kölnisch Wasser. Zacharia entzog sich dieser Nähe.

»Ich will ein Lamm malen, dem es an Lebenswillen mangelt«, sagte er unvermittelt. Schon seit einigen Tagen hatte er sich mit dieser Idee befaßt. Jetzt versuchte er, sie in Worte zu fassen. »Es ist gesund, steht jedoch dem Leben völlig gleichgültig gegenüber – es ist am Tod mehr interessiert. Alles an dem kleinen Tier ist schön geformt, nur der Wille zu leben ist deformiert. Ich will dieses Lamm in eine dekadente Landschaft stellen, es mit einer maßlosen Arroganz umgeben. Es braucht kein Gras.«

Rohrbach schüttelte nur den Kopf. »Ihre Bilder brauchen Texte«, sagte er.

Er begreift nicht, worum es mir geht, dachte Zacharia, sagte aber »das wäre natürlich eine Lösung«.

Es war spät geworden. Unter der Tür zum Zimmer seiner Mutter sah er einen schmalen Streifen Licht. Unschlüssig stand er ein paar Sekunden im Vorzimmer, nahm seinen Mantel vom Haken, trat in die Nacht hinaus und bog gleich in die Rathausgasse ein. Gedankenlos überquerte er den Hauptplatz. Ein kleiner hinkender Hund lief eine kurze Strecke hinter ihm her, kam aber nicht näher, als er ihn zu sich locken wollte. Am Eingang zur Hofgasse hielt er an, sah gleichgültig auf eine verschneite Kreuzigung vor der Schloßkapelle und zündete sich eine Zigarette an. Ein Taxi fuhr lautlos an ihm vorbei.

Rohrbach hatte ihm auf seinem nächtlichen Gang zu denken gegeben. Ein Anschwellen und Abflauen von Angst verursacht seine Wechselhaftigkeit, sann er. Wenn die Angst groß ist, wird er sehr bescheiden, vegetiert dann mit geneigtem Kopf. Kaum flaut sie ab, wird er aufsässig. Zacharia hielt nicht viel von ihm. Nur die Zinnsoldaten stimmten ihn versöhnlich. Stammen bestimmt aus schöneren Tagen! Eine Brücke zu einer erträglicheren Kindheit. Er braucht das ganze Bataillon, um sich des Ansturms seiner Dämonen zu erwehren. Ob verstörte Menschen Mut besitzen können? fragte er sich. Ob Laube mutig gewesen ist?

Mama geht es nicht besser, wanderten seine Gedanken. Sie schwitzt sehr viel bei Nacht . . . Ist sehr matt. Ich müßte mich mehr um sie kümmern, ermahnte er sich.

Wieder zu Hause, stand er noch eine Weile an seinem Fenster, sah dem Tanz der Flocken im Licht der Straßenlaterne zu. Ein schneereicher Winter, dachte er. Vom Nebenzimmer drang unterdrückter Husten – ein Hüsteln in die Kissen – so hörte es sich an. Aus lauter Mitleid spürte er Schmerzen in seiner Brust. Wenn ich es ihr abnehmen könnte, sann er, würde ich es auf mich nehmen? Er hing der Frage nach. Man müßte alles Schwere gerecht verteilen, jedem eine Bürde auferlegen . . . so die Lasten erleichtern. In großer Eile skizzierte er ein Lamm, zerriß das Blatt. Rohrbachs Warnung fiel ihm ein. Wie sinnlos, sich mit Ideen zu befassen, die unausführbar sind.

Ein neuerlicher, stark unterdrückter Anfall seiner Mutter ließ ihn zu ihr eilen. Eine Ausflucht, warf er sich vor, weil mir das Lamm mißlungen ist, sonst würde ich jetzt malen.

Doktor Breuer sei sich nicht sicher, er werde sie durchleuchten, sagte sie. Bei Tag sei sie hoffnungsvoll, die Nächte seien schwierig. Sie war naßgeschwitzt. Er brachte ihr ein Nachthemd, eine Schüssel mit lauwarmem Wasser, ein Badetuch und Lavendelöl, wusch ihr den Rücken und gab ihr sein Plumeau. »Ich habe Decken«, sagte er, »es ist zu spät, dein Bett neu zu überziehen.« Gestützt von vier großen Kissen, lag sie halb, halb saß sie, schaute ihm erfrischt entgegen, forderte ihn mit einer Handbewegung auf, sich zu ihr zu setzen, und fragte mit einer verblüffenden Beiläufigkeit, was es bei Laubes Neues gäbe. In ihren schlaflosen Nächten denke sie an die beiden. Gretchen sei der Ansicht, ihre Mutter hätte sich selbst die Adern geöffnet, Laube hätte sie tot vorgefunden, sei zu ihr in die Wanne gestiegen und hätte das gleiche getan. Gretchen sei zu diesem Schluß gekommen, als sie sich die Geräusche dieser Nacht nochmals zu erklären suchte. Frau Dax lächelte – es war kein schönes Lächeln. »Ich fürchte, das ist ein Wunschbild«, sagte sie. »Ich kenne solche Besessenheiten . . . Laubes leidenschaftliches Verlangen muß von unerbittlicher Gnadenlosigkeit gewesen sein. Mich lenkt dieses Drama von meiner eigenen Misere ab. Linchen . . .

weißt du, daß sie Karoline hieß? Laube soll sie nur ›mein Linchen‹ genannt haben. Linchen – so erkläre ich mir diese schreckliche Geschichte – wurde zu Tode geliebt.« Wieder lächelte sie auf eine nicht gerade angenehme Art. »Im übertragenen Sinn natürlich«, fügte sie schnell hinzu. Jetzt lachte sie sogar kurz auf. »Es muß unbedacht geschehen sein.«

Wie sehr die »Affäre Laube« sie beschäftigte, ging aus ihren nächsten Worten hervor, denen, bestimmt ganz ungewollt, eine gewisse Theatralik anhaftete: »Sie flüchtete in den Wahnsinn, er folgte ihr, durchdrang ihre Wahnvorstellungen, triumphierte schließlich über den toten Vetter. Als sie ihm ins Jenseits entkommen wollte, war er ihr hart auf den Fersen. Oft denke ich mir, da huste ich lieber . . .«

Sie betrachtete ihn, als hätte sie ihn lange nicht gesehen. »Mein Archivar, Maler . . . mein Sohn«, sagte sie. Er strich ihr eine feuchte Strähne aus der Stirn. »Von Jahr zu Jahr siehst du deinem Vater ähnlicher . . . Ich denke viel an ihn. Wir waren glücklich. Nicht einmal ein Bild seines Grabes haben wir, nur Berichte. Es soll ein wildes Land sein – ein Hirtenvolk. Die Straße, die er gebaut hat, soll Zeugnis seiner unbeirrbaren Zuversicht sein, so heißt es in einer der Zuschriften, die ich erhalten habe. ›Mutig strebt sie der Paßhöhe zu . . .‹, du solltest diese Berichte lesen, sie liegen zuunterst in meinem Wäscheschrank.«

Wie schlecht sie aussieht, dachte er, gab ihr zwei Löffel Hustensaft. Er half für ein paar Stunden. Ich muß mit Doktor Breuer sprechen, nahm er sich vor.

»Baron Rohrbach läßt sich kaum noch blicken«, sagte sie. Es klang recht resigniert. »Vielleicht ist es besser so, ich brauche ihn ja nicht, ich habe dich – mein Zacharia.« Sie sah ihn eigentümlich an. »Mit ein wenig

Phantasie wirst du zu meinem Pankraz. Er war in deinem Alter, als wir uns verlobten, er studierte an der Technik in Prag. Ein Mann! . . . In der Statur gleichst du ihm nicht, du hast nur seine Nase und seine Stirn, die Augen hast du von deiner Großmutter, die Natur von keinem von uns. Eines Tages wirst du sein Grab besuchen, ich bin mir sicher . . . Manchmal denke ich, er wartet auf unseren Besuch – einer muß Blumen bringen. Du bist der letzte. Wenn du es nicht tust, wird es niemand mehr tun. Nie, für alle Ewigkeit, hätte einer an seinem Grab gestanden. Sobald ich wieder gesund bin, werde ich für eine Reise nach Albanien sparen . . . ich habe noch zwei Ringe und einen Armreif . . . Ob man auf dem See- oder Landweg dorthin kommt? Tirana liegt doch am Meer?« Sie sah ihn fragend an. »Er ist von Triest, auch von Pola, die Küste entlang gefahren, Korfu liegt gleich gegenüber. Von dieser Insel hat er viel erzählt . . . ein Paradies nannte er sie.« Frau Dax schien aufzuleben in ihren Nostalgien. Jetzt sah sie glücklich aus. »Ich könnte ein, zwei Wochen dort verbringen«, fuhr sie eifrig fort, »man spricht auch Englisch und Französisch. Nach meinem Husten würde mir das Klima guttun – glaubst du nicht?« Er nickte zustimmend. »Geh jetzt schlafen! Ich werde nicht mehr husten, ich verspreche es dir.«

Sie ist ernsthaft krank! überfiel es ihn. Es war ein beängstigender Gedanke. Bisher hatte er ihrem Befinden keine besondere Beachtung geschenkt. Er erwog Tuberkulose, überlegte, wie sich so ein chronisches Leiden auf sein Leben auswirken würde. Tagsüber wirkt sie ja nicht gerade krank, sann er. Sie unterrichtet Gretchen, kauft ein, beruhigte er sich. Ich werde mich mehr um die Wohnung kümmern müssen. In der Küche sieht es manchmal schlimm aus. Sich nur nicht gehen lassen, nahm er sich vor. Rohrbach hält sein Zimmer selbst in Ordnung – sie bleibt jetzt öfter länger liegen. Gut, daß sie nicht mehr raucht, sagte er sich noch.

Ein jeder legt den Tod der Laubes anders aus; genug ist ungeklärt geblieben, dachte Zacharia. Hat Gretchen sich eine Version für Außenstehende zurechtgelegt? Schwankt sie selbst? Er wußte, daß sie unfähig war zu lügen. Ein beunruhigender Gedanke stieg in ihm auf: Ist sie von zwei sich widersprechenden Erklärungen gleich stark überzeugt? Er zog es vor, dieser beängstigenden Möglichkeit nicht länger nachzuhängen.

Am folgenden Sonntag war Gretchen wie üblich nach der Französischstunde zu ihm gekommen. Schon in den ersten Minuten schien es ihm, als trage sie sich mit einer bestimmten Absicht. Er verhielt sich abwartend. Nach ein paar Sekunden kam sie auf ihn zu, als gehorche sie einer inneren Stimme, und zog ihm wortlos die Jacke auf eine unmißverständliche Weise aus. Ihre Züge verrieten ein kühles Interesse. Sie beobachtet sich selbst, mußte er unwillkürlich denken. Jetzt öffnete sie sein Hemd, strich ihm über die Brust, legte die Hand auf seinen Bauch, öffnete ganz ohne Hast seinen Gürtel, trat einen Schritt zurück und sah ihn an, als gelte es, etwas von großer Wichtigkeit zu ergründen.

»Zwinge dich nicht«, sagte er.

»Ich zwinge mich nicht.«

So lustlos war sie vorgegangen, daß es Zacharia leichtfiel, ihre Annäherung nicht zu erwidern. Wieder trat sie an ihn heran, schob seine offene Hose ein wenig tiefer, zögerte einen Augenblick und nahm dann seinen Penis in die Hand. Die nüchterne Sachlichkeit ihres Verhaltens war so erstaunlich, daß Zacharia alles wortlos über sich ergehen ließ. »Komm zu mir«, sagte sie, küßte seine Finger und schob sie unter ihre Bluse. Als er ihre warme Brust hielt, begann sie am ganzen Leib zu zittern. Schnell wandte sie sich ab, verschränkte ihre Arme und stand, das Gesicht der Wand zugekehrt, als überlege sie. Plötzlich, als wüßte sie endlich, was sie zu tun hatte, begann sie, sich methodisch auszuziehen. Ihr Entkleiden mutete ihn an, als bereite sie sich für eine ärztliche Untersuchung vor.

»Leg dich neben mich«, bat sie ihn. Er rührte sich nicht. Da sagte sie: »Ich würde mein Leben für dich geben, kannst du mich nicht ohne diesen sexuellen Unrat lieben?«

»Es fällt mir leichter, wenn ich nicht neben dir liege.«

»Wirst du mit anderen schlafen?«

»Nein.«

»Schwörst du es mir?«

»Sei nicht kindisch!«

»Ich muß es wissen . . .« Ruckartig setzte sie sich auf. Sie mußte vergessen haben, daß sie nackt war. »Ist Geisteskrankheit erblich?« So erregt hatte sie gesprochen, daß er sie nicht gleich verstanden hatte.

»Ob Geisteskrankheit . . .?« wiederholte er fragend.

»– erblich ist«, brachte sie den Satz zu Ende.

Verwundert sah er auf, wußte sich einen Augenblick lang keinen Rat. »Ich habe keine Ahnung«, sagte er schließlich. Und dann formten sich ganz ohne sein Zutun Worte in ihm: »Ich bin nur sicher, daß ich dich liebe, was uns auch bevorstehen mag!«

Sie starrte ihn lange an. Er schloß die Augen, da er ihre Nacktheit nicht mehr ertrug. Die Heftigkeit, mit der er sie begehrte, erschreckte ihn.

»Gib mir meine Strümpfe«, sagte sie, zog einen an. »Könntest du mich töten?« fragte sie, während sie ein handbreites Band um ihre Taille befestigte, an das sie den Strumpf mit einer Schnalle spannte.

»Nein . . . aber warum quälst du dich so?«

Da sackte sie wie unter einer Last zusammen und verbarg sich unter der Decke.

Eine Woche nach diesem Besuch Gretchens mußte Frau Dax die Französischstunden absagen. »Nur vorübergehend«, hatte sie noch ausdrücklich betont.

Seit etwa einem Monat hatte Doktor Breuer Untersuchungen angekündigt, sie wieder aufgeschoben. »Ich glaube, er wartet, bis der Fasching vorüber ist«, hatte Frau Dax halb im Scherz gesagt. Ende Februar bestellte er sie endlich zu neuerlichen Röntgenuntersuchungen ein. Frau Dax kam müde, jedoch nicht verzagt vom Arzt nach Hause. »Er muß die Ergebnisse erst auswerten«, sagte sie, »ich habe es nicht eilig.«

Vier Tage später kam Abt Konrad in die Bibliothek zu Zacharia, sah sich um, äußerte sich höflich über den Fortschritt in der Einrichtung des Archivs, legte einen Apfel auf Zacharias Schreibtisch, war schon an der Tür, als er sich umwandte. »Daß ich nicht vergesse – Doktor Breuer hat mich angerufen. Er ist Hausarzt des Klosters. Wir sind befreundet. Ob Ihnen morgen um vier passen würde? Er möchte gerne mit Ihnen sprechen.«

Es sei Schwindsucht . . . Eine sehr rapide Form, erfuhr Zacharia. Doktor Breuer hatte offen gesprochen. Seine Erläuterung der medizinischen Aspekte wirkte fast ein wenig zu freimütig, so empfand Zacharia. Andererseits schien die menschliche Seite des Dilemmas Breuer Schwierigkeiten zu bereiten. Auch die Rapidität des Verlaufes umschrieb er anfangs. »Phthisis«, sagte er, wobei er sich bemühte, keinen der vielen Konsonanten zu benachteiligen. »Ja«, fuhr er fort, als gäbe es so manches darüber zu berichten, überlegte kurz und sagte »Latein für Schwindsucht . . . eine äußerst progressive Form im Falle Ihrer Mutter . . . Ihren Vater habe ich gut gekannt.«

Das Wort »galoppierend« kam Zacharia in den Sinn.

Es hatte sich ganz ungebeten in seinem Hirn breitge-
macht. In ›Die Brüder Karamasow‹ war er auf diesen
Ausdruck gestoßen, erinnerte er sich. Er hatte ihn auch
schon auf den Lippen, unterdrückte ihn aber, da er ihm
im Zusammenhang mit einem schweren Leiden, besonders einem Leiden seiner Mutter, frivol, wenn nicht
geradezu beleidigend erschien.

Nachdem Breuer beschrieben hatte, was Frau Dax
bevorstand, schloß er: »Nur leichter können wir es ihr
machen . . . Es ist hoffnungslos.«

»Wie lange noch?« fragte Zacharia.

»Bestenfalls ein paar Monate . . . ihr sagen wir es
vorerst nicht . . . ich glaube, sie will es auch nicht wissen – sie hat mich nicht gefragt.«

Zacharias Blick fiel auf das Röntgengerät. Es war
verhangen. Gleich wird mich ein verheerendes Gefühl
befallen, dachte er. Regungslos, in sich selbst versunken
saß er, als warte er nur auf diesen Überfall. Der kam
nicht. Nur einer schrecklichen inneren Leere war er
sich bewußt. Es war, als hielte sich ein großer Seelen-
raum für Ungeheuerliches bereit.

»Wer wird sie pflegen?« erreichte Breuers Stimme
ihn.

»Ich natürlich.«

Der Arzt mußte wohl eine schwierige Unterredung
erwartet haben. Bestimmt besaß er ein reiches, auf langer Erfahrung beruhendes Repertoire verständnisvoller
Worte, das bisher ungenutzt geblieben war. Wann sie
bettlägerig werden würde, wollte Zacharia wissen, ob
die Krankheit sehr schmerzhaft sei, wann Atemnot ein-
treten werde? Der Zeitablauf bewegte ihn, einen Kalen-
der der bevorstehenden Kalamitäten hatte er im Sinn.
Nachdem er sich diesbezüglich Klarheit geschaffen
hatte, fragte er, wie Breuer sie behandeln werde. »Medi-

kamentöse Linderung . . . viel kann man nicht machen.« Die Sachlichkeit der Fragen hatte Breuer veranlaßt, ebenso zu antworten.

Das Gespräch geriet ins Stocken. Breuer sagte schließlich: »Ihre Mutter ist bewunderungswürdig, kein Wort der Klage.« Das lange Schweigen mußte ihm peinlich geworden sein. Noch immer hatte Zacharia nichts gesagt.

»Wir Ärzte schöpfen Kraft aus dem festen Glauben unserer Patienten«, warf Breuer ein, offenbar nur um irgend etwas zu sagen.

Zacharia sah ihn verwundert an, fragte, woran denn seine Mutter so fest glaube.

»Sie ist zuversichtlich«, wich der Arzt aus.

Worauf sich ihre Zuversicht beziehe, wollte Zacharia wissen. Doktor Breuers Versuch, seelische Belange einzuflechten, war offensichtlich mißlungen. Nach einer neuerlichen Stille sagte er, daß Zacharias Mutter mutig sei, »sehr tapfer . . . « wiederholte er. Man sah ihm an, daß er nach weiteren löblichen Attributen suchte, im Augenblick jedoch keine fand. »Eine allgemein geachtete Persönlichkeit, Ihr Vater«, sagte er statt dessen, »schrecklich, dieser Mord in Albanien!«

Als Breuer ihm die Hand zum Abschied reichte, entfuhr Zacharia: »galoppierend – nicht wahr?«

»Richtig«, sagte Doktor Breuer und nickte ernsthaft.

Auf dem Heimweg liefen ihm Tränen über die Wangen. Er merkte es nicht, war verblüfft, als er die Nässe spürte. Etwas in ihm sträubte sich, an den Äußerungen seines Schmerzes, die ihm ohne sein Wissen widerfuhren, teilzunehmen. Gretchen werde ich nichts sagen, entschloß er sich. Im Grunde ist es ja eine intime Angelegenheit, die niemanden etwas angeht, sann er. Sie will es selbst nicht wissen, bestimmt wollte sie nicht, daß andere es wissen, überlegte er. Man muß ihre Wünsche respektieren.

Sein Grübeln war umsonst gewesen. »Es ist wohl sehr ernst?« sagte Baron Rohrbach, Gretchen brachte Blumen. Eines Morgens kam Frau Dax nicht mehr auf die Beine. Sie sah ihn an. Ihr Gesicht war ausdruckslos. Dann lächelte sie verlegen.

»Brauchst du eine Bettpfanne?«

»Laß mich allein«, bat sie.

»Ich will dir helfen«, wandte er sich nochmals an sie. Da hatte sie sich schon zur Wand gedreht. Einige Minuten später hörte er Geräusche im Vorzimmer. Mühsam bewältigte sie die drei, vier Meter zur Toilette. Oft suchte sie seine Augen, als wolle sie sich seiner Liebe vergewissern. Dann glaubte er, ihn schmerze die Brust, er hüstelte sogar ein wenig. »Du übertreibst«, sagte sie und lachte auf.

In der Osterwoche begann sie auch äußerlich schrecklich zu verfallen. Die Tragödie verlief nun, als wäre sie nach vielen Proben endgültig aufführungsreif geworden. Die Krankheit der Mutter beherrschte den Tageslauf des Sohnes. Abt Konrad hatte flexible Arbeitszeiten genehmigt. Nie ließ Zacharia sie länger als vier Stunden allein. Sein Tag als Pfleger begann um fünf mit dem langwierigen Abhusten des bei Nacht entstandenen Schleims. Hierauf wusch er sie mit einem großen Schwamm, teurer Seife und trocknete sie mit weichen Tüchern. Manchmal küßte er ihren zerstörten Körper. »Mir wäre es lieber, wenn eine Fremde mich pflegen würde«, sagte sie nach einer schweren Nacht, »wie wirst du dich an mich erinnern?« Sie nahm nun starke Schmerz- und Schlafmittel, aß kaum noch, verlangte meist nur flüssige Nahrung. Täglich um drei Uhr dreißig gab er ihr eine Tablette, die sie euphorisch stimmte, um vier tranken sie gemeinsam Tee. »Was wäre ohne dich aus mir geworden?« sagte sie an einem dieser Nachmittage, »oft verwechsle ich dich mit deinem Vater. Aber er hätte sich nicht wie du um mich gekümmert – er wäre nach Albanien oder sonst irgendwohin geflohen . . . er war ja dauernd auf der Flucht . . . Gott weiß wovor?« Plötzlich senkte sie die Stimme. »Was wirst du tun?« Es war offensichtlich, daß sie an die Zeit nach ihrem Tod gedacht hatte. »Warum kommt Gretchen nicht mehr?« fragte sie, nachdem er nicht geantwortet hatte.

Er schüttelte ihre Kissen auf, gab ihr eine Morphiumtablette, obwohl es dafür noch zu früh war. »Es hat mit dem Tod ihrer Eltern zu tun«, sagte er schließlich. »In ihrer Vorstellung bin ich damit verknüpft. Sie sieht mich über die blutige Wanne gebeugt, wenn sie an mich denkt . . . das Bild verfolgt sie . . . sie leidet sehr darunter.«

»Und du?«

»Und ich?« wiederholte er ihre Frage, dachte nach. »Es ist nicht leicht«, sagte er schließlich, »vielleicht wird es mir beim Malen helfen. Ich erlebe alles visuell . . . starke Empfindungen gaukeln mir Bilder vor . . . oft denke ich, es mußte so kommen.«

»Wenn ich dich nur verstehen würde. Deine Bilder sind so beängstigend . . . Was bewegt dich nur, um so zu malen?«

Er dachte, da gibt es nicht viel zu verstehen, sagte aber, »mich beschäftigt, was man nicht sieht.« Die wahre Antwort – die Antwort, die er für sich behalten mußte – war aufschlußreicher: Ist dein Zugrundegehen nicht eine üble Sache? Herrscht nicht das Üble vor . . . Ist es nicht faszinierend, dem Übel Farbe, Form, Struktur zu geben? Seinen Gedankengang übergehend, sagte er leichthin, »es ist nicht wichtig, was man malt. Meine Objekte führen ein ungewisses, verhülltes Dasein. Als ich die Laubes in der Wanne sah, war ich nahe daran, unter den Verhüllungen Wesentliches zu entdecken. Ich hätte malen müssen in dieser Nacht . . . Gretchen hat mich abgehalten.«

Frau Dax sah ihn entgeistert an, fragte nach einer Weile perplexen Schweigens, ob er ihr nicht begreiflich machen könne, was dieses »Wesentliche« sei?

Da vergaß er sich. Bedenkenlos versuchte er, sein vages Denken verständlich auszudrücken. Er tat es mehr für sich selbst als für die Kranke: »Es ist nicht menschlich«, begann er, »stammt aber von uns ab . . . Es ist geformtes, hypostasiertes −« er sah ihr an, daß sie das Wort nicht kannte − »verdinglichtes, real gewordenes Grauen. Es ist der Ausdruck aller Sünden, der sich vergegenständlicht hat . . . Es kann nicht groß sein, ist aber dicht und schwer. Es paßt gerade in eine Sofaecke . . . nirgends findet man Symmetrien . . . die Proportionen sind obszön . . . noch ist es farblos. In Laubes Badezimmer glaubte ich zu wissen, daß es einem immensen Muttermal gleicht, das getrennt und völlig unabhängig vom Nährboden des menschlichen Leibes pulsiert. Es hat die Struktur so eines Gewebes . . . die Tönung . . . die bösen Oberflächen.« Er hatte seine Mutter ganz vergessen, sah nachdenklich auf die Wand über ihrem Bett, fand Wasserflecke auf den Tapeten, entdeckte Gesichter. »Gretchen hat eine Leere hinterlassen«, sagte er. Eine offene Wunde, setzte er den Satz im Geiste fort . . . Der Schmerz mag Früchte tragen.

Jetzt erst bemerkte er, daß sich die Kranke ein Kissen über den Kopf gelegt und die Ohren zugehalten hatte. »Es war dumm von mir, dich diesem Unsinn auszusetzen«, entschuldigte er sich.

»Ich habe nichts gehört«, sagte sie, »fast nichts . . . Das Wenige genügte mir.«

»Sei nicht beunruhigt . . . es sind nur gedankliche Spielereien. Alle Kunst ist Spiel. Die Decke der Sixtinischen Kapelle war ursprünglich nichts anderes als der neue Plafond des Papstes. Papas Straße in Albanien, die ist wirklich, die war kein Spiel.«

Zacharia war ausgeglichen in diesen Tagen. Er fand die Harmonie zwischen den Umständen seines Lebens und dem Weltbild, das er in sich trug, besänftigend. Wenn er die nach krankem Schweiß riechenden Nachthemden seiner Mutter zur Wäscherei brachte, sann er über das Wort »endgültig« nach. Ein für allemal, mußte er immer wieder denken. Der Gedanke bezog sich auf die ewig wiederkehrende Notwendigkeit des Waschens. Ein großes Saubermachen, das alles weitere erübrigen würde, schwebte ihm vor . . . von einem unerschöpflichen Lager in der Sonne gebleichter Leinenwäsche träumte er.

E r schlief sehr wenig in diesen Nächten. Schon seit drei Wochen war Gretchen nicht zu ihm gekommen. Eine Vielfalt schwer erklärlicher Gefühle hielt ihn davon ab, sie zu besuchen. Sie wird mich nicht verlassen, beruhigte er sich, sie will sich von einem Alp befreien, braucht Zeit, will nicht an jene Nacht erinnert werden, dachte er.

Abends stand er bisweilen versteckt in einer dunklen Toreinfahrt unweit des Tuchgeschäftes Laube und hoffte, sie zu sehen. Er stand gerne an Straßenecken, in Torwegen, auf Plätzen, ließ dann die Welt an sich vorüberziehen, erfand Schicksale für Passanten, sah ihnen nach, als zögen sie in unbekannte Fernen. Längst waren die Straßen wieder schneefrei, es regnete sehr oft, die Pflastersteine glänzten bläulich. Wenn sie nicht herauskommt, gehe ich zu ihr hinein, sagte er sich, im Schutze der dunklen Einfahrt stehend. Als sie kurz darauf aus dem Geschäft kam, um etwas im Schaufenster zu überprüfen, überquerte er rasch die Gasse und trat neben sie. Sie schien nicht überrascht, ihn zu sehen, nahm ihn wortlos bei der Hand und führte ihn durch das Geschäft in ihr kleines Büro. »Du hast Ringe unter den Augen . . . setz dich«, sagte sie.

»Du siehst älter aus«, entgegnete er, als hätte er sie lange nicht gesehen.

»Es ist das Kleid. Es gehörte meiner Mutter.«

»Dein Gesicht ist schmäler . . .« Er betrachtete sie. »Die Augen sind noch größer, als sie waren . . . nur der Mund, der ist gleich geblieben.« Als wolle er sich von der Richtigkeit seiner Worte überzeugen, folgte er den

Konturen ihrer Lippen mit dem Mittelfinger. Sie griff nach seiner Hand, hielt sie fest.

»Ich lerne, ohne dich zu existieren . . . Es ist schwer«, sagte er.

»Mein lieber Surkow«, begann sie, stockte. »Hast du denn je mit mir gelebt . . .? Du hast mich doch nur geduldet.«

»Wie anders du mich siehst.«

»Als du dich selbst?«

»Als ich bin.«

»Mein lieber Surkow . . . Sie weinen doch nicht?«

Seine Stimme hatte wirklich zittrig geklungen. Er räusperte sich. »Mir ist danach zumute«, sagte er. Und wieder klang seine Stimme, als könne er sich nicht ganz auf sie verlassen.

»Mein lieber Surkow . . ., Sie werden doch nicht . . .?« Sie konnte ihre Überraschung kaum verbergen.

Er sah sie lange an. »Ich wußte nicht, wie schön du bist«, sagte er.

»Da war der Tod der Eltern doch nicht ganz umsonst . . .«

Er starrte sie nur an. Bestürzt hielt sie sich die Hand vor den Mund. »Dein Einfluß kann verheerend sein«, stammelte sie. »Was habe ich nur gesagt? Ich finde mich nicht mehr zurecht.« Plötzlich sah sie ihn wild an. »Du bist jetzt ganz in deinem Element«, rief sie, »glaubst, die Geliebte zu verlieren, die Mutter stirbt, der Baron hat sich zurückgezogen . . . Bald wirst du deine Entdeckung machen . . . Die Quintessenz aller Übel wird sich dir offenbaren . . . Ich will nicht in Hörweite sein, wenn es soweit ist.«

»Hältst du mich für verrückt?« Seine Stimme hatte sich gefestigt. Er sah ihrer Antwort gespannt entgegen.

»Eigenartig . . . unbegreiflich . . . oft, mein lieber Surkow, bist du mir allzu normal. Brauchst du Geld?« fragte sie unvermittelt.

Ein Darlehen hilft, die Verbindung aufrecht zu halten, war ihm augenblicklich eingefallen. Es war in diesem Sinne, daß er sagte: »Die Schulden wachsen mir über den Kopf . . . die Krankheit kostet einiges, das kannst du dir ja vorstellen.«

»Schick mir die Rechnungen des Arztes und die für die Arzneien.«

Er nickte nur und sah verloren über sie hinweg. Wenn sie mich verläßt, wird der Schmerz mich langsam aufbrauchen, dachte er.

Als hätte sie seine Gedanken gelesen, sagte sie: »Sie neigen heute zur Melancholie.«

Er wollte sie küssen, aber sie senkte den Kopf. »Sei geduldig«, bat sie. Nach einigen Sekunden wiederholte sie: »Schick mir die Rechnungen.«

Er durchschritt den Laden, grüßte den Kommis, der sich gerade den Mantel anzog, und trat auf die Straße. Wenn sie sterben würde, sann er, wäre das leichter zu ertragen, als . . .? Ratlos blieb er stehen. Für ein paar Sekunden fand er den Tod der Laubes nicht gänzlich unbegreiflich.

Er sah auf die Uhr. Seit zwei Stunden ist Mama allein, stellte er fest. Ich muß mich beeilen. Er war auf dem Weg zu einem Altwarenhändler. Ich brauche Geld, war ihm plötzlich eingefallen. Er plante nämlich, Gretchen die nicht unbeachtliche Summe der Arztrechnung baldigst zurückzahlen. Nicht, daß ihn das Darlehen beunruhigte – es ließ ihn völlig unberührt. Der Grund war ein anderer. Anlässe, sie wieder aufsuchen zu können, hatte er im Sinne . . . ratenweise wollte er die Schuld abtragen.

Als er die Tür des Trödelladens öffnete, bimmelte es kurz, doch überraschend laut. Unwillkürlich sah er sich nach dem Ursprung des schrillen Lärms um. Der schwach beleuchtete Raum war bis zur Decke mit altem Hausrat und sonstigem Gerümpel vollgestopft. In einer Ecke standen ein paar besser erhaltene Möbelstücke. Aus einem rückwärtigen Raum, dessen Zugang teilweise verstellt war, zwängte sich Herr Patek – der Eigentümer –, stellte sich, die gespreizten Arme auf den Ladentisch gestützt, in Positur und sah ihn fragend an. Ob er alte Möbel kaufen wolle, fragte Zacharia. Das komme darauf an, entgegnete Herr Patek. Diese ein wenig enigmatische Antwort veranlaßte Zacharia, die Einrichtung des Zimmers seiner Mutter zu beschreiben: »Teilweise sehr schöne Einlegearbeiten«, sagte er, »gute Roßhaarmatratzen . . . In fünf, sechs Wochen könnten Sie das Ganze haben.«

»Warum nicht gleich?«

»Es wird noch benützt.«

»Kann man es sehen?«

»Es ist ein Krankenzimmer.«

»Ein Blick würde mir genügen . . . Ich könnte Ihnen einen Vorschuß geben.« Patek beugte sich leicht vor. »Ich bin diskret . . . Verläßt die kranke Person denn nie den Raum . . .? Schläft sie denn nie . . .? Ein Schlafmittel vielleicht? Für einen Vorschuß würde mir eine Minute schon genügen . . . bis zu dreißig Prozent . . . an Ort und Stelle.«

Zacharia war schockiert. »Auf keinen Fall ein Mittel«, wehrte er heftig ab. Der Händler drängte nicht. »Wie Sie meinen . . .«

»So zwischen acht und neun«, schlug Zacharia schließlich zögernd vor. »Sie müßten sich in einem anderen Raum verstecken.«

Ein kleiner Auflauf dem Geschäft gegenüber hatte Pateks Aufmerksamkeit erregt. Durch das übervolle Schaufenster beobachtete er nun die Vorgänge auf der Straße, sprach aber weiter über den Ankauf des Mobiliars. Schließlich drückte Patek ihm die Hand, als wäre der Handel abgeschlossen. »Der Znaimer hat wieder einen Anfall«, sagte er, auf die Ansammlung weisend. »Also Freitag um acht . . . Wenn die Sachen brauchbar sind, können Sie gleich den Vorschuß haben . . . wir brauchen nichts Schriftliches, ein Handschlag genügt. Ich habe Ihren Vater gut gekannt.«

Zacharia ging auf die Gruppe zu, die Znaimer, einen stadtbekannten Epileptiker, umstand. Der lag, noch gelegentlich zuckend, auf dem Bürgersteig. Sein Anfall war im Begriff auszuklingen.

Die Straße war ungewöhnlich stark bevölkert. Es hatte aufgehört zu regnen. In vielen Häusern brannte schon Licht. Jetzt flammten auch die Laternen in den Gassen auf.

»Nicht anrühren . . . Es ist schon fast vorüber«, rief einer der Umstehenden, »er lebt im Hause meiner Schwester.«

»Ein Holzscheit zwischen die Zähne klemmen – er beißt sich sonst die Zunge ab«, riet ein anderer. »Um Gottes willen«, rief eine Frau und lief davon. Zacharia wartete, bis die ärmliche Gestalt zur Ruhe gekommen war. Auf den Lippen Znaimers platzten mit jedem Atemzug Speichelbläschen. Meist waren diese Bläschen klein, doch hin und wieder erreichte eines die Größe einer Vogelkirsche. Jetzt war er ganz zu sich gekommen, blickte betroffen umher, setzte sich auf, reinigte flüchtig mit den Händen seine Hose, verblieb ein paar Sekunden mit gesenktem Kopf auf allen vieren, richtete sich schließlich mühsam auf und ging, anfangs noch leicht wankend, die Menschen um sich völlig ignorierend, weg. Znaimer war groß und hager. Er hielt sich nahe an den Hauswänden, als fürchte er, das Gleichgewicht zu verlieren. Nach etwa fünfzig Schritten hielt er an und starrte in den dunklen Himmel.

Zacharias Interesse an Znaimers Gebrechen war nicht neu. Vor etwa einem Jahr – er arbeitete schon im Archiv – war er Zeuge eines kompletten Anfalls im Kreuzgang des Klosters gewesen. Weit und breit war kein Mensch zu sehen. Es muß gerade fünf gewesen sein, denn eine Glocke läutete zum Segen. Znaimer hatte sich bekreuzigt. Sein Gang war steif. Er nahm den Hut vom Kopf und strich sich mit gespreizten Fingern durch das Haar. Plötzlich schien er es furchtbar eilig zu haben, stürzte auf das große Tor des Refektoriums zu, fiel aber, bevor er es erreichen konnte, mit Wucht nach hinten. An jenem späten Nachmittag trug Zacharia sich mit dem Gedanken, Znaimer anzusprechen. Keineswegs alarmiert, wartete er geduldig, bis der sich ausgetobt hatte, ging dann neben ihm her und fragte, ob er behilflich sein könne. Znaimer war zur Seite gesprungen, als Zacharia ihn ansprach, und begann zu laufen.

Zacharias Neugierde hatte Gründe. Er wollte wissen, wie so ein Anfall beginne. Ob ihm ungewöhnliche geistige Zustände vorausgingen. Aus den biographischen Schriften Dostojewskis wußte er von außerordentlichen Steigerungen des Gemüts, von Einsichten, die das groteske Schauspiel eines Anfalls ankündigten. Manchmal hatte auch er ein Gefühl, als wäre jede Faser seines Wesens zum Bersten angespannt. Er schätzte diesen Zustand, bedauerte nur, daß er so selten war.

Jetzt hatte er seine Mutter schon drei Stunden allein gelassen. Ich werde ihr Blumen kaufen und Eisenwein, besänftigte er sein Gewissen.

D a bist du endlich, wo warst du nur so lange?« empfing ihn seine Mutter und begann zu husten. Er hob sie von den Kissen und hielt sie, bis sie wieder zu Atem gekommen war. Oft war es ihm peinlich gewesen, daß sie so üppige Formen hatte, erinnerte er sich. Jetzt fühlte sich ihre abgezehrte Gestalt an, als hätte sich das Rückgrat losgelöst. Nur ihre Brust war der Zerstörung noch entgangen. Wenn er sie wusch, verbarg sie diese ängstlich, als schäme sie sich der Reste ihrer Weiblichkeit.

Sein Blick fiel auf die Kommode und ihren zierlichen Schreibtisch, als sähe er sie mit neuen Augen. »Du kannst dich auf mich verlassen«, sagte er völlig unmotiviert. Sie weinte. Plötzlich, immer noch leicht aufschluchzend, fragte sie, »welches Ohr klingt mir?« und sah ihn dabei an, als hinge viel von seiner Antwort ab. »Schnell!« trieb sie ihn an.

»Das linke . . . Aber das ist doch Unsinn«, sicherte er sich für alle Fälle.

»Sie wird sich nicht von dir trennen«, sagte sie, sichtlich erleichtert.

Im Vorzimmer hatte jemand eine Tür geöffnet, es mußte Rohrbach gewesen sein. Er kam meist spät nach Hause in diesen Tagen, vermied Zacharias Blick, wenn sich ihre Wege kreuzten. An diesem Abend brachte er die Miete, legte sie diskret auf den Tisch in Zacharias Zimmer und wäre gleich wieder gegangen, wenn der ihn nicht zurückgehalten hätte. Er dankte ihm im Namen seiner Mutter für das Obst, das er ihr gesandt hatte. »Sie hat sich sehr gefreut . . . Sie ist sehr einsam in ihrem Zimmer.«

Rohrbach zuckte zusammen. »Schläft sie schon?« fragte er.

»Ich glaube nicht . . . Ich werde nachsehen.«

Sie schliefe . . . vielleicht ein andermal, war die Nachricht, die Zacharia aus dem Krankenzimmer brachte. »Ich will ihn nicht mehr sehen«, hatte seine Mutter abgewehrt. »Nur dich und Doktor Breuer, sonst niemanden«, hatte sie emphatisch gesagt.

»Es ist ja zu verstehen«, sagte Rohrbach. Es war ihm anzusehen, daß er erleichtert war. »Die Krankheit hinterläßt schlimme Spuren . . . Wie wird es weitergehen?«

Zacharia verstand nicht gleich, worauf er anspielte. »Die Dinge nehmen ihren Lauf . . .«

»Behalten Sie die Wohnung?«

»Sie meinen nach dem Tod der Mutter?« klärte Zacharia die Frage mit einer Rücksichtslosigkeit, die den Baron erschreckte.

»Ich dachte so ganz allgemein . . . an die Zukunft dachte ich«, milderte er Zacharias Hinweis auf das baldige Ende. »Ich werde nur im Weg sein«, ließ er dann fallen, »ich bin ja völlig nutzlos . . . Ich bezahle gerne bis zum dreißigsten April.« Er habe ein Zimmer gefunden, klein aber sonnig, ab ersten April, unweit der Stadtpfarrkirche, eine Frau Rötl. Ob Zacharia sie kenne? Eine ältere Dame – sie hätte bisher nicht vermietet . . . »Tragisch, daß es so kommen mußte. Das Schaf . . .« Zacharia verstand nicht gleich. »Das gerahmte Bild des Schafes . . . Ich bringe es gleich. Sie werden es zurückhaben wollen . . . Es beunruhigt mich . . . Frau Rötl möchte ich es auch nicht zu-muten . . . Sie ist ängstlich, wie eben ältere Damen sind. Gegen meine Zinnsoldaten hat sie nichts ein-zuwenden. Frühstück, Wäsche, zweimal wöchent-lich ein heißes Bad . . ., so wie hier. Allerdings, in den letzten Monaten hat es natürlich Schwierigkeiten hier gegeben. Ist ja nur allzu verständlich. Immerhin, ich brauche geregelte Verhält-nisse.« Rohr-bach stellte sich hinter einen Sessel, legte die Hände auf die Lehne. Mit dieser Gebärde kündigte er bisweilen vertrauliche Mitteilungen an. »Ich werde mit Problemen nicht fertig«, begann er. »Ich laufe da-von, ich schäme mich auch, aber was soll ich tun? In den letz-ten Tagen ziehe ich mich allzu häufig in den Schrank zurück . . . Wenn ich nicht ausziehe, werde ich meine freien Stunden so verbringen. Der Betrag im Kuvert schließt den April schon ein.« Geräuschlos ver-ließ er den Raum. Zacharia ging nochmals zu seiner Mutter. Sie hatte die Augen geschlossen, schlief jedoch nicht.

»Wann zieht er aus?« fragte sie.

»Du wußtest davon?«

»Ich habe es erwartet . . . Glaubst du, daß man Papa exhumieren und überführen könnte?« folgte sie einem anderen Faden ihres geistigen Gewebes. »Furchtbar, so ganz allein unter lauter Muselmanen.«

Sie sprach jetzt häufig über ihren toten Mann. Auch Breuer habe ihn sehr gut gekannt, halte viel von ihm. Zwei türkische Orden hätte man ihm verliehen, einer müsse ziemlich hoch gewesen sein. Man trüge ihn mit einer Schärpe. Er wäre jetzt einundsechzig, kein Alter für einen Mann . . . Warum hat es so kommen müssen? »Erst er, jetzt ich . . . Es ist uns nicht vergönnt, wie an-dere zu leben. Was machen deine Verhüllungen?« Sie lächelte. »Such dir eine Frau – eine schöne Frau . . . Frauen müssen schön sein, Männer tüchtig.« Husten schüttelte ihren Körper. Sie hatte zu lange gesprochen. Er blieb bei ihr, bis sie in einen unruhigen Schlaf gefal-len war, deckte sie zu und ging in sein Zimmer. Bei Rohrbach brannte noch Licht.

Punkt acht am nächsten Morgen stand Patek an der Wohnungstür. Wortlos führte Zacharia ihn in sein Zimmer. Er habe es nicht eilig, seine Frau kümmere sich um den Laden. Patek sprach sehr leise. Zacharia bot ihm eine Zigarette an. Er lehnte ab, erwähnte, daß er auch nicht trinke, vegetarisch lebe, selbst im Winter bei offenem Fenster schlafe. Der Ankauf alten Hausrats brächte ihn oft mit Tod und Krankheit in Berührung . . . man könne vorbeugen . . . ein gesundes Leben führen . . . »Aber was rede ich – es ist die Frau Mama, nicht wahr? Ich werde mich beeilen.«

Zacharia ließ ihn allein. Er hatte seine Mutter schon gewaschen, wartete nur, bis sie zur Toilette mußte. »Auch wenn es nicht gleich geht, probiere es, du wirst dich besser fühlen«, sagte er. Als sie nach einer guten halben Stunde immer noch keine Anstalten machte, dachte er, wie verhext . . . gerade heute, führte sie hierauf – es war zum ersten Mal seit dem Beginn des Leidens – bis zur Klosettür und schob den Händler in das Krankenzimmer. Patek hielt sein Versprechen nicht, untersuchte jedes Möbelstück und überschritt die vereinbarte Minute um das Dreifache. Als sich Frau Dax zurück zu ihrem Bett schleppte, durchquerte auch er gerade das Vestibül, verbeugte sich und eilte dem Ausgang zu. »Herr Patek . . . ein Altwarenhändler«, erklärte Zacharia, ohne auch nur einen Augenblick zu stocken. Er – Zacharia – habe zwei schöne alte Rahmen in seiner Auslage entdeckt . . . Der Händler hätte die Bilder sehen wollen, bevor er die Rahmen anpasse. Er hätte ihm ein Passepartout aus Samt geraten.

Die Leichtigkeit, mit der er log, war verblüffend. Obwohl er nicht gerade wahrheitsliebend war, log er fast nie. Er fand es mühsam, Unwahrheiten zu erfinden. Der plötzliche Wandel seines Verhaltens war Gretchen zuzuschreiben: Der Gedanke, sie zu verlieren, erschreckte ihn. So log er um ihretwillen und verpfändete das Bett, in dem seine Mutter lag.

Vier Tage später ging er zu Patek. Der breitete, kaum daß er ihn gesehen hatte, Geldscheine auf den Ladentisch, als lege er eine Patience, raffte sie hierauf zusammen, zählte sie in Zacharias Hand und sagte, »zwanzig Prozent – mit dem Schreibtisch gehe ich ein großes Risiko ein. Wer will schon so ein Stück?« Im Widerspruch zu seinem früheren Versprechen hatte er ein Schriftstück vorbereitet, in dem Zacharia sich verpflichten sollte, am Tage nach dem Tod der Mutter die aufgezählten Möbelstücke gegen Bezahlung des restlichen Betrages auszuliefern. »Die Kleider und Matratzen?« fragte Zacharia, bevor er unterschrieb.

»Die muß ich mir natürlich näher anschauen«, sagte Patek. Ob man eine Gummieinlage in ihrem Bett benutze? Zacharia antwortete nicht, dachte, ein nicht unbeachtlicher Betrag, als er die Banknoten in seiner Hand fühlte. Er sei auch an kleineren Sachen interessiert, sagte Patek. »Schatullen, Tabatieren, Reisefläschchen, Reitstöcke, Orden . . .« Zacharia war schon an der Tür, die Glocke hatte gebimmelt, »ich habe silberne Bürsten auf ihrem Nachttisch gesehen . . . ich zahle bar«, hatte Patek ihm noch nachgerufen. Zacharia war auf dem Weg zu Gretchen. Er wollte unverzüglich seine Schuld begleichen.

Sie sei krank, wahrscheinlich eine Grippe, erfuhr er von Frau Fuchs. Die Tür zu ihrem Zimmer war halb offen, der Raum dämmrig. Ihr Bett stand in einer dunklen Ecke, er konnte sie nicht gleich sehen. »Schläfst du?« flüsterte er.

»Hol dir einen Stuhl . . . Morgen bin ich wieder auf den Beinen.«

»Ich will dir die Arztrechnung zurückzahlen . . . zumindest einen Teil.«

»Das hat doch Zeit.« Sie schaltete eine Lampe ein. »Behalte das Geld . . . Du wirst bald größere Auslagen haben. Laß mich dir helfen.«

»Ist dir kalt?« fragte er. Gretchen hatte sich buchstäblich unter dem Plumeau verkrochen. Nach einer Weile deckte sie sich auf. Jetzt erst bemerkte er, daß sie vollständig angezogen war. Er wunderte sich: »Ist es nicht unbequem?« Sie nickte nur. Das Gespräch verlief stockend zwischen langen Pausen. Es schien, als denke sie angestrengt über etwas nach. »Mich ekelt!« stieß sie plötzlich hervor, »mich ekelt vor der ganzen Welt . . . Mir ist dauernd übel. Ich schäme mich schrecklich.«

Bestürzt griff er nach ihrer Hand. Sie atmete tief, bat ihn um eine Zigarette. »Es wird vorübergehen«, beruhigte sie ihn. »Es sind die beiden . . . Warum rächen sie sich an uns? Mein Jewsej Fedoritsch, was ist nur mit uns geschehen?«

Er saß bei ihr, bis sie einschlief. Als er aufstand, riß sie die Augen auf und flehte ihn an, bei ihr zu bleiben.

Es hatte wieder zu regnen begonnen. Anfangs fielen nur ein paar Tropfen. Plötzlich war es, als stürze eine Wand von Wasser vor ihm nieder. Er war auf halbem Weg nach Hause, sah sich nach einem schützenden Dach um, fand keines. Da blieb er, wo er war, senkte den Kopf, ließ die Arme hängen. Der kalte Regen strömte über seine Haare, staute sich an den Brauen, lief wie Tränen über sein Gesicht, sammelte sich in großen Tropfen an seinem Kinn. Die Welt war doch einmal schön und voller Farbe, sann er. Jetzt sah er nur noch die Armseligkeit der Dinge.

»Ich stelle mir diese Paßhöhe sehr unwirtlich vor«, empfing ihn seine Mutter. »Bitterkalt im Winter und schrecklich heiß im Sommer . . . Dann die Stürme in den Bergen . . . Du bist ja ganz durchnäßt.« Von Tag zu Tag wurde die Sorge um ihren toten Mann dringlicher. »Du solltest doch das Grab aufsuchen«, bat sie ihn an einem ihrer letzten Nachmittage. Sie habe viel darüber nachgedacht. Erde solle er bringen und eine Blume pflanzen . . . »Eine, die immer wieder blüht – versprich es mir!«

»Gut«, gab er schließlich ihrem Drängen nach. »Aber haben die nicht dauernd irgendeinen Krieg . . .?«

»Hast du Angst?« Und sie erzählte von der Furchtlosigkeit seines Vaters. Ein fabelhafter Reiter sei er gewesen. »Sein Sitz war imponierend. Und nie war ich an seinem Grab . . . Auch Hallada hat es mir vorgeworfen. Der hatte leicht reden – eine Oberstenpension . . . Woher hätte ich das Geld nehmen sollen?«

Nach einer besonders schweren Nacht der Mutter zog Rohrbach aus. Ein Taxi stand vor dem Haus, der Fahrer half, die schweren Koffer zu verstauen. »Ich werde noch einmal kommen, um mich zu verabschieden«, rief der Baron, »die Zinnsoldaten sind noch oben . . . Sind Sie um acht zu Hause? Handküsse an die Frau Mama!«

Zacharia sah ihm nach und fühlte sich für einen Augenblick verlassen und allein. Doch diese Empfindung war nicht schmerzhaft, denn hinter ihr verbarg sich eine Genugtuung, die fast schon an Triumph grenzte. Rohrbachs Flucht hatte dieses Gefühl ausgelöst. Geringschätzig blickte er auf ihn und die Welt herab. Ein Hochmut sondergleichen hatte ihn ergriffen.

Der Baron war in einer trübseligen Stimmung, als er pünktlich um acht den Koffer, der das Bataillon enthielt, abholte. »Ich bewundere Sie. Leider ist es mir nicht gegeben, Größe an den Tag zu legen . . . Ich bin ein Bündel von Anfälligkeiten – ich leide gewissermaßen an einer seelischen Baufälligkeit . . . Müdes Blut, von meinem Vater, dem Kommandeur.«

Kein Wunder, daß wir den Krieg verloren haben, lag Zacharia auf den Lippen, er sagte aber: »Sie ist meine Mutter.«

»Trotzdem, mein Lieber . . . trotzdem. Sie malen wenig in der letzten Zeit . . .? Kein Wunder!«

»Bei Nacht, wenn sie schläft, plage ich mich gelegentlich mit einer Idee . . . Das Lamm, das schön geformte, gesunde Lamm, dem es an Lebenswillen fehlt . . . Ich habe es erwähnt.«

Rohrbach nickte, schien jedoch nicht besonders interessiert. Zacharia sah ihn an, als erwäge er, ob es der Mühe wert sei, mehr darüber zu erzählen. Rohrbach, der offensichtlich den Gedanken hinter Zacharias Blick erraten hatte, sagte: »Faszinierend – wieder ein Schaf also.«

Ihm war Rohrbachs Ironie nicht entgangen, aber da er gerade das Bedürfnis hatte, über seine Malerei zu sprechen, fuhr er unbeirrt fort: »Die Schönheit meines Lammes ist in einem Mangel, einem Paradoxon verborgen . . . Es hat uns seelisch überholt, es sieht auf uns herab.«

Rohrbach hatte seinen Kopf so sehr verdreht, daß er fast auf einer Schulter lag.

»In den Nächten, am Bett meiner Mutter ist mir die seelische Leistung dieses Tieres aufgegangen. Sie hat fast keinen Körper mehr; die Schwindsucht hat ihn verzehrt, ihre Gliedmaßen wirken deformiert, kaum ein

Organ tut, was es tun sollte, nur dieser Lebenswille ist strotzend stark geblieben, der hat sich zu einer banalen Gesundheit verstiegen. Dem Lamm fehlt dieser Wille, es hat ihn überwunden, hat ihn längst abgetan.« Er blickte über Rohrbach hinweg, als störe der sein Denken. Abrupt sagte er: »Nur durch den Freitod lassen sich derlei Peinlichkeiten vermeiden.«

»Ich wußte gar nicht . . .«, begann Rohrbach nach einer langen Pause, stockte. Die Stille war ihm peinlich geworden.

»Was wußten Sie nicht?«

»Daß Sie unter den Umständen . . . sie leidet schließlich . . . daß Sie also unter diesen schwierigen Umständen so distanziert über derlei Dinge sprechen können.«

»Ach so. Das hat nichts mit ihr zu tun. Mir imponiert nur die Idee. Natürlich hat mich ihre Misere angeregt, darüber nachzudenken. Ich halte diese Unverwüstlichkeit des Lebenswillens für einen Fluch . . . Finden Sie das pietätlos?«

Rohrbach sah verlegen zu Boden. »Man ist nicht daran gewöhnt, so frei . . . in Anbetracht . . . Sie wissen schon . . . so ungezwungen zu reden.«

»Wirklich? Ich fürchte, Sie haben mich mißverstanden. Ich spreche nicht von meiner Mutter . . . Ich rede ganz allgemein von der Souveränität des Geistes, von der Fähigkeit, über Tod und Leben zu entscheiden.«

»Über den eigenen Tod, darf man hoffen?« warf Rohrbach mit einem maliziösen Lächeln ein.

Seinen Gedanken nachhängend, hatte Zacharia Rohrbachs Bemerkung überhört. Er lese gerne in Gesichtern, fuhr er fort, von manchen – sehr wenigen natürlich – könne man den Wunsch nach jener absoluten Souveränität ablesen. Es seien, wie man erwarten würde, souveräne Züge. Ihm selbst fehlten sie. Er betrachte sich oft im Spiegel und sei enttäuscht . . . Es gäbe Tage, an denen er sein Gesicht geradezu hasse. Er trage sich dann mit dem Gedanken, es zu ändern. Gesichter seien enorm veränderbar . . . Man müsse nur lernen, über ursprünglich unfreiwillige Gesichtsausdrücke, solche, die sich ergäben, die uns gewissermaßen passierten, frei zu verfügen, sie zu kombinieren, bis man ein gewünschtes Aussehen erziele. »So etwa!«

Rohrbach starrte ihn nur an. Es war, als hätte Zacharia durch separate Aufträge an Teile seines Gesichts einen Ausdruck erzielt, der, wenn auch keineswegs bekömmlich, fremdländisch wirkte.

Ein wenig orientalisch, auf eine ungewisse Art, ging Rohrbach durch den Kopf.

Nachdem Zacharias Gesicht wieder normale, auftragslose Formen angenommen hatte, sagte er noch einiges, das Rohrbach total verwirrte. So behauptete er zum Beispiel, daß man sich durch stete Übung ein Kompositum von Zügen anlegen könne, das man nach Wunsch und Bedarf ins Spiel bringen könne. Die Muskulatur des Mundes, der Nasenflügel, Backen und Brauen unterliege ja sowieso unserem Willen. Jede dieser Komponenten besitze von Haus aus ein gewisses Repertoire. Ihm gehe es um die Grenzen des freien Willens, um die Möglichkeit, selbst zu entscheiden, wie man aussehen wolle und letztlich auch wirklich aussähe.

Rohrbach murmelte etwas Unverständliches. »Die Veränderlichkeit der Züge . . . gewiß«, sagte er schließlich. Man sah ihm an, wie sehr er sich bemühte, auf Zacharias merkwürdige Ideen einzugehen. »Seit wann befassen Sie sich mit diesen ausgefallenen Gedanken?« Und ohne auf eine Antwort zu warten, sagte er: »Sie haben Ihre Jugend übersprungen. Sie sind mir viel zu alt für Ihre Jahre.« Und offenbar erleichtert, daß ihm etwas Harmloses eingefallen war, fragte er: »Wenn Sie die Wahl hätten, was würden Sie vorziehen? Ein hochmütiges oder ein bescheidenes Aussehen . . . ein nachdenkliches vielleicht . . . verträumt? Haben Sie darüber nachgedacht?«

»Nein.« Zacharia hatte die Frage ernst genommen. Man müsse bedenken, sagte er, daß sich letztlich das ganze Wesen an das Äußere, besonders an die Gesichtszüge anpasse. Wenn man wochenlang mit einem hochmütigen Gesicht herumlaufe, werde man früher oder später ein hochmütiger Mensch, denn der Charakter passe sich der äußeren Erscheinung an.

»Ich dachte, es sei umgekehrt«, Rohrbach war erstaunt, sah auf seine Uhr. »Es ist spät geworden . . . der Koffer . . . Ich werde ihn gleich holen.«

Zacharia hielt ihn zurück. Sie standen im Vorzimmer. »Es ist das Regiment aus Zinn – nicht wahr?«

»Das Bataillon . . .«, berichtigte Rohrbach ihn.

»Ich wollte Sie schon immer fragen: Haben Sie die Egerländer kompanieweise oder das ganze Bataillon auf einmal bekommen?«

»Ich habe die komplette Sammlung nach dem Tod des Kommandeurs geerbt. Er hätte sich nie von ihr getrennt . . . Er kommandierte weiterhin nach neunzehnachtzehn. Die kleinen Egerländer erhielten ihn geistig frisch . . . Er starb gewissermaßen im Sattel.«

Jetzt war es an Zacharia, erstaunt zu sein. »Ansonsten war er . . . war er gesund . . . geistig . . .? Nur das Regiment aus Zinn . . .? Er kommandierte weiter . . .?«

»Das Bataillon . . . Ja, er kommandierte weiter. Eine imponierende Erscheinung. Er flößte Achtung ein, war streng und doch beliebt . . . Sprach fast nie, oft wochenlang kein Wort, nur ab und zu Kommandos – selbst mit diesen ging er sparsam um. Geht es der Frau Mama nicht besser?« Den letzten Satz hatte er gedämpft gesprochen. Frau Dax hatte gerade wieder gehustet.

Der Koffer war erstaunlich schwer. »Wie werden Sie ihn transportieren?«

»Frau Rötl – die neue Wirtin – der Mann ihrer Bedienerin. Er wartet unten.«

»Ich helfe Ihnen bis zur Haustür.«

»Nein, bleiben Sie . . . Sie husten wieder.« Rohrbach hatte Tränen in den Augen. »Ich schäme mich«, sagte er ganz leise. Der Koffer war ihm doch zu schwer. Gemeinsam trugen sie ihn die Treppen hinunter.

Die Schranktüren im Zimmer des Barons standen offen, das Tischtuch war verrutscht, die Stühle waren nicht an ihrem Platz. Der unbewohnte Raum erinnerte Zacharia an den Mietausfall. Im Geist begann er zu rechnen, zählte das Geld, das er bei sich trug, und kam zu dem Schluß, daß er die Wohnung nicht mehr lange behalten könne. In seinen Kalkulationen erlaubte er seiner Mutter ein Maximum von sechs Wochen. »Nimm, so viel du willst«, hatte er ihr kürzlich geraten, als sie zögerte, drei der starken schmerzstillenden Tabletten auf einmal zu nehmen, »warum sollst du leiden?«

»Man muß es ihr so leicht wie möglich machen«, hatte Doktor Breuer wiederholt erklärt, wenn er großzügige Mengen Morphine verschrieb. Bisher hatte sie vermieden, über ihren Tod zu sprechen. »Ich wußte nicht, daß es so mühsam sein wird«, hatte sie vor einigen Tagen gemeint. Daß sie sich mit dieser Feststellung auf ihr Sterben bezogen hatte, war anzunehmen. Aber es gab auch Stunden, in denen sie Zukunftspläne schmiedete. »Sobald ich wieder auf den Beinen bin, werde ich sein Grab besuchen«, hatte sie schon einige Male erwähnt. Im nächsten Augenblick belächelte sie dieses Vorhaben selbst. »Was einem nicht alles einfällt«, sagte sie dann, »Träume einer alten kranken Frau . . . Ich bin eigentlich noch ziemlich jung«, berichtigte sie sich gleich, »wenn nur einer von uns beiden ihn dort unten aufsucht!«

Ihre Pflege beanspruchte ihn nun völlig. Kaum daß ihm Zeit blieb, Gretchen zu besuchen. »Ich sehne mich nach frischer Luft«, hatte sie gesagt, nachdem sie ihre

Grippe überstanden hatte. »Die Tage werden wärmer, ich möchte mit dir wandern . . . verzeih mir«, unterbrach sie ihren Gedankengang. »Natürlich nicht jetzt . . . Ich dachte nur . . .«

Im Kloster zeigte man Verständnis. Abt Konrad bot ihm eine Verkürzung der Arbeitszeit an. Bei dieser Gelegenheit erwähnte er auf eine beiläufige Art, wie wichtig es sei, sich rechtzeitig der Gnade Gottes zu versichern, wurde deutlicher, als Zacharia nicht gleich verstand: »Die Letzte Ölung, mein junger Freund – das letzte Sakrament. Es gibt dem Menschen Frieden, ich habe es tausendmal erlebt.«

Was sie wohl dazu sagen würde, überlegte Zacharia. In den letzten Tagen hatte sie manchmal an den Kügelchen eines Rosenkranzes gefingert, ohne jedoch zu beten. Sichtbare religiöse Vorbereitungen waren bisher nicht über derlei mechanische Übungen hinausgegangen. Und selbst die spielten sich offensichtlich nur ganz am Rande ihres Wesens ab. »Im Kloster ist man besorgt um dich . . . Abt Konrad würde gerne helfen«, flocht er eines Abends ein. Er sah – und er hatte sich nicht getäuscht –, wie die Reste ihres Körpers unter dem Federbett zusammenzuckten. »Er denkt an erbauliche Schriften . . .« fing Zacharia die erschreckende Wirkung seines frommen Angebotes ab.

»Er soll für mich beten . . . Das kann bestimmt nicht schaden!« Und da Zacharia nicht darauf einging, sagte sie, »keine Besuche . . . Bitte! . . . Vor allem keine geistlichen.«

Kurz darauf schickte Abt Konrad eine alte Frau, die bei der Pflege helfen sollte. Sie hielt das Zimmer sauber, zog das Bett ab, legte Holz nach, wusch die Kranke, sprach wenig, saß, wenn sie nicht beschäftigt war, in einer Ecke und döste vor sich hin. Frau Prokop – so hieß sie – hatte Erfahrung in der Pflege moribunder Patienten. Nach einer besonders üblen Nacht sagte sie, es wäre an der Zeit, die Kranke ringe sehr nach Atem, jetzt könne man sie noch versehen, bald würde es zu spät sein. »Die Letzte Ölung . . . Kann man die nicht noch ziemlich spät . . .?« fragte Zacharia. Frau Prokops Gesicht drückte ernsthafte Bedenken aus. Es sei nicht dasselbe, die geistlichen Herren könnten es besser erklären . . . Es handle sich um die Reue.

Die Kranke war nun oft recht schwierig, besonders ihre Vorsicht in der Einnahme von Medikamenten irritierte ihn. »Nimm doch mehr!« sagte er einmal ungeduldig. Sie sah ihn eigenartig an, nahm wortlos eine zusätzliche Tablette und drehte sich zur Wand. Am folgenden Nachmittag ereignete sich etwas, an das sich Zacharia später nur als »die Ungeheuerlichkeit« erinnerte.

Kurz nachdem Frau Prokop ihn abgelöst hatte, läutete jemand an der Wohnungstür. Es war ein Mönch, dem gewisse Pfarrpflichten unterstanden. Zacharia kannte ihn. Bruder Bernhard innerhalb der Klostermauern, Hochwürden außerhalb. Er verhielt sich, als hätte man ihn erwartet, fragte, wo die Kranke liege. Überrascht – fast überrumpelt – wies Zacharia auf die Tür. Da öffnete Frau Prokop sie auch schon und winkte Hochwürden zu kommen. All das war so selbstverständlich vor sich gegangen, daß Zacharia es ohne Einwand geschehen ließ. Bruder Bernhards Besuch ging – soweit man die Sache klären konnte – auf ein Mißverständnis zurück. Er war der Ansicht gewesen, man hätte ihn gerufen. Ihre Zeit sei gekommen, solle Frau Prokop im Kloster erwähnt haben, ohne zu ahnen, was diese Worte auslösen würden. Einer durchsichtigen Lüge hatte Frau Dax sie später beschuldigt. Selbst Zacharia hatte sie der

Mitwisserschaft verdächtigt: »Warum hast du Hochwürden im Vorzimmer nicht zur Rede gestellt?« wollte sie wissen.

Bruder Bernhard, so erfuhr Zacharia, hatte seine Mutter schlafend vorgefunden – vielleicht döste sie auch nur. Wie dem auch sei, sie reagierte nicht gleich auf sein Erscheinen. Etwas abseits, schlüpfte Hochwürden in ein weißes, reich mit Spitzen versehenes, hemdartiges Gewand, legte sich eine Schärpe um den Nacken, küßte die, stellte zwei kleine Tiegel mit ungewissem Inhalt, ein Kreuz und eine Kerze – bestimmt Utensilien für die Spende des Letzten Sakraments – auf ihr Nachtkästchen und zündete die Kerze an . . . war im Begriffe, sie anzuzünden, denn als das Streichholz aufflammte – Zacharia war in diesem Augenblick im Treppenhaus –, hörte er einen jämmerlichen Schrei und gleich darauf ein anhaltendes Husten. Drei Treppen auf einmal nehmend, eilte er zurück. Im Vorzimmer kam ihm Bruder Bernhard, die Utensilien noch lose in den Händen, das Hemd halb ausgezogen, bestürzt entgegen und sagte, sie sei schrecklich aufgebracht.

In ihrem Zimmer bot sich Zacharia ein tragisches Bild: Sie kauerte in einer Ecke ihres an die Wand geschobenen Bettes, sah ihn mit weit aufgerissenen Augen an und wimmelte, immer wieder hustend, vor sich hin. Eine kleine Waschschüssel, ein Wasserglas, die silbernen Haarbürsten, die Patek so gut gefallen hatten, und sonstige nicht gleich erkennbare Gegenstände lagen verstreut auf dem Boden. Frau Dax hatte sie dem Priester nachgeworfen. Die alte Prokop stand verstört an ihrem Bett, deckte sie zu und wiederholte: »Es war doch nur Hochwürden . . . Bruder Bernhard . . . das Heilige Sakrament . . .«

Auch Zacharia konnte sie lange nicht beruhigen.

»Ich hätte es nie erlaubt . . . glaub mir«, beschwor er sie. Wieder sah sie ihn so eigenartig an. Er begriff plötzlich, wie sehr sie den Tod fürchtete.

Das mißglückte Sakrament hatte ihren Lebenswillen gebrochen. Sie war nun fügsam, klagte wenig, stöhnte nur bisweilen. Manchmal warf sie ihm einen verstohlenen Blick zu, als denke sie über ihn nach. »Sag mir nur, wieviel«, bat sie, wenn sie Medikamente nahm. »Es schmerzt jetzt sehr im Rücken«, sagte sie eines Abends. »Ich will nicht mehr . . . ich kriege kaum noch Luft. Du kannst den Priester holen, wenn du willst . . . mir ist es egal.« Er blieb die ganze Nacht bei ihr, hob ihren Oberkörper, wenn sie hustete, schlief sitzend immer wieder ein. Als der Morgen graute, hatte sie einen Blutsturz. Es war der dritte in einer Woche. Nachmittags ließ er sich noch ein letztes Rezept ausstellen. »Leidet sie sehr?« hatte die Frau des Apothekers gefragt. Auf dem Heimweg ging er an der Tuchhandlung vorbei. Gretchen stand hinter dem Ladentisch; sie hatte ihn nicht gesehen. »Hora est«, sann er. Ich werde sie einwiegen, festhalten, bis sie das Bewußtsein verloren hat . . . Kissen brauche ich auf meinem Schoß, sie ist ja nur noch Haut und Knochen. Um acht kam Breuer. »Ich glaube, sie will es hinter sich bringen«, sagte Zacharia.

»Ich werde ihr mehr als üblich geben – sie wird jedoch nicht das Bewußtsein verlieren . . . Sie können ihr dann gleich Tabletten geben. Sie wird sie nicht erbrechen . . . sie hat sich daran gewöhnt.«

»Wieviel . . .?«

»Sie wiegt ja kaum noch fünfunddreißig Kilo . . . zwanzig, innerhalb einer Stunde nach der Injektion . . . vielleicht genügen fünfzehn . . .« Er überlegte. »Fünfzehn müßten reichen. Sie will es also . . . es ist das beste, jede Stunde wird jetzt zur Qual.«

Breuer riet ihr noch, möglichst aufrecht zu ruhen.
»Zum Frühstück bin ich wieder hier . . . Jetzt werden
Sie gleich ein wenig schlafen . . .« Er fühlte noch ihren
Puls, legte die Hand auf ihre Stirn. »Das Fieber scheint
gefallen zu sein.« Sie hörte kaum noch hin. Das Mor-
phium hatte zu wirken begonnen.

Breuers Visite war kürzer als üblich gewesen. »Bün-
dig«, fiel Zacharia unwillkürlich ein, als er ihm in das
Vorzimmer folgte. So macht er das also, betont sach-
lich – er hat sich schon distanziert . . . eilt zum nächsten
Sterbebett . . . er und Bruder Bernhard. Breuer wich
nun seinen Blicken aus, ließ sich in den Mantel helfen,
griff nach seiner schwarzen Tasche, stand noch einen
Augenblick unschlüssig, als wolle er etwas sagen, wandte
sich jedoch abrupt ab und verließ die Wohnung.

Dieser Krankenbesuch ohne ein Wort des Abschieds
hatte ein merkwürdiges Gefühl in Zacharia hinterlassen. Ein offenes Ende – dachte er. Und doch haf-
tete dem Geschehen etwas unausweichlich Endgültiges
an. Ihm war, als trüge er die Sorge für seine Mutter, wie
eine träge, makabre Masse, die schwer in seinen Händen
wog. Motorengeräusch riß ihn aus seinen Gedanken.
Breuer mußte mit dem Wagen hiergewesen sein. Im
Haus herrschte plötzlich eine spürbare Stille, welche die
Räume zu füllen schien. Angestrengt horchte er in das
Dunkel, bis das ferne Ticken der Standuhr sein Ohr
erreichte. Jetzt kann mir niemand helfen, kam ihm  in
den Sinn. Jetzt bin ich die allerhöchste Instanz. Nichts
ist Zufall . . . Sie ist mein Schicksal . . . Ich bin ihres –
unsere Stunde ist gekommen.

Lautlos öffnete er die Tür zu ihrem Zimmer und
setzte sich auf seinen gewohnten Platz an ihrer Seite.
»Ich weiß, was du denkst«, sagte sie so leise, daß er sie
kaum verstanden hatte. »Ich habe Angst, komm ganz

nahe zu mir«, flüsterte sie, nach Atem ringend. Sie lag, gestützt von vielen großen Kissen, kraftlos in ihrem Bett und rang nach Luft. »Ich sterbe«, formten ihre Lippen. »Jetzt schnell«, sagte sie hastig, nachdem sie wieder zu Atem gekommen war, und wies auf die Tabletten auf ihrem Nachttisch. Wiederholt gab er ihr drei, vier, zählte nicht, sie nahm sie, ohne aufzublicken. Tränen liefen über ihre Wangen. »Du wirst gleich schlafen«, sagte er, »ich werde dich einwiegen.« Und er hob sie aus dem Bett, hielt sie in seinem Schoß, zog das Plumeau über ihre nackten Beine. Ihr Kopf ruhte leblos an seiner Schulter. Und so begann er sie sanft zu wiegen, summte eine kindliche Melodie, sagte dann halb singend: »Der Vater ist in Albanien, die Mutter ist bei ihrem Sohn . . . Und Pommerland ist abgebrannt.« Sie war nun völlig zusammengesackt. »Verflucht sei sein Name bis in alle Ewigkeit«, murmelte er, legte sie behutsam in ihr Bett zurück und begann zu weinen.

Nach wenigen Minuten war ihr Schlaf so tief, daß sie nicht mehr reagierte, als er ihre Hand drückte. Der Spiegel, den er vor ihren Mund hielt, lief kaum an. Er suchte ihren Puls, fand ihn nicht gleich, entdeckte schließlich schwache Schläge in langen Intervallen. Kurz nach elf war auf dem Spiegel kein Beschlag mehr sichtbar. Er rieb die Scheibe mit dem Taschentuch, hielt sie nochmals vor ihren Mund. Nach einer Weile bildete sich ein feuchtes Fleckchen. Um ein Uhr morgens fand er keine Lebenszeichen mehr. Sie hatte die Augen geschlossen. Ob sie jetzt tot ist . . .? Wieder hielt er ihr den Spiegel vor den Mund. Als er eine kaum wahrnehmbare feuchte Schicht entdeckt zu haben glaubte, hoffte er sehr, sich geirrt zu haben. Aber er hatte recht gesehen. Wieder war es ein rundes Fleckchen, nicht viel größer als eine Münze. Zweifelsohne ein Beschlag.

Auch die Spitze seines Zeigefingers, die er schon seit einigen Minuten prüfend auf ihrem inneren Handgelenk liegen hatte, registrierte noch ihren Pulsschlag. Die folgenden zwei Stunden verbrachte er Lebenszeichen suchend, fand meist keine, glaubte dann wiederum, irgendeines gefunden zu haben, bezweifelte die Verläßlichkeit seiner Proben. Er war sehr beschäftigt. Als die Standuhr vier schlug, legte er ein großes Federkissen über ihr Gesicht, hielt es anfangs sehr behutsam nieder, erhöhte den Druck ein wenig. Und da spürte er ein zartes, unsagbar rührendes Zucken ihres Körpers. Immer noch hielt er das Kissen; als er es hob, sah er, daß sie tot war. Fast spurlos hatte das Leben ihre Züge hinterlassen. Nur eine letzte, nicht mehr wesentliche Panik, der sie wohl selbst keine Bedeutung beigemessen hätte, ließ sich um ihren Mund erahnen.

Verstreut auf dem Bettuch lagen einige Morphiumtabletten. Er schluckte zwei ohne Wasser, döste eine Weile. Ein mildes, recht angenehmes Gefühl, verbunden mit einer inneren Wärme, hatte nun seine schmerzhaften Empfindungen verdrängt. Das müssen die Tabletten sein, dachte er, legte die Beine auf das Bett und schlief ein. Fröstelnd wachte er auf. Es war neun Uhr vorbei. Sie kam ihm nun verändert vor. Es war, als hätte sie die Zeit genutzt, ihrem Gesicht den endgültig erwünschten Ausdruck zu verleihen. Ihr Mund war leicht geöffnet, auf ihren Augen lagen Münzen. Hatte er sie ihr aufgelegt? Er konnte sich nicht erinnern. Das Morphium . . . dachte er, wer sollte es sonst gewesen sein? Er steckte die zwei Kronenstücke ein, vertiefte sich in ihr Gesicht, als suche er etwas, das ihm verlorengegangen war. Sie sah jetzt aus, als wäre sie im Begriff gewesen, alles Schwere zu überwinden, als hätte eine letzte Einsicht der Panik den Boden entzogen. Eine beruhigende, nicht völlig überzeugende Einsicht mußte es gewesen sein ... Sie traute dem Frieden immer noch nicht ganz. Er holte einen Zeichenblock, suchte fieberhaft den enigmatischen Ausdruck ihrer Züge einzufangen. Der Fluch des bescheidenen Talents, fielen ihm Halladas Worte ein. Er wußte, daß seine Skizzen mißlungen waren. Es traf ihn tiefer als der Tod der Mutter.

»Ich konnte nicht früher kommen – die Sprechstunde«, entschuldigte sich Doktor Breuer. Es war inzwischen zwölf geworden. Er zog das Plumeau zurück, beugte sich über die Tote, verrichtete einen Handgriff, den Zacharia, der hinter ihm stand, nicht genau verfolgen konnte. »So zwischen drei und sechs Uhr früh ... stimmt das mit Ihrer Beobachtung überein?« fragte er, »ich könnte eigentlich die Schreibarbeit gleich hier erledigen.« Während er den Totenschein ausstellte, ließ er ein paar Worte fallen: »Sie haben sich bewunderungswürdig gehalten ... das Geburtsdatum Ihrer Mutter ...? Heute haben wir den achtundzwanzigsten ... Sieht gar nicht nach Frühling aus ... Sie war eine geborene Reger – nicht wahr? ... Fräulein Laube soll tüchtig im Geschäft sein ... An sich wollte ich ja vor der Sprechstunde kommen, aber ich ahnte, daß es keine Eile hatte ... Man entwickelt einen Sinn für Bevorstehendes. War es schwer?«

»Sie ist leicht gestorben ... Nach ein paar Tabletten ist sie eingeschlafen.«

»Und Sie waren die ganze Zeit bei ihr, nehme ich an ...?«

Zacharia nickte. »Sie muß zwischen vier und fünf gestorben sein. Ich habe einen Spiegel vor ihren Mund gehalten.

»Wirklich?« fragte Breuer und lächelte. »Aber Sie können schon recht haben.«

»Ich bin ihm Lehnstuhl immer wieder ein wenig eingeschlafen . . . Um fünf Uhr sah sie sehr tot aus.«

»Das kann man wohl sagen . . . Auch wenn der Tod im Schlaf eintritt – wie es so schön heißt –, sieht man es auf einen Blick. Ich würde Ihnen raten, den Eichberg zu verständigen, bestimmt hat er Passendes auf Lager . . . Er wird sich um alles kümmern . . . Sie haben ja ein Familiengrab. Die Dax waren prominent in unserer Stadt . . . Sie sind der letzte . . . Gretchen Laube hat ja auch viel Tragisches erlebt.« Das Zuklappen der schwarzen Tasche kündigte das Ende des Besuches an. »Ich mache die Stadtvisiten gern zu Fuß, meine einzige Bewegung. Früher bin ich viel gewandert.« Er warf noch einen Blick auf den Schreibtisch der Frau Dax, auf dem er ihren Tod bescheinigt hatte, strich mit der flachen Hand über die Politur. »Biedermeier – nicht wahr? Nochmals mein aufrichtiges Beileid . . . Sie waren ihr ein guter Sohn.«

Breuers »waren« gab ihm zu denken. Wann hört man auf, ein Sohn zu sein? Er muß sich geirrt haben . . . Sie war meine Mutter . . . Ich bin ihr Sohn. Er wurde den Gedanken nicht los. Ein guter Sohn kann man nur zu Lebzeiten sein – Breuer hatte recht gehabt. Ein Sohn bleibt man . . . Wie lange kann man ein guter Sohn bleiben? kehrte die dumme Frage zurück. Dieses obsessive Denken war ihm lästig; er konnte es jedoch nicht unterdrücken – war es eine späte Wirkung des Morphins? Wenn ich täglich Blumen auf ihr Grab lege, bleibe ich ein guter Sohn, wenn ich keine bringe, war ich bestenfalls ein guter Sohn. Was für Spintisierereien, ärgerte er sich. Für sie ist jetzt alles bedeutungslos, tat er sein Grübeln ab. Und da hielt er mitten im Denken an. Etwas Merkwürdiges war ihm eingefallen: Für sie hat alles aufgehört. Ob die Welt samt Flora und Fauna existiert oder nicht, ist unwesentlich geworden. Es geht sie nichts mehr an. Und wenn im Augenblick meines Todes die Welt unterginge . . . ? Er stockte, überlegte . . . Es wäre mir egal, gestand er sich ein. Ich bin die Welt, die Welt bin ich – sann er. Und plötzlich begriff er, daß jeder Tod einem Weltuntergang gleiche, daß er, Zacharia, mit dem Federkissen . . . welch eine Macht, überfiel es ihn.

Um drei Uhr kam Herr Eichberg mit einem zweirädrigen Karren, den sein schwachsinniger Gehilfe zog. Eichberg erbat sich ein dunkles Kleid, dunkle Strümpfe und Schuhe – »Wäsche brauchen wir nicht« –, hob hierauf den Leichnam im Leintuch hoch und legte ihn in eine große Kiste. Zacharia empfand die Unbekümmertheit der beiden im Umgang mit seiner toten Mutter als würdelos, wenn nicht geradezu erniedrigend. »Die Kiste stört Sie wohl«, sagte Eichberg, dem Zacharias Bestürzung nicht entgangen war. »Wir werden sie schon herrichten«, beruhigte er ihn. »Meine Frau wäscht sie, wir ziehen sie schön an, richten die Haare . . . Der Sarg ist weich gefüttert . . . Dann bringt sie Pepperl in die Friedhofskapelle . . . Es wird jetzt Zeit.«

»Wozu?«

»Abschied zu nehmen . . . Wenn Sie ihr etwas Frommes auf den Weg mitgeben wollen . . . ?« Zacharia fand den Rosenkranz, den sie in den letzten Tagen ab und zu gehalten hatte, wollte ihn um ihre erstarrten Finger legen. »Den stecke ich lieber ein«, unterbrach Eichberg seinen unbeholfenen Versuch. »Bevor er uns abhanden kommt.«

Nachdem Zacharia die Tür hinter den beiden geschlossen hatte, stand er verloren im Flur, wartete . . . Er wußte nicht worauf . . . Auf einen Stich im Herzen . . .

auf eine überwältigende Empfindung? Nichts dergleichen geschah.

In ihrem Zimmer standen die Fenster weit offen, die Matratzen waren aufgestellt; eine war stark abgenützt und hatte einen großen, dunklen Fleck.

Jemand hatte geläutet –, es war Patek. Wann er kommen dürfe, erkundigte er sich . . . Eichberg hätte ihn verständigt, auch die Sterbeglocke habe er gehört. »Vielleicht ist es am Abend am gelegensten . . . nach neun ist selten jemand auf der Straße . . . Ich mache zwei, drei kleine Fuhren . . . das Bett lassen wir bis zum Schluß . . . Was geschieht mit den Kleidungsstücken?« Zacharia war auf diese Frage nicht vorbereitet. »Wenn Sie gestatten«, sagte Patek, Zacharias momentane Unentschiedenheit nützend, öffnete die Schranktüren weit, schob den Inhalt auf den Bügeln ungeniert von einer Seite zur anderen, nahm einen Innenpelz heraus, prüfte die Felle. »Stark abgetragen . . . Viel kann ich Ihnen für diese Sachen nicht geben.«

»Tausend Kronen«, sagte Zacharia geradewegs.

Patek hob abwehrend beide Hände, trat sogar einen Schritt zurück, grinste. »Wir werden uns schon einigen«, begütigte er Zacharia schließlich.

Ich vermisse sie nicht, sie tut mir nur schrecklich leid«, sagte er zu Gretchen. Sie war nach Ladenschluß zu ihm gekommen. »Mama hatte noch einen Innenpelz . . . Willst du ihn haben?« Sie schüttelte den Kopf. »Willst du irgend etwas? Der kleine Schreibtisch ist sehr schön.«

»Ich will nichts.« Er sah ihr an, daß sie sich nicht wohl in seiner Wohnung fühlte. »Du willst gehen«, sagte er, »laß dich nicht aufhalten.«

Da schmiegte sie sich an ihn und flüsterte so leise, daß er Mühe hatte, sie zu verstehen: »Komm mit mir nach Hause . . . bleib nicht hier.«

Er überlegte kurz. »Dann muß ich Patek die Schlüssel bringen. Er wird die Sachen abholen – begleite mich.«

Es hatte aufgehört zu regnen. Alte Frauen gingen mühsam auf die Stadtpfarrkirche zu. Der Maisegen mußte begonnen haben. Drei Hunde folgten mit unbeirrbarer Entschlossenheit einer kleinen Hündin, die sichtlich zielbewußt mit eingeklemmtem Schwanz vor ihnen herlief. Ein lauer Wind war aufgekommen. Es roch nach nasser Erde, altem Gemäuer und Urin. Ein Ventilator über einer Gasthoftür blies Bierdunst, vermischt mit Rauch und dem Aroma heißen Fettes, auf die Straße. »Hast du gegessen?« fragte ihn Gretchen. »Deine Jacke ist nicht warm genug . . . es fröstelt dich.«

»Ich bin nur übernächtigt.« Sie hatte sich bei ihm eingehakt. Ewig so weitergehen, ohne zu denken . . . wunschlos, ziellos – wenn man das zustande brächte, sann er.

»Ich denke nur an dich«, sagte sie, »so verdränge ich die anderen.«

»Die anderen haben mich nie sehr gestört – auch die beiden in der Wanne nicht.«

»Ich weiß nie so recht, wie dir zumute ist, woran du denkst – sag mir, was du jetzt in diesem Augenblick empfindest . . . Bist du erschüttert – erleichtert?«

»Ich fühle nichts Besonderes.« Er dachte nach, verlangsamte seinen Schritt. »Eines allerdings beschäftigt mich«, nahm er ihre Frage wieder auf, grüßte einen großen hageren Mann, der ihnen entgegenkam, sah ihm nach. »Das war Znaimer, der Epileptiker.«

»Dich beschäftigt etwas«, erinnerte sie ihn.

»Ach ja . . . Als sie starb . . ., als ich sie auf meinem Schoß hielt und in den Schlaf wiegte . . .«

»Sag das noch einmal«, unterbrach sie ihn.

»Als ich sie wiegte«, sagte er. Gretchen blieb stehen, sah ihn erstaunt an. »Wie man eben jemanden einwiegt«, erklärte er. »So«, und er bewegte seine Arme schwingend hin und her. Da strich sie ihm über die Wange. »Mein teurer Pjotr Fodoritsch«, sagte sie.

»Es hat ihr das Sterben erleichtert . . . hoffentlich«, fügte er nach ein paar Sekunden hinzu. »Du hast mich unterbrochen. Ich frage mich, ob man den letzten . . . den brennenden, letzten Wunsch einer Sterbenden ignorieren darf? Ich fürchte, man darf es nicht . . . Es ist sehr merkwürdig: Ihr Wunsch ist mein Wunsch geworden. Er hat sich zu mir geflüchtet, um nicht mit ihr zu sterben.« Sie standen noch immer, nahmen die volle Breite des Bürgersteigs ein. Passanten umgingen sie, wandten sich um nach ihnen. Gretchen hing buchstäblich an seinen Lippen.

»Ich fürchte, ich muß nach Albanien«, sagte er schließlich.

»Nach Albanien . . .?« wiederholte sie, als hätte sie nicht recht gehört. »Doch nicht jetzt . . . das hat doch keine Eile«, beschwichtigte sie ihn, nachdem er ihr die Zusammenhänge klargemacht hatte.

»Und warum hinausschieben?«

Patek bedankte sich überschwenglich, als Zacharia ihm die Schlüssel gab. »Sie können sich auf mich verlassen. Herr Eichberg hat – so darf man wohl annehmen – seines Amtes schon gewaltet?«

»Inwiefern?« fragte Zacharia.

»Das Zimmer ist . . . nicht mehr bewohnt? Es ist leer . . . ich meine, hat er die Frau Mama schon weggebracht?«

Zacharia nickte.

»Sehr schön.« Patek stutzte, als wäre er nicht zufrieden mit seiner Wortwahl. »Natürlich ist es nicht sehr schön«, berichtigte er sich hastig. »Weit entfernt.« Nach einer Weile sagte er: »Gott behüte!«

Zacharia sah Patek mit blicklosen Augen an. Der grinste verlegen. »Weit entfernt«, sagte Zacharia, als die beiden wieder auf der Straße standen. »Gott behüte«, sekundierte sie.

Schon auf halber Treppe zu ihrem Zimmer bat sie ihn, ihr Zeit zu lassen. »Ich wasche mich noch immer wie eine Nonne«, sagte sie. Sie brachte Brot, Käse und eine Flasche Slibowitz. Er aß gedankenlos, trank drei Gläser des Pflaumenschnapses. »Jetzt holt er ihre Möbel ab . . .« Er trank ein viertes Glas, gab sich der wohligen Wärme hin, die der Alkohol in ihm bewirkte, faßte dann seine Lage auf eine leicht trunkene Art zusammen: »Ein zweiundzwanzigjähriger Hilfsarchivar, kürzlich verwaist, mittellos, talentlos, am Bett einer begüterten Waise, der vor seinem Körper graut. Er muß nach Albanien, sie rät ihm ab . . . Hilf mir weiter, es ist bestimmt noch vieles ungesagt geblieben.«

»Er ist sehr mager . . .«

»Waisen sind nie fett. Auch die Begüterte nicht . . . Ein Blutbad im wahrsten Sinn des Wortes«, sagte er unvermittelt. »Und plötzlich warst du eine Waise . . . Erst mittellos, dann eine volle Waise . . . Ich bin kurz nach vier Uhr früh verwaist . . . Ich spüre den Schnaps . . . Es ist recht angenehm. Trinkst du nie?«

»Laß mich kosten.« Sie mußte husten, schob das Glas zurück.

»Ich bin nicht unglücklich«, sagte er, als hätte er gründlichst darüber nachgedacht.

»Ich auch nicht . . . Ich lebte in dauernder Angst . . . für sie, um sie, vor ihm. Und dann sah ich dich im Park. Nur deine Hände sah ich, wie sie das kleine Tier umfingen, so sanft, so beschützend, distanziert. Ich wollte diese Hände auf meiner Brust fühlen. Und dann spürte ich sie. Und alles in mir jubelte.«

»Wann wird sie begraben?« schreckte er aus seinen Gedanken auf. »Eichberg wird es wissen.«

»Hast du mir denn nicht zugehört?«

»In mir laufen die Geschehnisse nebeneinander her . . . Ich dürfte nicht so viel trinken. An tausend Dinge muß ich denken. Ich höre dir schon zu . . . An sie in ihrer Kiste denke ich, uns beide sehe ich an diesem ersten Nachmittag im Park – ob sich das kleine Tier schon reinkarniert hat? Ich glaube, Katzen werden zu Mäusen in ihrer nächsten Existenz; sie fressen ihre eigene Zukunft. Wenn sie mit Mäusen spielen, quälen sie sich gewissermaßen selbst . . . Es ist Eigenhaß . . . eine verheerende Form des Kannibalismus . . . Die Selbstverzehrung – eine kosmische Gerechtigkeit . . . die Devolutionstheorie: Alles geht bergab – bis zur letzten Zelle. Dann fängt das Ganze wieder von vorne an.«

Sie sah ihn entgeistert an. »Natürlich glaube ich selbst kein Wort davon. Das ist der Alkohol«, beruhigte er sie. »Der stimmt mich verspielt. Aber ich muß mich wirklich um das Begräbnis kümmern.« Er stand auf.

»Bleib bei mir«, flehte sie ihn an. »Ich tue alles, was du willst . . . Mein teurer Fodoritsch«, versuchte sie ihn umzustimmen. »Ich lege mich nackt zu dir.« Sie begann zu weinen.

»Ich sollte nicht trinken«, wiederholte er. »Ich bleibe bei dir, bis du eingeschlafen bist. Ich muß mich auch zu Hause umsehen.« Wie ein Kind brachte er sie zu Bett.

Gretchen schien mit sich zu kämpfen, überwand sich schließlich: »Laß mir nur noch ein klein wenig Zeit . . . Es war so grauenhaft . . . Er – in der Wanne – er hatte eine Erektion . . . Ihr Hemd war bis über ihren Kopf zurückgeschlagen . . . Wenn ich mit dir nach Albanien kommen würde – vielleicht . . .?«

Es hatte wieder zu regnen begonnen. Zacharia war noch bis elf Uhr bei ihr geblieben. »Bis an das Ende der Zeit werde ich auf dich warten«, hatte er noch gesagt. Da war sie eingeschlafen.

Auf der Moldaubrücke, die er auf seinem Heimweg überqueren mußte, kam ihm Rohrbach entgegen. Schon von weitem hatte er ihn an seinen kurzen schnellen Schritten erkannt, die in einem krassen Gegensatz zu seinem Äußeren standen. Er müßte sich wie ein Kamel fortbewegen, dachte Zacharia.

»Ich weiß, sie ist heute früh gestorben«, kam er Zacharia zuvor. Sie standen unter seinem Regenschirm. »Ich habe für Sie beide gebetet . . . eine neue Gewohnheit – ich bete häufig in letzter Zeit, selbst im Büro. Es kann nicht schaden . . ., ob es nützt . . .?« Er zuckte mit den Schultern. »Aber ich lasse Sie nicht zu Wort kommen. War es schlimm?«

»Sie ist sanft entschlafen«, sagte Zacharia mit einem milden Lächeln. Rohrbach musterte ihn mißtrauisch. »Leider nicht mit den heiligen Sakramenten versehen.« Rohrbachs Gesicht spiegelte nun Verwirrung.

»Ohne Sakrament also«, sagte er und sah schräg zu Zacharia auf. »Sie hätten allen Grund zu spotten«, sagte er schließlich, »aber der Anlaß ist ja wirklich äußerst ernst.«

»Todernst«, ergänzte Zacharia.

Rohrbach sagte für eine Weile nichts. »Ich weiß . . . ich weiß es nur zu gut«, begann er schließlich, »Sie haben allen Grund, mich zu veralbern. Schändlich im Stich habe ich Sie gelassen.« Und er erging sich in Selbstanklagen und fühlte sich ganz offensichtlich wohl dabei.

»Wie ist das neue Zimmer?« fragte Zacharia. Rohrbach neigte den Kopf von rechts nach links und noch einmal nach rechts zurück. Es schien, als warteten sie nun beide, bis sich sein Kopf entschieden hatte. »Bei Ihnen fühlte ich mich mehr zu Hause«, gab er endlich mit einer Miene zu, als hätte er Hochverrat begangen. Und da es nun einmal geschehen war, fügte er noch einiges hinzu: Frau Rötl stamme aus einfachen Verhältnissen, sei jedoch ein herzensguter Mensch . . . Sie lüfte selten, verwende Zwiebel – leider auch Knoblauch – allzu reichlich. Er fürchte für seine Kleider. Der Ulster rieche schon. »Aber was rede ich . . . Eigentlich kann ich mich nicht beklagen – obwohl . . .« Er winkte ab. »Sie haben andere Sorgen.«

Die Wohnung war kalt. An der Wand, an der noch vor wenigen Stunden ihr Bett gestanden hatte, lagen sorgfältig aufgereiht Toilettenartikel, einige Bücher, gerahmte Fotografien, ihr Nähkorb und verschiedene kleinere Gegenstände, die er in dem schwach beleuchteten Raum nicht gleich erkennen konnte. Eine Truhe war bis zum Rand mit schmutziger Wäsche angefüllt. Es roch säuerlich. Gedankenverloren stand er am Fenster. Die Vorhänge waren zurückgezogen. Ein alter Weichselbaum, der längst keine Früchte mehr trug, vegetierte kärglich in dem schattigen Hinterhof. Es hatte zu regnen aufgehört. In den Pfützen spiegelte sich das fahle Licht des Mondes. Eine Katze schlich die Häuser entlang, sprang plötzlich vorwärts und verschwand in einer dunklen Einfahrt. Ein jämmerliches Miauen, das wie das Klagen eines Säuglings klang, durchbrach die Stille.

Was Gretchen im Badezimmer noch gesehen haben mag? überlegte er. Daß Tote Erektionen haben können, hatte er noch nie gehört – vielleicht hat sie sich geirrt . . . Ein Trugbild ihrer Phantasie . . . Vielleicht bin ich mit diesem Trug verknüpft . . . Beuge mich ewiglich über das Grauen in der Wanne. Es war ein unsagbar trauriger Gedanke. Er setzte sich auf den Boden, lehnte sich gegen die Wand. Ihm gegenüber hing noch das Porträt seines Vaters. Im Schatten des Lampenschirmes waren seine Züge kaum erkennbar. Nur die türkische Schärpe leuchtete aus dem Rahmen. Ich würde lieber sterben als sie verlieren, ging ihm durch den Sinn. Und er erwog diesen Einfall gründlichst und fand ihn gar nicht übertrieben.

Das Begräbnis gab ihm plötzlich zu denken. Ich muß mit Eichberg sprechen, ermahnte er sich, mit Patek abrechnen, Breuer fragen, ob Tote Erektionen haben können . . . Doch das hat Zeit. Ob ich mich neben Gretchen auf ihr Bett legen soll? So intensiv dachte er daran, daß er ihren Körper zu fühlen glaubte, ihre Haut spürte. Und er sehnte sich maßlos nach ihr. Wenn mich jetzt der Schlag treffen würde, überlegte er, ob mich meine Erektion überleben würde?

Kurz nach acht kam Eichberg auf seinem Fahrrad. Er hatte nicht geklingelt, sondern nur sachte an der Wohnungstür geklopft. Rücksichtsvoll, dachte Zacharia. »Fast hätte ich Sie nicht gehört«, empfing er ihn. In einem Trauerhaus sei Klopfen angebracht, erklärte Eichberg sein Verhalten.

»Sie klingeln nie . . .?«

»Sehr selten . . . in besseren Häusern nie.« Doch Eichberg war nicht gekommen, um Zacharia in Nuancen seiner Profession einzuweihen. Ob er den Sarg endgültig schließen dürfe, wollte er wissen, die Blaskapelle – so man eine wünsche – müsse bestellt werden . . . Kirchlich sei schon alles geregelt, auch das Grab sei vorbereitet. »Wir wären soweit, Pepperl könnte sie noch am Vormittag in die Friedhofskapelle bringen. Das Begräbnis ist für morgen um drei Uhr angesetzt.«

Zacharia war bestürzt. Die Nachricht, daß Pepperl sie wieder transportieren würde, hatte eine peinliche Erinnerung an dessen zweirädrigen Karren in ihm wachgerufen. »Wir machen es sehr würdevoll«, beruhigte Eichberg ihn. »Ein geschlossenes, vierrädriges Fahrzeug«, versicherte er.

»Wer zieht es?«

»Ein Pferd . . . ein Rappe.« Eichberg hatte seine Hand auf Zacharias Arm gelegt. Der sagte jetzt, sie hätte Blechmusik gehaßt.

»Und Sie?«

»Ich auch.«

»Gut – da sparen wir uns an die dreihundert Kronen. Man wird natürlich reden . . . die Leut zerreißen sich die Goschen«, fiel er unvermittelt in den lokalen Dialekt.

»Wirklich?«

»Sie wissen ja, wie die Menschen sind.«

Zacharia hatte nur mit halbem Ohr zugehört. Ihn bewegte etwas anderes: »Nageln Sie den Sarg denn zu?« fragte er.

»Schrauben . . . wir schrauben ihn zu.«

»Und wenn er einmal zugeschraubt ist, kann man ihn nicht mehr öffnen?«

»Wir tun es nicht gerne.«

Widersprechende Gefühle bewegten Zacharia. An eine letzte Pflicht dachte er. Wozu? fragte eine andere Stimme in ihm. Schließlich gewann Neugierde die Oberhand. Er wollte sie noch einmal sehen.

»Wenn Sie nichts Besseres vorhaben, kommen Sie doch gleich mit mir«, schlug Eichberg vor, der Zacharias Unentschlossenheit erraten haben mußte. Eichberg hatte Klammern an seinen Hosenbeinen. »Ich bin mit meinem Fahrrad hier«, sagte er. »Sie sind ja nicht sehr schwer, ich nehme Sie auf der Stange mit.«

»Ich habe selbst ein Steirer Waffenrad.« Einige Minuten später waren sie zu Eichbergs Bestattungsanstalt, die am anderen Ende der Stadt lag, unterwegs. Als sie zu einer Erhöhung kamen, stieg Zacharia ab und schob das Rad. Es schien ihm allzu unbekümmert, am Tage nach dem Tod der Mutter so sorglos-sportlich den gar nicht so geringen Anstieg im Sattel zu bezwingen. Eichberg, der sichtlich anders dachte, fuhr freundlich lächelnd an ihm vorbei. Auf dem halben Berg stieg Zacharia wieder auf und mühte sich, ihn einzuholen, was ihm schließlich auch gelang. Da stellte Eichberg sich in die Pedale und ließ ihn bald zurück. Als es bergab ging, holte Zacharia ihn wieder ein. Nun bestand kein Zweifel mehr. Eichberg fuhr um die Wette, denn gleich raste er wieder los. Es paßt nicht zu ihm, dachte Zacharia. Eichberg nahm auch die Hosenklammern nicht ab, als sie seine Bestattungsanstalt erreichten. Jetzt erst fiel Zacharia das komplizierte, einige Gänge umfassende Getriebe des Fahrrads von Eichberg auf. Ein passionierter Radler, dachte Zacharia und war erstaunt.

Kaum hatten sie die Schwelle seines Unternehmens überschritten, breitete sich ein tiefer Ernst über die Züge des Sargmachers. Es wirkte gar nicht wie Verstellung. Eichbergs Hingabe an seinen Beruf war unverkennbar, das spürte Zacharia. Nur das Fahrrad – sann Zacharia, die vielen Gänge . . . wenn er nur seine Klammern abnehmen würde. Unstimmigkeiten, gleich welcher Art, hatten Zacharia von jeher zu denken gegeben. Das Wort »inkongruent« spukte noch in seinem Kopf, als sie den kleinen fensterlosen Raum betraten, in dem Frau Dax auf Weiteres zu warten schien. Er fand die Form sowie das matte Schwarz des Holzes schön, strich mit der Hand über die glatten Flächen. »Buche«, sagte Eichberg, dem diese Geste nicht entgangen war. »Sie läßt sich schön polieren . . . Wenn Sie Ihre Mutter sehen wollen . . .?« Auf Zacharias Nicken hob Eichberg den Deckel, hielt ihn, als wolle er ihn gleich wieder senken, sah erst Zacharia, dann Frau Dax an, als hätte er die beiden noch nie gesehen. »Den Rosenkranz habe ich vergessen«, erinnerte er sich plötzlich.

Ihr Kopf lag auf einem weißen Kissen, der Sarg war wie ein Geigenkasten grünlich ausgeschlagen, die armseligen, von ihrer Krankheit nicht verbrauchten Reste ihres Körpers waren in ein schwarzes Kleid gehüllt. Wie flach sie ist, dachte Zacharia. Ein starker Wunsch, sie noch einmal in seine Arme zu nehmen, überkam ihn. »Sie ist wohl steif?« fragte er. Eichberg sah ihn groß an, antwortete jedoch nicht gleich. »Wie ein Brett«, sagte er schließlich. Zacharia fand diese Bemerkung zwar ausgesprochen roh, aber sie störte ihn nicht. Er schrieb sie einer berufsbedingten Gefühllosigkeit zu und fragte un-

beirrt: »Wenn ich sie mit meinen Armen umfasse . . .
so?« Er führte seine Absicht vor, indem er Eichbergs
Oberkörper umarmte. »Das würde doch keine Unord-
nung in ihrem Sarg anrichten?« Und bevor der erstaun-
te Eichberg sich Zacharias Frage überlegen konnte,
hatte er die Tote schon umschlungen, hielt sie eine
Weile, küßte sie auf die Stirn, ließ den starren Körper
wieder zurücksinken und fragte Eichberg, ob dessen
Mutter auch schon gestorben sei. Eichberg erzählte
später, daß der junge Dax sich wie einer aus der Branche verhalten hätte. »Doch auch wieder völlig anders«,
soll er nachdenklich hinzugefügt haben.

»Ich wußte gar nicht, wie schön sie war«, hatte
Zacharia angeblich noch gesagt, bevor er sichtlich guter
Dinge wegfuhr.

Mittags um halb eins hatte Gretchen warmes Essen
in einer Trage gebracht. Im Kloster spreche man noch
immer über die wilde Szene im Sterbezimmer, erwähnte sie. Eine großzügig dotierte Totenmesse würde die
Benediktiner bestimmt versöhnen. Sie denke nur an
ihn, er sei schließlich bei den Mönchen angestellt. »Laß
mich etwas für dich tun«, bat sie, als er Überraschung
zeigte. Auch Blumen und einen Kranz habe sie bestellt.
»Bleib bei mir nach dem Begräbnis . . . Ich will dich
finden, wenn ich den Arm ausstrecke.« Sie schien agitiert, sprach pausenlos. Lange begriff er nicht, daß sie
mit ihrem Wortschwall etwas verbarg. Sie wollte über
Dringenderes, Schwierigeres sprechen, hatte sich jedoch
noch nicht durchgerungen, es preizugeben.

»Abends lasse ich jetzt manchmal eine Tasse mit Johannisbeersaft im Magazin.« Im nächsten Atemzug erklärte sie, daß Tote Nahrung bräuchten, sei ein Glaube,
den viele Religionen teilten. Sie sah ihn prüfend an. Er
hatte ihren Worten keine besondere Bedeutung beige-

messen. »Am Morgen ist die Tasse leer«, ließ sie fallen. Das fand er ungewöhnlich, sagte aber nichts. »Ratten . . . Mäuse – er ist sehr süß«, schlug sie vor. »Vielleicht auch sie . . .« Er sah Gretchen fragend an. »Warum auch nicht?« sagte sie in aller Seelenruhe. Ob sie Herrn Laubes auch auf irgendeine Art gedenke? erkundigte Zacharia sich. Sie habe Rattengift in seinem Zimmer ausgelegt. Ob auch davon etwas am Morgen fehle? fragte er. Auch daran hätte sich jemand gemacht, erklärte sie. »Wer weiß?« schloß sie versonnen.

Während sie das Geschirr zusammenstellte, sagte sie: »Ich glaube nicht an derlei Dinge, und doch muß ich immer wieder daran denken: Vielleicht levitiert sie, sagte ich mir, und er krümmt sich in schrecklichen Krämpfen?« Sie stockte, ihr Gesicht verzerrte sich. Plötzlich brach es aus ihr heraus: »Sie hatte eine große grüne Flasche in ihrer Scheide stecken.« Es schüttelte sie am ganzen Körper. »Oh – wenn er es nur nach ihrem Tod getan hätte«, klagte sie. Es war schon fast ein Wimmern.

Unwillkürlich hob Zacharia seine Arme. Es war eine Geste hilfloser Bestürzung. Er wollte sie an sich ziehen, doch sie stieß ihn zurück, kniete sich aber gleich vor ihm hin und verbarg ihr Gesicht in den Händen.

Gretchen und Zacharia folgten dem Sarg die kurze Strecke von der Kapelle zur Gruft unter einem großen Schirm. Tief verschleiert ging sie an seinem Arm, als wäre sie seine Frau. Verblüffend viele Menschen – Rohrbach schätzte ein-, zweihundert – umstanden das Grab, in dem sich Wasser angesammelt hatte. Es regnete jetzt in Strömen, man sah nur Schirme. Der Priester leierte eilig sein Gebet, zwei Ministranten schützten ihn gegen eine Wand von Nässe, der Weihrauch hatte aufgehört zu rauchen, die Trauergäste verloren sich schnell zwischen den Gräbern und strebten dem Ausgang zu. Ebenso überraschend, wie der Regen begonnen hatte, endete er. Plötzlich war es sehr still. Die durchtränkte Friedhofsflora verbreitete satte südliche Gerüche. Frau Fuchs, die Herren Patek, Eichberg, Rohrbach, Abt Konrad, Bruder Bernhard und Doktor Breuer waren dem heftigen Guß zum Trotz geblieben und wünschten Beileid. Es herrschte eine sonderbare Stimmung in der kleinen Gruppe. Daß sie nicht wie die anderen die Flucht ergriffen hatten, schien sie einander nähergebracht zu haben. Nur Rohrbach kannte man nicht. »Baron Rohrbach«, stellte Zacharia ihn vor, Eichberg bot Zigaretten an, selbst Gretchen hob den Schleier und ließ sich Feuer geben. Langsam, als wären sie irgendeine amtlich berufene Kommission, bewegten sie sich dem Ausgang zu. Rohrbach und Abt Konrad stiegen mit Gretchen und Zacharia in das Taxi, Breuer nahm die anderen in seinem Wagen mit. Der Abt lud den Baron zu sich ins Kloster ein. Zacharia erwähnte, daß er nach

Albanien reisen müsse. Man war sehr interessiert. Nur Gretchen saß schweigend im Fond des Taxis. Sie hatte den Schleier wieder vor das Gesicht gezogen.

»Ich muß es Ihnen sagen.« Mit diesen Worten hatte Rohrbach eine kleine Rede eingeleitet, als er sich vor Gretchens Haus verabschiedete. Abt Konrad war schon früher ausgestiegen, das Taxi war bezahlt, zu dritt standen sie nun vor Laubes Tuchgeschäft und waren im Begriff, sich zu trennen. »Alles in mir bebte«, wandte Rohrbach sich an Gretchen, »als Sie so voller Würde vor dem Sarg in der Kapelle knieten, als wären Sie allein auf dieser Welt – ich kann es nicht beschreiben.« Rohrbachs Augen waren tatsächlich feucht. »Ihr seid so jung . . . Am Grab, als ihr so dagestanden seid . . . Ich hatte die eigenartigsten Gefühle: So jung, mußte ich denken, und stehen da, als hätten sie ein langes Leben hinter sich . . . Ich mußte es Ihnen sagen.« Er schüttelte den beiden gleichzeitig die Hände.

Rohrbach hatte nicht übertrieben. Vor allem seine Beobachtung an Gretchen war treffend: Sie erweckte Gefühle, die sich nur schwer beschreiben lassen. Ihr Wesen verriet in diesen Wochen eine gesteigerte Anfälligkeit – es spiegelte eine seelische Not, eine ganz nahe an der Oberfläche liegende Verstörtheit, die sich nur schwer verbergen ließ. Sie wirkte geistig entblößt – wehrlos. Diese so sehr verletzbare Persönlichkeit hatte sich eine neue äußere Erscheinung zu eigen gemacht: Sie trug seit kurzem die sorgfältig aus teurem Tuch gearbeiteten Kleider und Mäntel ihrer Mutter, die ihr etwas unbestimmt Kostbares, eine seltsame Erlesenheit verliehen. Jene für eine reife Frau gedachten Kleidungsstücke standen in einem anziehenden Gegensatz zu ihren mädchenhaften Zügen. Die Blässe ihrer Haut, das aschblonde glatte Haar hoben sich merklich von den dunklen Stoffen ab.

Unter dem Eindruck der Worte Rohrbachs hatte Zacharia nach ihrer Hand gegriffen. »Nadenka«, flüsterte er, daß nur sie es verstehen konnte.

Etwa zwei Wochen später entschloß er sich, die Fahrt nach Albanien nicht länger aufzuschieben. Obwohl der häufig geäußerte Wunsch seiner Mutter, das Grab des Vaters baldigst aufzusuchen, bei seiner Entscheidung mitgespielt hatte, war es Verzweiflung über Gretchen, die ihn bewogen hatte, gewissermaßen über Nacht die Balkanreise anzutreten. In den Tagen nach dem Begräbnis war ihre Angst vor körperlicher Berührung zu einer heftigen Abscheu angewachsen. Zwar legte sie häufig ihre Hand auf seine, doch diese Geste war nicht spontan. Sie prüfte ihre Empfindungen auf diese Weise, schien auf ihr Inneres zu horchen und sah dann blicklos an ihm vorbei.

Als er einmal eine kurze Trennung vorgeschlagen hatte – nur ein paar Tage hatte er im Sinn gehabt –, erschrak sie so sehr, daß er Mühe hatte, sie zu beruhigen. Eines Abends betrank sie sich, um ihren Widerwillen zu überwinden, ein andermal sprach sie von Hypnose. In ihrer Ratlosigkeit war sie auf die ausgefallene Idee gekommen, in der großen Nachbarstadt eine Prostituierte für eine Nacht zu engagieren. Angeblich bekomme man für gutes Geld sehr schöne Frauen, hatte sie gesagt. Sie mußte sich erkundigt haben. »Ich will nicht, daß du leidest.« Je dringlicher er ihr versicherte, daß seine diesbezüglichen Bedürfnisse nicht überwältigend seien, um so besessener suchte sie nach Lösungen für ihr Dilemma.

An einem späten Nachmittag kam sie, in einen hellen, weiten Mantel gekleidet, zu ihm, saß, obwohl es eher schwül war, mit hochgeschlagenem Kragen auf dem Sofa und sah ihn merkwürdig an. Er wunderte sich, fragte schließlich, ob sie den Mantel nicht ausziehen wolle, worauf sie wortlos aufstand und ihn abnahm. Sie war nackt. Die Wirkung war äußerst ungewöhnlich, denn Gretchen hatte den Mantel nicht etwa von den Schultern fallen oder gleiten lassen, wie man es bei solch einem Anlaß erwartet hätte. Sie hatte ihn ganz einfach abgelegt und stand nun da, den Mantel über dem Arm, so wie man im Theater an der Garderobe wartet, bis man an die Reihe kommt. Zacharia nahm diese Absonderlichkeit nur am Rande seines Bewußtseins auf. Der Anblick ihres Körpers fesselte ihn zu sehr. Er geriet auch gleich in Erregung.

Schon als er auf sie zuging, war ihm der starre Ausdruck ihres Gesichts aufgefallen. Er umarmte sie, küßte ihren Hals, seine Lippen berührten ihre Brust. Da überfiel sie ein krampfartiger Zustand: Sie zuckte wie eine Marionette; es schien, als hätte sich ihr Körper gänzlich ihrem Willen entzogen. Ein seltsamer Ton drang aus ihrem Mund. Er glich einem leisen Stöhnen, das ohne ihr Zutun zustande gekommen war. Zacharia drückte sie an sich, strich ihr zärtlich durch die Haare, legte die Hand auf ihren Schoß. Da schrie sie auf. Verwirrt trat er zurück, warf ihr noch den Mantel über die Schultern und eilte aus dem Haus. Ich bringe sie in eine schreckliche Bedrängnis, klagte er sich an. Sie will etwas erzwingen, das sich nicht erzwingen läßt . . . Sie braucht Zeit.

Am frühen Abend brach ein Gewitter los, das sich schon den ganzen Nachmittag durch eine bleierne Schwüle angekündigt hatte. Die Luft schien sich zu verdichten, und jeder Baum zeichnete sich ab, als wäre er aus Stahl gegossen. In wenigen Sekunden fegte ein mächtiger Wind, voll mit schweren platschenden Tropfen, Straßenunrat und grünen, von Ästen losgerissenen Blättern, durch die Gassen. Plötzlich war es unheimlich still, die Düsternis verstärkte sich, und dann enthüllte eine ungeheure grellweiße Wand von Licht die Stadt vor seinen Augen.

Gewitter im Mai, sann er, die sollen schlimm sein. Einen Augenblick hatte das Toben der Natur ihn abgelenkt. Als seine Gedanken zu Gretchen zurückkehrten, glaubte er zu wissen, was er zu tun hatte: Die Pilgerfahrt . . . das Grab auf dem Balkan. Sie weiß davon . . . wir brauchen eine Trennung . . . die Stunde ist gekommen.

Alles sprach dafür. Der Erlös vom Verkauf der restlichen Möbel würde die Reisekosten decken. Im Kloster würde man Verständnis für diese fromme Reise zeigen. Auch Gretchen suchte verzweifelt nach einem Ausweg.

Noch in dieser Nacht zog er alte Landkarten seines Vaters zu Rate. Auf einer Paßhöhe zwischen Tirana und Argyrokastro, unweit der serbischen Grenze, liege das Grab, wußte er von seiner Mutter, eine äußerst ungenaue Ortsangabe, wie er schnell erkannte. Auch daß das Gebiet auf dem Landweg von Serbien her erreichbar sei. Seewege über Korfu, Bari oder die dalmatinische Küste entlang hatte sie auch erwähnt. »Paß mir nur auf, der Balkan ist gefährlich«, hatte sie gewarnt, als wäre die Reise eine Gewißheit.

Zehn Tage später nahm er den Zug nach Wien. Rohrbach hatte ihm geraten, dort seine Fahrt zu unterbrechen, um Auskunft einzuholen. »Es gibt bestimmt ein Konsulat.«

»Ich komme mit dir«, war Gretchen ihm ins Wort gefallen, als er sein Vorhaben erwähnte. Auf diese Weise versuchte sie den Schmerz einer Trennung abzuwehren, bevor er sie so recht erreichen konnte. Allmählich fügte sie sich in die Unabänderlichkeit seines Entschlusses, half ihm bei den Vorbereitungen. Jede freie Minute verbrachten sie zusammen, nachts saß er an ihrem Bett, bis sie eingeschlafen war. Am Abend vor seiner Abreise bat sie ihn, sich zu ihr zu legen. »Siehst du, ich bin geheilt«, jubelte sie, »du brauchst nicht wegzugehen.« Er lag angezogen neben ihr, wußte nicht, was er sagen sollte. Da legte sie seine Hand auf ihre Brust. Er geriet ins Schwanken. Als der Morgen graute, festigte sich sein Entschluß erneut. Die Reise, das Abenteuer, hielten ihn schon im Bann.

»Ich begleite dich nicht zum Bahnhof«, hatte sie gesagt. »Morgen beginne ich einen seelischen Winterschlaf.« Um vier Uhr dreißig fuhr sein Zug ab. Sie hat ihr Versprechen gehalten, dachte er, als er sie nirgends sehen konnte. Da stand sie plötzlich an der Tür seines Abteils. »Ich muß es dir noch sagen«, beschwor sie ihn, »er kann mir nichts mehr anhaben . . . ich warte auf dich. Ich bin wieder völlig normal . . . ich möchte ganze Nachmittage mit dir im Bett verbringen. Jetzt weißt du es«, sagte sie noch. Zwei Stationen später stieg sie, sichtlich beruhigt, wieder aus, verschwand, ohne noch einmal zurückzuschauen, in dem kleinen Bahnhofsgelände. Der Zug fuhr an. Da trat sie versonnen lächelnd auf den Perron, breitete ihre Arme aus und stand regungslos, so lange er sie sehen konnte. Sie levitiert, schoß ihm durch den Kopf – wie ihre Mutter. Ich habe sie dazu getrieben.

Er war allein in dem Coupé dritter Klasse. Der Zug hielt alle paar Minuten an. Bis zur Landesgrenze, die er bei Einbruch der Dunkelheit erreichen sollte, stieg selten jemand zu. Wälder, Wiesen, Felder, ab und zu ein Teich, kleine Dörfer, ein Einödhof, ein Stück Moldau, über das ein Holzsteg führte. Schranken sperrten Straßen und Wege. Ein Radfahrer wartete, bis sie sich hoben, ein Mann hielt sein Gespann am Zaum. Zacharia ließ die Bilder an sich vorüberziehen, ohne sie so richtig zu erfassen. Gretchen, levitierend auf dem Perron von Nespoding – so heißt der Flecken – erregte ihn zu sehr. Ob sie noch lange so dagestanden ist? »Ich kann dir nicht alles erzählen, was ich gesehen habe«, hatte sie einmal fallen gelassen. Jetzt ahnte er, was sie dazu bewegte, so manches zu verschweigen: Furcht, ihr schreckliches Wissen könnte seine Gefühle für sie beeinflussen – es waren schließlich ihre Eltern. Was kann sie nur noch gesehen haben? Was ist ihr nur zugestoßen? Welche Bestialitäten hat Laube nur an ihnen verbrochen? quälten ihn seine Gedanken. Nahe der Landesgrenze hielt er es nicht länger im Zug aus. Gleich einer tragischen Vision sah er Gretchen mit ausgebreiteten Armen« auf dem menschenleeren Bahnsteig. »Ich bin geheilt«, hatte sie ihm noch nachgerufen.

Der Zug war im Begriffe anzufahren, als er hastig absprang. Ein lähmender Zweifel war in ihm aufgestiegen. War es nicht grausam, sie jetzt allein zu lassen?

Er sah dem roten Licht am Ende der Waggons nach; ein kurzer Pfiff aus einiger Distanz, dann war es still. Es war spät geworden. Die letzten Passagiere hatten sich längst im Dunkel der Umgebung verloren. Nur über dem Schalter im Wartesaal brannte noch eine Lampe. »Sie müssen das Bahnhofsgebäude verlassen«, sprach ihn ein Mann in einer blauen Uniform an.

So begann jene Nacht, die er fröstelnd in einem kleinen Bestand von Akazien, unweit der Station, verbrachte. Er saß auf seinem Mantel, den er hinter einem Ziegelstapel ausgebreitet hatte, überdachte endlos seine Lage, bis er schließlich einschlief. Die Kühle des Mor-

gens mußte ihn geweckt haben. Immer noch unentschieden, ob er seine Pilgerfahrt fortsetzen sollte, ging
er zurück zum Bahnhof. Der Warteraum war leer, der
Schalter noch geschlossen. Plötzlich hatte er sich entschieden. Gespannt, als hänge sein Schicksal davon ab,
las er die Fahrpläne an den Wänden. Den ersten Zug,
der einfuhr, wollte er nehmen. Um sechs Uhr zehn
ging ein Personenzug nach Wien. »Um elf sind Sie in
Wien . . . elf Uhr fünf genau, am Nordbahnhof«, sagte
der Mann am Schalter, »der Zug hält überall an.«

»Ich habe es nicht eilig. Gibt es ein Gasthaus in der
Nähe? Ich möchte nur Kaffee . . . etwas Warmes in den
Magen.«

»Sie haben noch eine gute Stunde Zeit. Die Bahn-
hofswirtschaft ist nicht weit von hier, die öffnen früh.«

E s war nicht leicht, das albanische Konsulat ausfindig zu machen. Im Telefonbuch stand es nicht. Im Auskunftsbüro des Bahnhofs wunderte man sich: »Albanien –? Das sind doch Hirten . . . Die brauchen doch kein Konsulat.« Erst im Außenministerium bekam er eine Adresse: Das zweite Stockwerk eines Wohnhauses auf der Linken Wienzeile, unweit des Naschmarktes sei Amts- und Wohnsitz des Konsuls, erfuhr er. »Rufen Sie erst mal an«, riet man ihm, »oft ist da niemand anzutreffen.«

Er hatte Glück. Das Konsulat amtierte an zwei Tagen in der Woche von elf bis drei. Ein großer fensterloser Raum, vier Stühle im Korridor, eine attraktive Schreibkraft – nicht mehr jung – saß gähnend hinter einem überraschend großen Schreibtisch. »Sie müssen warten«, sagte sie nicht unfreundlich, bevor er noch Gelegenheit hatte, sein Anliegen vorzubringen. »Im Korridor . . .«, fügte sie hinzu, als er sich in ihrem Büro nach einer Sitzgelegenheit umsah. Einige Minuten später kam sie aus ihrem Büro mit einem Schreibblock in der Hand, und fragte, was er wolle. Auskunft – er müsse nach Albanien reisen, entgegnete er. Sie schien erstaunt, sagte lange nichts. »Oje!« rief sie dann. Offensichtlich war sie Wienerin. Wieder schwieg sie. »Überlegen Sie sich's nur genau«, riet sie dann. »Die Exzellenz ist dienstlich unterwegs, sie kommt in einer Stunde . . .«

Nachdem Zacharia kurz darauf seine sorgfältig vorbereiteten Fragen an einen korpulenten Mann Mitte dreißig gerichtet hatte, erhielt er vorerst wieder keine Antwort. Warum er nach Albanien wolle, erkundigte sich der Korpulente schließlich, obwohl Zacharia den Grund seiner Reise schon ausführlich geschildert hatte. Die Anrede »Exzellenz«, die Zacharia, dem Vorbild der attraktiven Schreibkraft folgend, verwendet hatte, wies er zurück. Sein Onkel sei die Exzellenz, er sei nur Vizekonsul. In den Grenzgebieten, besonders im Nordosten, seien Unruhen, erfuhr Zacharia noch, der Landweg sei sehr umständlich, von Bari gingen wöchentliche Fähren nach Durazzo, auch andere Schiffe legten gelegentlich dort an. Wieviel Geld er habe, wollte der Neffe seiner Exzellenz noch wissen; er war gar nicht verlegen. Ob er den genannten Betrag auch sehen könne? Zacharia zählte die Scheine auf den Schreibtisch. Der Vizekonsul zog mit zwei Fingern fünfzig Kronen heraus, steckte die Note hinter dem seidenen Tüchlein in die Brusttasche, stempelte hierauf die letzte Seite des Passes. »Warum fahren Sie nicht ins Salzkammergut oder nach Meran?« fragte er schließlich, dort sei es ungefährlich und sehr schön. Jetzt erst sah Zacharia die prächtig gerahmte, lebensgroße Fotografie einer reichlich dekorierten Persönlichkeit in einem Fez, die über dem Schreibtisch hing. »Die königliche Hoheit«, sagte der Neffe, dem Zacharias Blick nicht entgangen war.

In ihrem fensterlosen Raum erwartete ihn die attraktive Schreibkraft, die sich offensichtlich langweilte. Die Beziehungen zu den Serben, Griechen und Montenegrinern seien seit Jahren sehr gespannt, ergänzte sie das Bild. Besonders mit den Serben käme es immer wieder zu Zwischenfällen. Auch die lokalen Fehden seien blutig . . . drei Religionen . . . kein Wunder . . . und das auf dem Balkan. »Wieviel hat er Ihnen abgenommen?« änderte sie ganz ohne Übergang das Thema. »Da sind Sie leicht davongekommen.«

Die Nacht verbrachte Zacharia im Wartesaal des Südbahnhofs. Nach dreißig Stunden, in heißen, oftmals überfüllten Zügen, kam er müde und verschmutzt in Bari an. Zwei Tage später nahm ihn ein kleiner Frachter mit, der Eisenwaren nach Durazzo brachte. Auf der Rückfahrt, so erfuhr er, transportiere man seit Jahren Schafe und Ziegen – überall an Bord stank es fürchterlich. Auf der Bahnfahrt hatten sich neuerlich Zweifel in ihm geregt. Jetzt saß er auf einer Rolle starker Taue, das Meer war glatt und blau, die Donna Rosa – so hieß der kleine Frachter – glitt gemächlich dahin, aus ihrem Innern drang ein stetes dumpfes Stampfen der Maschinen. Jemand sang. Es klang fremd . . . Die Melodie verlor sich immer wieder in seltsamen Kadenzen, fand nicht zurück, endete ganz unvermittelt. Drei Männer hatte er bisher gesehen. Nur einer sah wie ein Matrose aus. Die Brücke war nur leicht erhöht, oft war sie für Minuten unbewacht. Wenn sich die Männer blicken ließen, sah er sie freundlich an; sie ignorierten ihn. Er hätte gerne jemandem gesagt, wie herrlich der Tag sei, wie südlich der Himmel, wie warm die Luft, wie still und weit das Meer, doch niemand beachtete ihn. Fast wäre es ihm entgangen, daß er glücklich war. Jetzt trank er das Übermaß an Schönheit in vollen Zügen.

Durazzo liegt malerisch in einer weiten Bucht. Im Hafen lagen ein gutes Dutzend Fischerboote und ein weißes Schiff. Auf dem Kai standen Männer in kleinen Gruppen; gelangweilt sahen sie der Donna Rosa entgegen, die in einiger Distanz von den Landungsplätzen vor Anker gegangen war. Ein Ruderboot brachte ihn zum Ufer, wo man ihm keinerlei Beachtung schenkte. Er hatte sich seine Ankunft anders vorgestellt. Eine bunte, laute Lebhaftigkeit hatte er erwartet. Jetzt stand er ein wenig ratlos mit seinem Koffer auf einer Landungsbrücke, sah in die engen Gassen, die in unmittelbarer Nähe in das innere Städtchen führten. Ein Maultier war an einem Pfosten angebunden. Zwei Jungen, nicht älter als zehn Jahre, rauchten gemeinsam eine Zigarette. Eine der Gassen schien belebter. Er folgte ihr, bis sie sich zu einem kleinen Platz erweiterte, auf dem Bänke unter großen Maulbeerbäumen standen. Hier hatten Gemüsehändler ihre Ware auf Matten ausgebreitet. Dazwischen war goldgelber Tabak auf dunkelblauen Tüchern angehäuft. Es war sehr heiß, die Sonne stand schon im Zenit. Die Händler wirkten seltsam unbeteiligt, als läge ihnen wenig an ihren Geschäften.

In einer Pension, unweit des Hafens, fand er ein Zimmer. Wie man nach Argyrokastro komme, fragte er Herrn Saschlu, den Inhaber der Pension, in einem Kauderwelsch aus Deutsch, Französisch und Italienisch. Was er dort wolle, entgegnete der. Es wäre schwer erreichbar, völlig bedeutungslos, besäße keine Straßen, nur steinige Pfade – »totaliser provincial«, tat er das Städtchen mit einer Handbewegung ab.

Saschlu übersetzte ein kurzes Schreiben für Zacharia, in dem der Weg zur exterritorialen Ruhestätte – soweit sich die anhand von alten Berichten ermitteln ließ – aufgezeichnet war. Auch die Umstände des Todes des Straßenbauers sowie der Zweck der Reise seines Sohnes waren darin zusammengefaßt. Noch am gleichen Abend erfuhr Zacharia, daß ein Transport, bestehend aus zwei Lastwagen, Petroleum und Salz, am übernächsten Morgen nach Argyrokastro liefern werde. Die Fahrer erklärten sich bereit, ihn mitzunehmen. Auch Saschlu wies auf die Gefahren in den Grenzgebieten hin: Schmuggel, Fehden, chauvinistische Passionen führten unentwegt zu blutigen Auseinandersetzungen, entnahm Zacharia dem Wirrwarr von Sprachen. Die

Warnungen Herrn Saschlus, des Vizekonsuls und der attraktiven Schreibkraft hatten bisher kein Echo in Zacharia gefunden. Er konnte sich nicht vorstellen, wie so eine blutige Auseinandersetzung in dem Grenzgebiet vor sich gehen sollte. In seinem Denken bezog sich der Begriff »Gewalttat« auf die Laubes in der Wanne, auf persönliche, intime – wenn auch schreckliche – Verhaltensweisen, nicht auf Kämpfe zwischen Gruppen von Männern. Gefahren solcher Art waren ihm ganz neu. Er bagatellisierte sie daher.

Am übernächsten Morgen – es war ein Mittwoch – kurz nach sieben stieg er die vier Sprossen in das hohe Führerhaus. Elf Stunden waren für die Reise vorgesehen. Der Fahrer sprach nur albanisch. Das von Saschlu verfaßte Schreiben betrachtete er verlegen lächelnd. Wahrscheinlich konnte er nicht lesen. Seine Miene verriet jedoch, daß er von Zacharias Plänen wußte. Er nickte wiederholt und sagte schließlich »molto bene«. Sie boten sich Zigaretten an, grinsten häufig. Einmal überfiel der Fahrer ihn mit einem Schwall von Worten, den ein Geschehnis auf der Straße ausgelöst haben mußte. Schließlich gab er den Versuch, sich verständlich zu machen, mit einer resignierten Geste auf. Anfangs hatte Zacharia die Stille als anstrengend empfunden, aber er gewöhnte sich schnell daran.

Die ersten zwei, drei Stunden führte die Straße durch eine fruchtbare Ebene. Es war die dritte Juniwoche, das Land war grün. Niedrige Trockenmauern aus grobem Feldgestein umfaßten Felder, Obst- und Gemüsegärten. Ärmliche Gehöfte säumten die Straße, jede Art von Vieh benutzte sie, wich nicht aus. An den Rändern grasten Kühe, Esel trugen voluminöse Lasten, zogen zweirädrige Karren mit großen Rädern. Der Fahrer fluchte häufig – es hörte sich so an –, hupte zum Gruß, winkte, rief Fußgängern Worte zu, die freundlich klangen. Am späten Morgen begann die Straße erst allmählich, dann beachtlich anzusteigen. Die Vegetation wurde spärlicher, Siedlungen verstreuter, auf den felsigen Hängen grasen nur noch hin und wieder Rinder; meist waren es nun Schafe, und an den steilsten Stellen Ziegen.

Um ein Uhr hielten sie vor einem Rasthaus an. Die Fahrer aßen Käse, Brot und Zwiebeln, tranken je zwei Gläser Raki. Mit Gesten bedeutete Zacharia dem Wirt, daß er das gleiche wolle. Sichtlich angeregt von dem starken Getränk, versuchten sie nochmals, einige Sätze auszutauschen. »Molto bene«, schloß der Fahrer fröhlich lächelnd seinen mißglückten Versuch. »Molte bene«, wiederholte Zacharia.

Die Berge wurden nun zusehends kahler. Schütteres Gesträuch, harte graue Gräser, die in verstreuten Büscheln wuchsen, enge Straßenstrecken, die nur im Schritt passierbar waren. Oft halfen sich die Fahrer durch Winken an gefährlichen Punkten vorbei; in einer Schlucht sah Zacharia die gründlich ausgeschlachteten Reste eines Lastwagens. Nach achtzehn steilen Kehren, die sie häufig revertierend bewältigten, erreichten sie die Paßhöhe. Talwärts fuhren sie nordöstlich. Selbst in den höheren Lagen schien es heißer hier. Das schattenlose Land war trocken, ärmer, wilder, es wirkte in hohem Grade unwirtlich.

Nach Zacharias Schätzung hatten sie das Gebiet erreicht, in dem das Grab des Vaters liegen mußte. Eine bedrückende Trostlosigkeit lastete auf dem baumlosen Land. Die ockerbraune Erde war voller Risse. Hier wuchs sehr wenig. Nur hin und wieder sah er Inseln – nicht größer als ein Tennisplatz – sorgfältig bebauten Bodens. Schafherden grasten sehr weit verstreut und zählten höchstens ein bis zwei Dutzend. Schlaglöcher, so groß wie Gruben, mußten vorsichtig umfahren werden, Erdmassen waren abgerutscht. Die Kehren waren steiler als die westlich des Kammes. Anspannung zeichnete die Züge des Fahrers. Als sie hielten, um die Bremsen abzukühlen, war es eigenartig still. Eine gnadenlose Landschaft, dachte Zacharia.

Der Anblick, der sich ihm am Ziel seiner Reise bot, war keineswegs erfreulich; Argyrokastro lag an einem öden, sonnenverbrannten Berghang. Kein Baum, kein Strauch, keine Blume, nur das Grau von alten Mauern war hier zu sehen. Die oberen Ausläufer der Stadt verloren sich in kargen Halden. Talwärts standen Wirtschaftsgebäude. Vor einem, an dessen Einfahrt ärmliche Gestalten lungerten, hielten die Wagen. Ein ältlicher, spindeldürrer Mann, mit tiefliegenden, wasserblauen Augen und einem fünf, sechs Tage alten Stoppelbart, führte ihn in die Stadt hinauf. Einstöckige, fast fensterlose Steinhäuser säumten den steilen Pfad, der oftmals in sanft ansteigende Treppen überging, sich dann aber wieder zu einem Fußweg glättete. Der Begleiter nahm Zacharia den Koffer ab, trug ihn auf dem Kopf, sagte gelegentlich ein paar Worte, kicherte, als er keine Antwort bekam, und schob, offenbar am Ziel angelangt, Zacharia durch eine offenstehende Tür in einen mittelgroßen, niedrigen Raum, in dem zwei uniformierte Männer auf den Fensterbänken saßen. Auffallend große Pistolen in Lederfutteralen an breiten Gurten hingen an einer Wand. Vier Gewehre standen in einem hölzernen Gestell. Das Mobiliar bestand aus einem Tisch, zwei Stühlen und einem kleinen Schrank. An der gegenüberliegenden Wand erkannte Zacharia die, diesmal einfacher gerahmte, reichlich dekorierte »Königliche Hoheit« mit Fez. Für eine Weile, die Zacharia ziemlich lange schien, unterhielten sich die beiden weiter, als existiere er nicht, stellten schließlich eine Frage an seinen Begleiter, berieten sich und verlangten Zacharias Papiere in einem schwer verständlichen Italienisch. Einer las dann das albanisch abgefaßte Schreiben laut, wiederholte lachend eine Passage, gab hierauf Zacharia mit barschen Worten zu verstehen, daß er noch nie von einem derartigen Grab gehört hätte, und schob ihm die Papiere über den Tisch zurück. Dann setzten die beiden ihre Unterhaltung fort, als wäre Zacharia schon gegangen.

Man sah hier offensichtlich selten Fremde. Als er ins Freie trat, hatten sich einige Jungen angesammelt, die ihn eingehend betrachteten. Sein Führer sprach nun unbekümmert auf ihn ein, schien sich selbst zu antworten, ging ihm voraus, bis sie zu einer Herberge gelangten.

Vier enttäuschende Tage sollte er hier verbringen; vier Tage, an denen er ausgedehnte Exkursionen in jede Himmelsrichtung unternommen hatte. Eine zwielichtige Person führte ihn in entlegene Siedlungen, unbewohnte Regionen, steile Berge hinauf, tief in einsame Täler. Auf das Schreiben in albanisch reagierte man überall kopfschüttelnd. Man wisse von keinem Grab eines Franken. Daß Zacharia so hartnäckig suchte, war nicht Ausdruck eines unstillbaren Verlangens, am Grabe des Vaters zu stehen oder den Wunsch einer Sterbenden zu erfüllen. Längst hätte er seine Rückreise angetreten, wenn er nur eine Transportmöglichkeit gefunden hätte. Erst am sechsten Tag ergab sich eine Gelegenheit. Wieder war es ein Lastwagen, der diesmal Schaf- und Ziegenhäute laden sollte. An seinem letzten Tag in Argyrokastro machte er sich allein in Richtung Osten auf den Weg.

Dieses Gebiet war kaum besiedelt. In dem Hochtal, das er nach zweistündigem Aufstieg erreicht hatte, war es unerträglich heiß. Kein Bach floß hier, steil und drohend umringten ihn die kahlen Berge. Eine beängstigende Stille herrschte hier, die nur in langen Intervallen von schrillen Vogelschreien unterbrochen wurde. Die Sonne hatte den Zenit schon überschritten, nirgends fand er Schatten. Plötzlich wurde ihm bewußt, daß er die Orientierung verloren hatte. In einem Nebental hatten ihm Geröllhalden und schroffe Felsen den Weg versperrt. Nicht gewillt, die gleiche Strecke zurückzugehen, war er einen steilen Hang hinaufgeklettert, geriet hierauf in eine steinige Wüste, die sich nahe dem Horizont in eine neuerliche Kette kahler Berge verlor. Ein seltsames Gefühl stieg in ihm auf. Es war ein Schauder. Er wurzelte in einer Erkenntnis: Das wahre Gesicht dieser schrecklichen Landschaft ist das Gesicht der Erde, wie sie war, bevor es uns gegeben hat, und wie sie sein wird, wenn es uns einmal nicht mehr geben wird.

In der Hoffnung, auf den Weg zu stoßen, der von Argyrokastro zur Landesgrenze führt, schlug er eine nördliche Richtung ein, geriet aber wieder in eine ausweglose Enge. Als die Sonne, gänzlich ohne Übergang, hinter einem turmartigen Felsen verschwand, dessen Schatten wie eine riesige Schranke quer über dem glühenden Talboden lag, überfiel ihn eine leichte Panik. Nur weg von hier, dachte er. Hastig erstieg er den nächsten Kamm, um sich neuerlich zu orientieren, sah jedoch nur sich endlos wiederholende, tief gestaffelte Ketten ockerbrauner Berge. Nur im Osten schien ihm das Gebirge nicht so schroff, die Gipfel waren runder, ragten nicht so erschreckend in den Himmel. Dort hatten sich auch kleine weiche Wolken gebildet, deren Ränder von der späten Sonne silbrig durchleuchtet waren. Nicht so drohend, fast ein wenig tröstlich fand er dieses Bild. Und so schlug er diese Richtung ein, beeilte sich, sprang von Stein zu Stein, lief leicht begehbare Strecken, nur um nach einer guten Stunde festzustellen, daß er in seiner hoffnungsvollen Eile noch tiefer in die Bergwildnis geraten war. Ich muß mich talwärts halten, sagte er sich. Am Ende führen Täler immer aus den Bergen. Noch einmal erstieg er einen steilen Kamm, um Ausschau zu halten, stand eine Weile, die Augen mit der Hand gegen die tiefe Sonne abgeschirmt, suchte Spuren einer menschlichen Gegenwart. Weit im Osten, fast schon am Horizont, dort, wo die Berge den abendlichen Himmel trafen, entdeckte er eine dünne Rauchsäule. Wie ein Bindestrich zwischen Himmel und Erde, sann er. Er schöpfte Mut; von seinem Aussichtspunkt plante er den Weg zu diesem spärlichen Zeichen einer menschlichen Gegenwart, prägte sich die Konturen des Landes ein, war schon im Begriffe, von dem Fels zu springen, auf dem er, sich orientierend, gestanden hatte, als ein Hieb mit ungeheurer Wucht ihn zu Boden warf. Als hätte ein Schlag mit einem schweren Brett ihn quer über die Brust getroffen, so empfand er. Zacharia war benommen, fühlte keinen Schmerz. Er wußte nicht, was ihm zugestoßen war. Jetzt erinnerte er sich vage an einen Knall . . . War es eine Explosion . . . Ein Schuß? Der Schall hatte laut von den Bergen widergehallt. Wie gelähmt lag er in dem Geröll. Da spürte er eine warme Nässe auf seiner Brust – dann auf dem Rücken. Immer noch wußte er nicht, was geschehen war. Suchend tastete er die feuchten Stellen seines Körpers ab, schob die Hand unter das Hemd. Als er sie herauszog, war sie voll mit Blut. Jetzt spürte er, wie sich die warme Nässe um seine Körpermitte ansammelte. Es war nun unheimlich still, die Ruhe wirkte drohend.

Jemand hat auf mich geschossen, ging es ihm plötzlich wie ein Blitz durch den Kopf. Ein Irrtum . . . man hat mich für einen anderen gehalten. Vorsichtig setzte er sich auf, sah um sich, da verstärkte sich das Bluten. Er spürte nun die warme Nässe in den Leisten.

Wo ist er? fragte Zacharia sich. In seiner Vorstellung war es ein einzelner Schütze, der ihn aus einem schrecklichen Irrtum angeschossen hatte. Jeden Augenblick wird er hinter einem Felsblock hervortreten und mir Hilfe leisten. So saß er, stark blutend, hilflos in dem Geröll und wartete voll Zuversicht auf das Erscheinen des Mannes, der seine Kalamität auf dem Gewissen hatte. Vielleicht holt er Hilfe, sann er nach einer Weile, man wird mich tragen müssen . . . Schrecklich, diese Einsamkeit . . . ob ich rufen soll? »Ist da jemand?« versuchte er seine Stimme. Die brach und war nicht laut genug. Nach einem neuerlichen, kräftigeren Ansatz vermehrte sich die warme Nässe in den Leisten. »Io sono amalato«, rief er nach einer Weile absoluter Stille, »molto amalato«, fügte er mehr für sich selbst hinzu, tanto amalato, suchte er im Geiste nach dem richtigen Wort . . . véhément malade. Der Schrei eines Vogels erschreckte ihn. Jetzt sah er ihn auch. Hoch am Himmel hing er flatternd, stürzte unvermittelt einem Ziel entgegen, fing den Sturz auf halber Höhe ab und glitt lautlos davon. Ein Falke . . . Ob es hier Adler oder Geier gibt? Er hatte Zigaretten in der Hosentasche, konnte sie aber nicht erreichen, die Armbewegung löste Schmerzen aus. Wenn niemand kommt . . .? Er ließ die Frage offen. Wenn es nur nicht so steinig wäre . . . so öde . . . Ob es hier Wölfe gibt? Durst begann ihn zu quälen, noch einmal versuchte er, Zigaretten aus der Tasche zu holen, wieder gelang es ihm nicht. Was Gretchen jetzt wohl tut . . . ob sie an mich denkt? Überirdisch schön erschien sie ihm, er schloß die Augen, lächelte ihr zu, sie lächelte zurück, es war das süßeste Lächeln. Als es zu dämmern begann, schlichen sich erschreckende Gedanken ein: Er wird erst am nächsten Morgen kommen . . . Wie kann er mich so alleine lassen . . . Er holt Hilfe. Der Schütze war ihm zum Retter geworden. Jetzt gaukelten ihm seine Sinne einen Zug fackeltragender Gestalten vor . . . Ortskundige Männer sind vielleicht schon unterwegs.

Jede Bewegung war nun schmerzhaft, die Glieder waren schwer wie Blei. Er versuchte, die Beine anzuziehen, aber es gelang ihm nicht. Schaumige Blasen bildeten sich auf seinen Lippen, platzten mit jedem Atemzug. Als er sie abwischte, sah er, daß sie eine rote Tönung hatten. Für ein paar Sekunden waren ihm die Augen zugefallen; gewaltsam riß er sie auf, starrte in die einbrechende Dunkelheit. Plötzlich wußte er, daß er bald sterben würde. Er begann zu summen − Maikäfer flieg, summte er −, Gretchen hat eine schöne Stimme . . . Ob sie weiß, wie sehr ich sie liebe? Er hustete nun heftig. Ein Rinnsal von Blut floß aus seinem Mundwinkel, rann den Hals hinab, verlief sich schließlich unter seinem Hemd. Was für eine Idiotie. Das Grab des Vaters suchen . . . Vielleicht gibt es das gar nicht . . . Was mache ich nur hier? Ich sterbe einen unbeschreiblich dummen Tod, in der verkommensten Ecke des Erdteils, sann er, war aber zu schwach, um sich ernsthafte Gedanken über die Absurdität seiner Lage zu machen.

Plötzlich war es Nacht. Der Himmel war übersät mit Sternen, die tiefer hingen und heller leuchteten als die an den vertrauten böhmischen Firmamenten. Das Lamm, das wunderschön geformte junge Tier, dem es an Lebenswillen mangelte, fiel ihm nun ein. Nur eine milde Kuriosität, wie es sich nach dem Tode leben ließe, gab seinen sanften Tagen geistigen Inhalt. Es starb nicht ungern. Er hatte dieses Lämmchen oft gemalt, man sah ihm das frühe Sterben an. Was es wohl entdeckt haben mag? Die Verhüllung hat er nie ganz weggezogen, nur an den Ecken hat er sie ein wenig hochgehoben, für Augenblicke darunter geschaut. Ob man ihn jetzt zwingen wird, das verhüllende Tuch zu lüften? In dieser einsamsten aller Nächte, in diesen ödesten, trostlosesten aller Berge, in diesen sich sinnlos, endlos, freudlos wiederholenden Ketten nackten, heißen Gesteins . . . ob sich hier das graue schwere Tuch entfernen läßt?

Ein leichter Wind war aufgekommen; ihn fröstelte. Der schwere Flügelschlag eines Nachtvogels rauschte über ihm hinweg, verklang ganz nahe. Er wandte den Kopf, sah um sich, richtete ihn aber gleich wieder gerade, als fürchte er, es könnte ihm bald nicht mehr gelingen. Die Sterne wollte er sehen, nicht das nächtliche Gestein. Eine große Angst erfaßte nun sein ganzes Wesen, erfüllte ihn, als wäre er ein Gefäß. So allumfassend war sie, so formlos unbezogen, daß sie Konkretes, selbst Furcht vor seinem Tod verdrängte. Hat es sich enthüllt, ist das das Grauen aller aller Grauen . . . Ist meine Bedrängnis hier das Urleid? Liebende hatten ihn umstanden, hatten sich in ihrer Liebe zu ihm verzehrt, eine Mutter starb mit ihm. Und doch flehte er, »laß diesen Kelch an mir vorübergehen . . .« Allzumenschlich war sein Begehren, sein Leid nicht groß genug . . . Sein Name sei nicht geheiligt!

Wie kann man nur so grenzenlos allein sein! Ob sie weiß, wie sehr ich sie liebe? Wenn ich noch einen Wunsch hätte . . . daß sie es weiß!

Ein Blöken hatte sein Ohr erreicht. Es klang sehr

fern. Er hielt den Atem an, wartete, horchte in die Nacht hinein, wartete . . . wartete und horchte. Hatte er sich geirrt? Jetzt glaubte er, es wieder gehört zu haben. Noch ferner hatte es geklungen. Bald war kein Laut mehr zu vernehmen. Io sono molto – tanto molto . . . Tanto tanto . . . tanto amalato, flüsterte er, très malade . . .

Er spürte warme Tränen auf den Wangen, schöpfte Trost aus ihnen, als wären sie vertraute Wesen, die ihn nicht verlassen hatten,

Sie weinen doch nicht, mein lieber Surkow?

Es kann noch nicht Mitternacht gewesen sein, als er das Bewußtsein verlor.

# Siegfried Lenz im dtv

»Siegfried Lenz gehört nicht nur zu den ohnehin
raren großen Erzählern in deutscher Sprache,
sondern darüber hinaus auch noch zu den ganz
wenigen, die Humor haben.«
*Rudolf Walter Leonhardt*

# Siegfried Lenz im dtv

# Julien Green im dtv

*»Julien Green zählt zu den großen klassischen Erzählern unseres Jahrhunderts.«*
*Hamburger Abendblatt*

# Penelope Lively im dtv

## Moon Tiger
Roman · dtv 11795
Das Leben der Claudia
Hampton wird bestimmt
von der Rivalität mit
ihrem Bruder, von der ei-
genartigen Beziehung zum
Vater ihrer Tochter und
jenem tragischen Zwi-
schenfall in der Wüste, der
schon mehr als vierzig
Jahre zurückliegt.
»Ein nobles, intelligentes
Buch, eins von denen,
deren Aura noch lange
zurückbleibt, wenn man
sie längst aus der Hand
gelegt hat.« (Anne Tyler)

## Kleopatras Schwester
Roman · dtv 11918
Eine Gruppe von Reisen-
den gerät in die Gewalt
eines größenwahnsinnigen
Machthabers. Unter ihnen
sind der Paläontologe
Howard und die Journali-
stin Lucy. Vor der grotes-
ken Situation und der Be-
drohung, der sie ausgesetzt
sind, entwickelt sich eine
ganz besondere Liebes-
geschichte ...

## London im Kopf
dtv 11981
Der Architekt Matthew
Halland, Vater einer Tochter, geschieden, arbeitet an
einem ehrgeizigen Bau-
projekt in den Londoner
Docklands. Während der
Komplex aus Glas und
Stahl in die Höhe wächst,
wird die Vergangenheit
der Stadt für ihn lebendig.
Sein eigenes Leben ist eine
ständige Suche, nicht nur
nach der jungen Frau in
Rot ...

## Ein Schritt vom Wege
Roman · dtv 12156
Annes Leben verläuft in
ruhigen, geordneten Bah-
nen: Sie liebt ihren Mann
und ihre Kinder, führt
eine sorgenfreie Existenz.
Als ihr Vater langsam sein
Gedächtnis verliert und
sie seine Papiere ordnet,
erfährt sie Dinge über sein
Leben, die auch ihres in
Frage stellen. Doch dann
lernt sie einen Mann ken-
nen, dem sie sich ganz nah
fühlt ...

# Peter Härtling im dtv

»Er ist präsent. Er mischt sich ein. Er meldet sich zu Wort
und hat etwas zu sagen. Er ist gefragt und wird gefragt.
Und er wird gehört. Er ist in den letzten Jahren zu einer
Instanz unserer (nicht nur: literarischen)
Öffentlichkeit geworden.«
*Martin Lüdke*

**Nachgetragene Liebe**
dtv 11827
Die Geschichte einer
Kindheit – und die
Geschichte eines Vaters.

**Hölderlin**
Ein Roman · dtv 11828
Härtling folgt den Lebens-
spuren des deutschen
Dichters Friedrich Höl-
derlin.

**Niembsch**
**oder**
**Der Stillstand**
Eine Suite · dtv 11835
Ein erotischer Roman um
den Dichter Nikolaus
Lenau.

**Ein Abend, eine Nacht,**
**ein Morgen**
Eine Geschichte
dtv 11837

**Eine Frau**
Roman · dtv 11933
Die Geschichte einer
Frau – ein Roman über
das deutsche Bürgertum.

**Der spanische Soldat**
Frankfurter
Poetik-Vorlesungen
dtv 11993

**Felix Guttmann**
Roman
dtv 11995
Der Lebensroman eines
jüdischen Rechtsanwalts.

**Schubert**
Roman
dtv 12000
Lebensstationen des öster-
reichischen Komponisten
Franz Schubert.

**Zwei Briefe an meine**
**Kinder**
dtv 12067

**Herzwand**
Mein Roman
dtv 12090

**Božena**
Eine Novelle
dtv 12291
Ein von der Geschichte
zerriebenes Leben.